最完美的女孩

vol.2

——另一个自己

中国商业出版社
ZHONGGUOSHANGYE CHUBANSHE

博集天卷
CS-BOOKY

图书在版编目（CIP）数据

最完美的女孩：另一个自己/叶聪灵著. —北京：中国商业出版社，2014.3

ISBN 978-7-5044-8421-5

Ⅰ. ①最… Ⅱ. ①叶… Ⅲ. ①长篇小说–中国–当代 Ⅳ. ①I247.5

中国版本图书馆CIP数据核字（2014）第051426号

责任编辑：王　彦

中国商业出版社出版发行
010-63033100 www.c-cbook.com
（100053 北京广安门内报国寺1号）
新华书店总店北京发行所经销
北京市兆成印刷有限责任公司

* * * * *

150mm × 210mm　1/32开　10.5印张　245千
2014年6月第1版　2020年1月第2次印刷
定价：36.80元

* * * *

（如有印装质量问题可更换）

序言
Introduction

探索黑暗的心渊

爱默生说：“所有的事物都是谜团，而解开一个谜的钥匙是另一个谜。”这句话恰好可以概括这个系列小说的写作逻辑：抽丝剥笋接近真相，可真相往往是另一个结局所埋下的伏笔。而解谜的过程，就像进入了一个复杂烦琐的迷宫。这个迷宫里到处是虚假的记忆、错乱的情绪和伪装的意念，并且，越深入，便越诡异危险。因为在迷宫的尽头，是一个充斥着死亡和鲜血的现实深渊。

只有成为恶魔，才能了解恶魔的心声。所以，优雅的汉尼拔一边犯案，一边研究精神异常者；所以，睿智的德克斯特白天是严谨的法医，夜晚是嗜血的杀人凶手；所以，冷静的叶欣一面掩盖自己杀人的历史，一面去追踪心灵黑暗者的嗜杀真相。毋庸置疑，只有极富天赋和充满智慧的恶魔才能成为擒获恶魔的专家。也只有具有恶魔身份的专家，才能更加具有勇气接近人类心灵世界中最可怕的深渊。

美国的医学博士迈克尔·赫·斯通收集了六百多个恶魔的个案，试图找出人类邪恶的根源。他跨越了医学、心理学和社会学等各个领域，探讨邪恶的成因。事实上，纵观人类的历史，有多少学者在前仆后继地研究，究竟是什么原因导致了人类的扭曲和残杀。叶欣有着比这些学者更加强烈的探索心渊世界的渴望，因为她自己本身就沉沦在那个深不见底的恐怖深渊里。

虚假的记忆会成为嗜杀者最好的利器，一个人的记忆究竟和真相之间还有多远的距离，这需要叶欣从庞杂的线索分支中找到接近真相的那些记忆。就像电影《记忆碎片》一样，男主角莱尼时常陷入无法分辨记忆真伪的恐慌之中。环游世界的旅行会成为实现猎杀最好的温床。自称在世界各处谋杀了六百多人的史上第一杀人狂亨利，就在这张温床上不断地享用猎物。这是记录在案的真实的连环杀手。在小说中，叶欣就遇到了这样一个杀人者，她要根据犯罪心理学与犯罪地理学的双重研究视角，来分析她所面对的那个给她埋下线索又危险至极的杀人者。曾经在各大媒体和网络上令人惊呼不已的啃脸男鲁迪·尤金活活把人的脸吃掉了四分之三；令人心惊胆战的日本杀人犯佐川一政也将自己的荷兰籍女同学吃掉了。在精神分裂与变态心理之间，在精神病患者和杀人犯之间，有没有分明的界限？叶欣遇到的杀人者比尤金和佐川更为疯狂。跨越了心理学研究的领域，叶欣与杀人者周旋的技术含量大大提高。于是，一路走来，带着弗洛伊德的创新精神，带着各种心理学变体的交叉学科的研究天赋，叶欣一次又一次地接近了恶魔们最恐怖、最真实、最荒谬的内心世界。

在这本小说里，叶欣带着好奇者领略了谁才是疯子的心理学实验，进入了嗜杀分裂者的精神世界，观察了优雅杀人狂的生活，研究了目击者的记忆，辨识了各种可怕的心理病症……作为好奇者的你——这本小说的读者，看到的不仅仅是杀人狂们花样百出的杀人方法、令人匪夷所思的杀人理由和高超到不可思议的伪装手段，还有接近那些杀人狂的各种学问：行为心理学、变态心理学、犯罪心理学、邪恶心理学、犯罪心理画像、犯罪地理学、司法精神病学……原来，辨识这些凶手需要这么复杂烦琐又深邃的“技术手段”！

也许，就像英国诗人奥顿说的那样：“恶魔通常只是凡人，并且毫不起眼，他们与我们同床，与我们同桌共餐。”一个个犹如普通人一样出现在叶欣研究范围内的心理扭曲者，是永远都不会主动露出一点儿破绽供人识别他的真面目的。他们极其善于隐藏自己，似乎毫无规律，在角落里暗笑。就像叶欣在《哈迪斯幻想》中遇到的强敌说的那样：“维拉，我会等着你的。说不定，我们有一天，又会在一个奇怪的地方以一个奇怪的理由相遇。”叶欣要时刻保持警惕，只有带着探索恶魔黑暗心灵的研究天赋和勇气，才能在每一次不期而遇的较量中获得全胜。

但是，最困难的可能不是如何进入一个又一个黑暗的心渊，而是叶欣如何勇敢地走进自己的心渊，与那个同样扭曲、邪恶和残酷的自己决一死战。

叶聪灵

2014年2月3日

于长春

CONTENTS

目录

哈迪斯幻想

Hades fantasy

哈迪斯是地狱之神。在他黑暗的王国里，游荡着地狱的恶魔。而在充满怨念的城市里，你很难辨别，是昔日的恶魔在复苏，还是今日的恶魔在肆虐。理性，能给你战胜恐惧的力量，同样也可以把你送入万劫不复的“无间之狱”。

我是叶欣。过去，曾经有四条鲜活的生命结束在我的手上，她们身体最引以为傲的部分都组合在了我的身上。我曾经因此而恐惧、绝望，在经历了漫长的煎熬之后，我终于可以用死亡来结束一切的罪恶。每当我看到镜子中的自己，我都在怀疑，我到底是那个手上沾满鲜血的凶手，还是想方设法去追查凶手的人。

萧维洛老师拯救了我，让我可以用维拉的身份继续活下去。在这个凤凰涅槃的过程中，我看到了更多像我这样的人：他们疯狂、错乱，像恶魔般可怕，他们也像孩童般无辜。在离开林邈的三年里，我走访了很多监狱、心理诊所和精神病院，研究了无数心理扭曲的患者。他们当中有重刑犯，也有精神病患者。我想，我已经成为犯罪心理画像领域里的资深一员了。

下个月，我将回到中国，与萧维洛老师一起筹建“行为画像研究所”。犯罪心理学、司法精神病学、法医学、法证学和统计学等各个领域里的翘楚也将齐聚于此。

我知道，萧维洛老师为什么会给我一次逃脱死亡的机会，因为不会再有人像我一样，兼具连环杀手和心理专家的双重身份；也不会像我一样，那么深知连环杀手的内心世界。但是我必须跟我的过去断绝关系，所以，请忘记我叫作“叶欣”的那个身份，因为现在的我，是犯罪心理画像研究员维拉。

Chapter 1　访问杀人魔窟

我看到一个人，他在一张长桌上切割着一具女人的尸体，一刀一刀……鲜血从桌沿一滴滴地流淌下来。他动作娴熟、从容不迫。后来，他还把女人的头割下来，放在一口烧开了水的锅里煮……我看不清他的脸，甚至不能确认他是男人还是女人。他旁边还有另外一个女人，那女人正一笔笔地画着男人切割尸体的过程。

我突然从睡梦中醒来，满脸冷汗，我喝了一杯白开水，平复一下自己的思绪。我知道刚才的情景都是梦境，我也知道那梦境和我调查的事情有关，可我还是在深夜，因为身处这个“怨念之城”而觉得恐惧。

事情还要从一个星期前说起——

10月，即将进入旱季的柬埔寨已经开始凉爽。在这个怡人的季节里，我来到了金边，进行我回国前的最后一次自由旅行。身边的人都很费解，为什么选择来这个落后的城市？因为，我要研究“怨念之城”给人带来的心理影响。

柬埔寨的S21博物馆[①]，可以说是一个杀人魔窟。当年的政权在当政的四年里杀人无数。那时的金边，简直就是一个鲜血淋漓的城市。尤其是走在这座由学校改造成的监狱——S21集中营，我似乎都能嗅到扑鼻而来的血腥之气。

S21集中营里用骷髅砌成的柬埔寨地图令人心生恐怖，但更可怕的还是那一面面用几百张照片做成的展示墙，真令人难以相信，照片上的那些人全都死了。我拿到了一本画册，其中有张法国女子的照片吸引了我：很美丽的女子，却被酷刑折磨得不成人样。她先是被鞭打，然后被拔掉指甲，再用酒精浸泡伤口，下一步是在被倒吊之后将头浸入水里保持清醒，如此反复，最后被钢针钉入脑髓而死。照片上的她非常美，可是画着她受酷刑的油画却太残忍了。我仔细看了一下这个女子的名字，原来她是从法国来的年轻画家朱莉。

“曾经有一万七千人丧生于此，尤其是国内外各个领域里的艺术家都难逃此劫。大家看到的油画就是当时被关押的艺术家画下的犯人遭受酷刑的油画。”导游小姐讲解道。

“导游小姐，很多人都说，金边是一个怨念之城，真的是这样吗？”我问道。其他游客也好奇地等待着答案。

“柬埔寨迷信的人多，又确实发生了一些难以解释的怪异事情，所以怨念丛生这样的说法很多人都深信不疑。”导游小姐解释道。

而在我脑中挥之不去的，是那个法国女子遭受酷刑时的油画，她那因恐惧而扭曲的面孔，在我的心里牢牢地定了格。我为什么要记住她呢？我的心里有点儿惶惑。

---

① S21是位于柬埔寨首都金边南部的一所关押不同政见者的拘留所。这个拘留所以对被关押者实施各种残忍酷刑而罪恶昭彰，如今在原地建有一座屠杀纪念馆。

Chapter 2　诡异的别墅

“怎么会来这里住，而且还是独自一个女孩子？”一个帅气的小伙子问道。

“听说，这儿的别墅区是怨念最重的地方。”我说道。

“所以啊，对于背包客来说，选择这里就对了！住宿条件好，价格却相当便宜。很多人都不愿意住在这里，因为住过的人都说这里阴气森森。”小伙子微笑着。

“那你不怕吗？对了，你看起来很像亚洲人。”我说道。

“我叫尼尔，是美日混血儿。因为对柬埔寨的吴哥窟和S21集中营感兴趣，所以才来这里旅游的。”尼尔做着自我介绍。

“我叫维拉，来自由旅行的。”我也进行了自我介绍。

……

入夜时，我洗完澡，在小别墅里看白天拍的照片。突然！我发觉窗帘后面好像有一个人影！我深深吸了一口气，壮着胆子一下子把窗帘拉开，却发现窗帘后面根本没人。可是，当我看到黑漆漆的院子时，心里却有一点儿发凉的感觉，好像每一株植物、每一片瓦片上都有东西在动。

“喂！美女，见到你好几次了，还不知道你叫什么名字呢。你也是来旅游的吗？我们交个朋友吧。”说话的人正是隔壁的尼尔。

他还真是一个爱搭讪的人，我心里想。听清洁大婶诺依说，我们的隔壁住着一对情侣，两个人都是泰国人，他们住在这里有一年多了。最奇怪的是，这片区域根本没有人愿意来，即使偶尔有贪便宜的游客，也只是短期住宿，而那对泰国情侣能住那么久，他们的心脏还真是坚强。

正在这时，突然有人“咚咚”地敲我的房门。在这夜深人静的时刻，这急促的敲门声还真是能吓人一跳。

“不好意思，这么晚还来打扰你，不过我实在睡不着，看到你房间的灯还亮着，就想过来找你聊聊天。”尼尔一脸抱歉的表情。

“你也知道这片地方诡异，你半夜来敲我的门，是诚心想吓死我吗？”我一边说，一边心里想，刚才在窗帘后面的人会不会是他呢？

“你知道吗？我觉得我们隔壁的那对泰国情侣真的很古怪。你在白天根本听不到他们的屋子里有声音，可是，一到夜晚，那个女人就在他们的花园里晃来晃去。她的头发又黑又长，还总是喜欢穿红色的裙子，从远处看还真够诡异的。”尼尔说道。

“看来，你已经偷偷观察过人家很多次了。人家可是有男朋友的，你还去‘骚扰’？”我揶揄道。

“最奇怪的就是这点，我已经来这儿住了三天，可都没看到过她的男朋友。”尼尔感慨着。

“说不定他和你一样，也四处云游去了。对了，我刚才听到你叫那个女人，可是人家没搭理你。”我说着。

“是哦，那个女人还真怪，每次我从窗户里看到她在院子里，我都和她打招呼，但是她从来不搭理我。我真怀疑，她到底是耳聋呢，还是太傲慢。”尼尔有点儿像是在抱怨。

Chapter 3　神秘的包裹

就在这时，又有人“咚咚”地敲门，难道大家在这半夜时分都睡不着吗？如果心脏不是足够坚强，还真是会被敲门声搞得精神崩溃。

打开门来，竟然是为我们打扫的诺依大婶。

“我来这里，是想告诉这位小姐，你以后最好不要这么晚还不睡。否则，你听到什么，或者看到什么，对你都不好。我接待过很多住客了，他们半夜不睡觉，好奇会不会看到奇特的现象，结果，不是弄得精神恍惚，就是心脏病复发。”诺依大婶说。

“所以您看到我房间的灯还亮着，就希望我早点儿睡，是吗？”我微笑着问道。

“你们也知道，过去，这片别墅区住过很多外国的艺术家，尤其是在20世纪80年代。可是，在国内大清洗的时候，那些艺术家被关进S21集中营，几乎都被折磨死了。所以，这片别墅区变成了怨念丛生的地方。偏偏有些不信邪的人非要来这里，不过通常也不会有什么好结果。”诺依大婶说着。

“是啊，听到这片区域的历史，再看到那些死于集中营的艺术家的照片，真觉得这里到处令人毛骨悚然呢。尤其是很多家具和装饰物，都是那些艺术家亲自设计、亲手制作的，好像从那些东西上都会渗出血来一样。”我一边说，一边吓唬着诺依大婶。

“你们就是不信邪，就像隔壁的那对泰国情侣。对了，我已经好几天没见到他们了，也不知道他们去哪里了，好安静啊。连他们花园里的花都无精打采的，好像很久没有人浇过水了。”诺依大婶念叨着。

“怎么会？我刚刚还在后花园里看到那个漂亮的女人呢。我来这里三天了，连续三个晚上跟她打招呼，她都不理我。”尼尔有些不快地说道。

“是吗？可是，这几天我也没看见她屋里有人。对了，我刚才还在她家门口捡到了一包东西。”诺依大婶一边说，一边指给我们看。

“您不说，我还真没注意到您提着这么大的一个包裹进来。里面装的什么啊，味道怪怪的。”我一边说，一边凑过去闻。

“我们打开来看看不就知道了。”尼尔性急手快，边说边解开了包裹。

“凉凉的，好像是冷冻的肉片，切得又细又薄。”诺依大婶用手摆弄着。

“诺依大婶，你……你……你手上拿的是什么东西？”我用微微发颤的手指，指着诺依大婶手里正拿起来的东西。

“啊！”诺依大婶发出了可以穿破黑夜的号叫声，她手里拿着的是人的手指！

Chapter 4　到底多少片

本来为了多赚点儿钱养家，才到这片没有人敢来的别墅做清扫工作的诺依大婶，这几年她以为找僧人开了光，有佛祖保佑，就不会遇到邪门的事情。可是，硬是捡了一包人肉回来，就算再怎么被保佑，她还是被吓坏了。

当天夜里，我们就报了警，警方封锁了整个别墅区，猎犬在别墅区附近找到了几个包裹，和诺依大婶捡回来的一样。打开检查，里面都是冷冻过的肉片。

在发现包裹的第三天，别墅区的住客几乎都搬走了，因为没有人敢继续住在这里。法医确认，包裹里的肉片全部都是人肉，而且是同一个人的，加在一起总共有两千多片，又薄又均匀。令人吃惊的是，不是绞刀切的，是手工切的，刀工相当不错。

最要命的是，法医认定这些人肉是隔壁的女住客——泰国女人依蓝的，但至今也没找到骨头和人头以及内脏。而且，依蓝的男朋友信也不见了踪影。

“这里的住客都走得差不多了，你还不走？难道你真的敢留在这里？”尼尔问道。

“你也没走啊，你又为什么留在这儿？”我问道。

“其实我心里很害怕。法医鉴定的结果显示，那女人至少死于一个星期以前。可是，自从我来了，我每晚都在花园里看到她，还和她打招呼呢。这么算来，我和她打招呼的那三天，她其实已经死了。我一想到她被人切得一片一片的，心里就发凉，再想起来她都死了，我竟然还看见过她，就更害怕得要命。”尼尔脸色有些苍白。

“所以，你想留下来搞清楚这到底是怎么回事。如果那女人真的是冤魂，就算你离开这里，你还是会看到她。于是，你决定留下。”我说道。

“哇！你总是那么了解别人的内心吗？可是你为什么留在这里呢？”尼尔问道。

“想知道答案的话，就跟我来吧！”说着，我朝依蓝的别墅走去。

我想，到了我应该拜访女死者依蓝别墅的时候了，研究被害人，可是破案的关键。

“你……你……你不怕‘她’回来吗？我怎么觉得这个别墅阴森森的啊。”尼尔一边抱着肩膀，一边有些颤抖地说道。

“我是国际犯罪心理画像研究员，基本上，无论在哪里发生的案子，只要让我遇到了，我都有权力参与。你呢？虽然你怕成这样，可你还是坚持留下来，你的职业一定也非同寻常吧？”我问道。

“哦……看来真是研究心理学的，对什么都观察入微。我是旅游记者，而且是那种专门报道奇闻逸事的记者。既然遇到了这个如此‘耸人听闻’的事件，我当然要留下来追踪报道了。相信这个案件会让我很有收获的。”尼尔说道。

Chapter 5　怨念不散

依蓝住过的别墅确实有些阴森，深深吸一口空气，都能感觉到血腥的味道，看来距离凶手肢解尸体的时间并不太久。顺着厨房的白色大理石桌子望去，还能看到流淌下来的血迹。虽然血迹已经干了，但那股味道还在。

不仅是厨房，还有卫生间，都可以看到隐约的血迹。凶手并没有擦干血迹，说明他并没有打算隐藏他的碎尸过程。他还把切割下来的人肉片散发在别墅的四周，很明显，他是希望有人尽快发现尸体。他明目张胆地留下了整个犯罪现场，毫不掩饰，甚至大张旗鼓，足以说明他在挑战。可是，这个家伙居然没有留下任何脚印和指纹，这又说明他在刻意隐藏自己的身份。

打开厨房的柜子，我发现里面所有的碗碟都摆放得十分整齐。但是，其中有一只碟子，是用完之后再塞回去的。我戴上手套，把这只碟子拿了出来，仔细闻了闻，觉得上面还有残留的洗涤剂的味道。蒸锅和小煎锅上也有洗涤剂的味道。

就在这时，我突然看到一个人影在花园的花池那儿出现了！我大喊一声“是谁”？那个人影就消失了。

“有人吗？这个别墅里有人吗？”尼尔顿时吓得脸色苍白。

“自从第一天来到这片别墅区，我就觉得有人在跟踪我。难道所谓的怨念不散，真的存在？”我思考着。

这时，我的手机响了，是诺依大婶打来的。

“小姐啊，你还是赶快搬走吧！死了的依蓝住的别墅，据说在三十几年前，是一对法国情侣住过的。他们刚好赶上国内大清洗运动，被当作间谍抓走了。那女人在S21集中营里经历过各种酷刑才死，她死得很惨。她的情人最后之所以活了下来，是因为具有绘画的技能，可以帮助监狱里的官员用绘画记录犯人受审的过程。那女人本来早就想离开柬埔寨的，都是因为她男朋友才多留了几天，没想到，最后落得那样的下场。她的男朋友不仅帮不了她，还看着她活生生地受刑。所以，那女人的怨气很深很重，之后，每当有人住他们的房子，尤其是情侣，都不得善终。据说已经有好几个人在那个房子里死掉了！那里实在是危险，你还是赶快搬走吧！”说完，诺依大婶就挂了电话。

“是谁打来的电话？”尼尔一副紧张的样子。

“是诺依大婶，她说因为这房子里有冤魂，才会有怪事发生。”我说道。

“那我们明天还是赶快搬走吧！”尼尔更加害怕了。

“我要打个电话给柬埔寨的警方，让他们明天到花园去挖尸体的另外一部分。”我对着尼尔说道，“还有，你是跑新闻的，消息一定灵通。帮我查一下，三十几年前住在这里的人究竟是谁。”

Chapter 6　骨架与人头

第二天清晨，警方就来到了依蓝居住的别墅。我请他们挖开了别墅花园的花池。警方挖了很久很深，终于挖到了人的骨架和一个显然被煮过的人头。

“你是怎么知道花池下面有尸体的呢？”尼尔相当好奇。

“其实我也不能完全确定。不过，在过去的三年里，我研究了大量的肢解案的资料，也访问过很多擅长肢解的凶手，尤其是那些把碎尸暴露在公众场合的凶手。他们大多都不会把尸体埋藏得太远，原因很简单，他们埋尸不过是为了方便，而不是为了隐藏。对于凶手来讲，骨头和人头的意义并不大，让他享受杀人乐趣的关键点也不在于骨头和人头。把人肉切了两千多片，可想而知，他是多么享受切割人肉的感觉。再加上诺依大婶说依蓝家的花都变得无精打采的，我就仔细观察了花池。我觉得花池里的花是被人挖出来之后又种回去的，所以才推断剩下的骨头可能就在花池下面。”我解释着。

“不过，骨头埋藏得真够深的，连警犬都没有嗅到味道。”尼尔感叹着。

“果然不出我所料，人头里的大脑部分已经被凶手吃掉了。锅和碗碟都有重新刷过的痕迹，所以我推测这个凶手一定是吃了大脑或者内脏。但凶手似乎并不想让别人知道他有吃人的癖好，因为他可以明目张胆地抛出肉片，却把锅和碟刷干净来掩饰，就说明，他想暴露的只有两千多片人肉这个耸人听闻的事实。”我分析道。

“凶手为什么要掩盖自己吃人的事实呢？”尼尔有些费解。

“因为他想保持优雅的姿态。他不屑于让公众知道自己是一个嗜人肉者。他只希望让公众想象，他是如何一刀刀地切碎尸体的。他已经完全引起了公众的极度恐慌，还给自己贴上了‘切割狂魔’的标签。有很多连环杀手都希望自己的‘标签’是与众不同的，所以‘嗜人’这件事，对他来讲太过庸俗了。”我答道。

“你倒像是很了解这个凶手，那么他杀死依蓝到底是为什么？或者，他为什么选择依蓝作为他肢解的对象呢？”尼尔问道。

“这个问题是我下一步要分析的重点。我还要向警方索要更多关于依蓝和她男朋友信的资料。”我说道。

就在这时，那种有人一直在暗中跟踪我的感觉又来了！我总是觉得有一双眼睛在看着我，有一双耳朵在听我说话。是不是因为身处这个怨念之城，我也开始变得疑神疑鬼了呢？

Chapter 7　一张字条

柬埔寨的警方在依蓝的别墅里找到了几把刀和斧头，上面都证实有依蓝的男朋友信的指纹。而且，刀和斧头也被法医证实为肢解尸体的工具。看来，信是最有可能是杀死依蓝的凶手。可是，我觉得，这些线索似乎太明显了，以至于显得很不真实，让我无法真正相信。

回到别墅，我打开在S21集中营博物馆买来的纪念画册，发现里面居然夹了一张字条。字条上写着："你身边有一个连环杀手，他是一个极度危险的人物。"在看到这张字条的一瞬间，我的心狂跳不已，究竟是谁？谁可以如此轻易地进入我的房间，把字条夹在我的画册里？

我用惊恐的眼神环顾四周，发现四周安静得几乎能听到自己心跳的声音。大白天的，却令人感到坐立不安。

"维拉，我已经找到三十多年前那对法国情侣的资料了。"尼尔走进来说道。

"你是怎么进来的？"我用戒备的眼神看着他。

"我在依蓝的别墅里捡到了你落下的钥匙。不要误会哦，我可是没有用这把钥匙开的门，你的大门是敞着的。"尼尔一脸无辜。

为什么有人提醒我有连环杀手这件事呢？这个人究竟是希望我离开，还是另有目的呢？如果他就是那个连环杀手，他大可以杀了我。如果不是，他应该向警方提供线索，为什么要把这件事偷偷告诉我呢？我的脑子里一时间闪过了很多问题。

“三十多年前的那对法国情侣，女的叫朱莉，男的叫凯文，都是绘画艺术家。女的因为精通多门语言而被认定为间谍。曾经有一对情侣住过他们的别墅，在男的杀死了女的之后，他自己也自杀了。他俩之间好像是突然跟着了魔一样彼此怨恨，然后疯狂杀戮。”尼尔介绍着他收集到的资料。

“所以那栋别墅就像有诅咒一样，只要住进去的情侣，都会以死亡告终。”我说道。

我和尼尔再次来到了依蓝生前住的别墅。依蓝是绘画艺术家，而信是雕塑家。两个人之所以住在这里也许就是为了寻找艺术的灵感，因为越是恐怖神秘的地方，就越能激发创作的灵感。这也是我来到这里做调查的原因。

依蓝的作品中，有几幅画的是当年那个遭受酷刑致死的法国女人朱莉。但画面的内容刚好和事实相反，油画上遭受酷刑的人是凯文，而在一旁微笑观看的人则是朱莉。

“尼尔，你说你看到的依蓝穿的是什么样的衣服？”我问道。

“红色长裙，黑色长发，像个幽灵似的。”尼尔答道。

“我还记得在S21博物馆里，朱莉照片上穿的不是这样的衣服。依蓝把她画成和自己穿同样的衣服，她把朱莉投射在自己身上了。”我说道。

“可是我为什么会在花园里看到依蓝呢？那时候她应该死了啊！我一想起这件事就害怕。”尼尔说着。

“有没有可能你先前见到过依蓝，后来在花园里看到的影像只是你的幻觉呢？”我问道。

“不可能！那很真实的，绝对不是幻觉。”尼尔说得很坚定。

Chapter 8 投射出真正的你

晚上，我一个人在别墅里看心灵学方面的资料，分析尼尔见到依蓝灵魂的可能性。英国和美国的心灵协会确实有很多数据可以证明，有一些人能够看到陌生人的灵魂。见过的人，他们都深信不疑；没有见过的人，却是无论如何都无法相信的。这是一个对鬼魂现象无解的争议。

声称见到鬼的尼尔似乎也不像一个正常人，因为一个真正充满恐惧的人是绝对不会一直待在让他产生恐惧的地方的。对于恐惧的感受，我先前做过相应的实验。无论是正常人，还是精神病患者，如果让他们重游恐惧之地，他们都会想方设法地离开；即使无法离开，也表现得坐立不安、焦虑惶恐、疑神疑鬼，用不了几天，他们就会崩溃。我还因为这个实验太过残酷，被萧维洛老师斥责过。

可尼尔的情况不同，他虽然也表现出害怕，但他比参加过实验的人表现得更加镇定。他坚持不离开，也绝对不是因为钱，报道一则新闻所得的报酬绝对不值得他用命来换。可是，他即使不相信冤魂的传说，也应该害怕残忍的杀手啊。他究竟是个怎样的人呢?

就在这时，窗口那儿又闪过一个黑影！我壮着胆子跑到院子里，就算黑影恐怖，我也要追上他问个究竟。黑影朝着依蓝家的花园过去了。

我屏住了呼吸，似乎只能听到自己“扑通扑通”的心跳声。我每走一步就后悔一次，后悔自己为什么要来柬埔寨这个鬼地方，为什么要对冤魂感兴趣，为什么要卷入这起碎尸案。但事已至此，我没有办法停止自己的脚步，即使有一天我因为做这样的工作死掉也不足为奇。

那个黑影停住了！他站在依蓝家的花池旁。借着微弱的月光，我看清了那个人的脸，是一个男人，一个英俊的亚洲男人。

“你是调查这个案子的人吗？但是我觉得你和他们不同，你和柬埔寨的警方不同。所以，我才决定不逃走，和你聊聊。”男人说话了。

“你是警方正在通缉的依蓝的男朋友信？”我试探地问道。

“我没有杀依蓝，虽然我一直都在试图摆脱她。”信说着。

“我看过你的雕塑作品。你把依蓝塑造成一个身上长满鱼鳞的女人，一片片的，你投射在作品上的恨意是要把她千刀万剐。你凭什么说你没有杀她？”我问道。

“其实她也是恨我的，我一直以为有一天，她一定会杀死我。她是一个控制欲极强的女人，甚至到了病态的程度。她对我的感情让我感到窒息，就连我多看别的女人一眼，她都会用像要杀了我的凶狠眼神看着我。我快要崩溃了，所以我离开了，我逃离了她的控制。可没想到，几天之后，我居然变成了通缉犯。”信说道。

“我想，你一定背叛过她，因为在她画的油画里表达的都是对你的恨意。”我说道。

“是的，我爱上了别人，我很想摆脱她，她的爱令人窒息。”

“所以你就杀了她？还把她切成一片片的？”我质问道。

“我真的没有杀她！你要相信我！”信一边说，一边威胁着步步紧逼我。

突然，我感到一阵眩晕，即刻失去了意识。

Chapter 9　雷克斯出现

我挣扎着睁开眼睛，感到额头很痛。我想用手去擦流到眼角的血，却发现双手被绑在了身后。我突然警觉地环顾四周，脑子里闪过的第一个念头是：我到底在哪里？

“不用看了，你是在自己的别墅里。”这个说话的声音听起来很耳熟。

“你是……你是雷克斯？”我惊呼了一声。

“看来，这些天你都没有看新闻报道，所以，不知道我已经从监狱里逃出来了。”说着，雷克斯端着一杯牛奶走了过来。

他把牛奶杯递到了我的嘴前，我侧过头，用愤怒的眼神瞪着他。

雷克斯是近些年来这个国家最凶狠的变态连环杀手，他获得过哈佛大学的心理学硕士学位，在被抓获之前曾制造过11起残忍的谋杀案。

“不用说，这一次，依蓝的碎尸案又是你的杰作？”我问道。

“我在监狱里自杀，送医的时候逃了出来。我等了这么久，就为了这次机会。”雷克斯说道。

“潜入被害人的家里，把他们杀死之后，再以不同的方式肢解他们的尸体。但这一次，你的手法升级了，因为你吃了被害人的大脑和内脏。”我说道。

“内脏被我冷冻起来了，还没来得及吃。我等着和你一起共进晚餐呢。”雷克斯的微笑相当迷人，如果不知道他的背景，你会觉得他是一个优雅的单身汉。

“你父亲杀了你母亲，因为他认定你母亲背叛了自己，还逼迫你目睹母亲被肢解的过程。可是你吓得不敢出声，从此以后，你就在你父亲错误的教育下成长。从这个角度来说，你是无辜的，但不代表你就有理由以那么残忍的方式杀害别人，也不代表你有权力按照你的想法来评判别人家庭的和睦程度！”我气愤地说道。

“你闻一闻，怎么样？味道是不是很美？人的内脏品尝起来，是不是也相当独特呢？”雷克斯一边说，一边把煎好的内脏递到我的鼻子前。

“打伤我的人应该是信，但我知道，他不是凶手。就算他为了摆脱依蓝而痛下杀手，也不必大费周章一刀刀地切碎尸体，更没必要埋起骨头，却把肉片四处抛散。他并不是一个有变态倾向的人。只可惜我还没来得及说，他就打伤了我。”我说道。

“你凭什么相信他不是凶手呢？就凭你的直觉吗？还是凭你这几年累积的犯罪心理画像的经验？你知不知道，你这样做是很不负责任的！”雷克斯的声音有点儿像咆哮。

“我酝酿了很久才想到办法逃出来，就是想向你们这些不负责任的分析人员证明，你们错了！”雷克斯瞪大了眼睛，情绪很激动。

Chapter 10　究竟谁是疯子

也许，我实在是不愿意把雷克斯说成是一个疯子。因为在他被关进监狱的三年里，他跟很多因为幼年时期遭受过虐待而产生变态杀人倾向的犯人进行了交流。他收集了大量资料，撰写了很多论文，甚至还在监狱里获得了他的硕士学位。他也是我走访的那么多犯人当中，最理性、交流最顺畅的犯人。因为交流得太顺畅，我甚至一度觉得，自己是不是对他产生了超越犯人和研究员之间的感情。

但我知道，他是一个极度危险的人物，他越平静正常，就越潜藏着巨大的破坏力量。他是那么了解那些犯人杀人时的幻想，就像他可以进入他们的内心世界一样。

“你应该知道，当年罗森汉恩教授那个很有名的‘假病人’的心理学实验。他派出了八个假病人，把他们送往十二家精神病院。结果，没有一家精神病院鉴定出他们八个人的病症是装出来的！一家都没有！多么可笑！”雷克斯冷笑着。

“而且，所有精神病院的医生和护士都拒绝和他们正面接触。因为他们已经先入为主地认定，那些假病人一定就是病人。相反，很多精神病院里的真正病人认为，罗森汉恩教授派出去的假病人并没有精神分裂，他们只是在伪装。”我继续说道。

“更可笑的是，后来当罗森汉恩教授把他的实验结果公布于众的时候，所有的精神病院为了避免舆论的谴责，都开始疯狂地鉴定哪些病人是假疯子！结果，每家精神病院都几乎有三分之一的病人被赶了出来！那些人都被认定是在装疯！”雷克斯的语气依然很激动。

“OK！这是一个震惊了心理学界的实验，可是又跟现在的案子以及你的逃跑有什么关系呢？”我质问道。

“一个人究竟是不是疯子，有没有变态的杀人倾向，会不会真的因为他的家庭背景而变得凶狠残忍、价值观扭曲，这些都凭什么得到最终确认呢？你真的敢肯定，你们那些研究员的心理画像技术百分之百是没问题的？”雷克斯盯着我的眼睛说道。

“你的意思是说，有些研究员也会和那些精神病院里的医生与护士一样犯相同的错误，也会因为主观经验或者先入为主的印象而判断自己的病人，对吗？你是想说，你自己被误判了？”我质问道。

“就像刚才，我把油炸好的肉放在盘子里，我说是那个女死者的内脏，你就会相信。因为你从主观上已经认定我是个从监狱里逃出来的疯子，是个疯狂的杀人者。如果是其他人告诉你盘子里的是人肉，说不定你会以为他在开玩笑！”雷克斯说道。

“那张字条，写着‘你身边有一个连环杀手，他是一个极度危险的人物’，是你夹在我的画册里的吗？”我问道。

“什么字条？我从来没有给你写过字条。”

“自从到了别墅区，我就一直感觉有人在跟踪我。那个跟踪我的人，是你吗？”

“我没有跟踪过你。我想，跟踪你的人，不是信，就是另外一个人。”

“这个别墅区的人因为怨念和肢解的事受到惊吓都已经走光了，不是你，还能是谁？”

就在这时，别墅客厅里一个大柜子的门突然开了！里面滚出了一个人，那个人，就是满身鲜血的信！

“雷克斯，你杀了信！”我大喊道。

“你说错了，我……”

这时，只听“乒”的一声枪响，雷克斯就被射中头部，倒地身亡。

Chapter 11　总会留下痕迹

“谢谢你，诺依大婶，要不是你及时报警，我可能已经死了。”我说着。

“要不是你够机灵，偷偷拨通了手机，我在电话里听到有人挟持了你，我也不会那么快报警。”诺依大婶说着。

“对了，诺依大婶，尼尔去哪儿了？”我问道。

“你也知道，因为这段时间，这里的境况很糟糕，我也不敢在这里工作了。我已经几天没在这边了，怎么知道尼尔去哪里了呢？你也不要再继续留在这里了，这里真的很危险。”

警方抬走了信和雷克斯的尸体，可是，我的心里有一些沮丧。雷克斯被击毙的那一刻，他究竟想对我说什么呢？我不应该对一个犯人产生感情，可是，对于他的死，我有些难过。

我想，我需要援助。于是，我给萧维洛老师和研究所的法证专家简书明博士打了电话。

……

“维拉，你不应该一个人留在那么危险的地方。无论是怨念还是碎尸，都没有一个潜在的变态杀手来得可怕。”萧维洛老师说道。

在电话里，我已经把整件事情向萧老师描述过了。他一直费解的是，我为什么能有那么大的胆子一直跟进这件事情。

“碎尸的凶手显然是一个以杀人为乐的人，他享受切割尸体的感觉，还尝试着烹煮人肉，他在向大众示威，或者希望引起公众的恐慌。两千多片人肉是他的创意，整个城区都因为这件事情而人心惶惶是他最想看到的局面。在一个本来就被传阴气重的房子里和一个似乎被厄运诅咒的地方再次发生这样悲惨的事情，也是他制造的噱头。如果只是单纯地仇恨女死者，他显然没必要这么做。所以，我推断凶手应该是一个杀人成性，又以制造精彩谋杀看点为嗜好的人。”我分析道。

“那你判断，谁最有可能是凶手呢？”萧老师问道。

“现在还没有结论。不过，我的直觉告诉我，信和雷克斯都不像是真正的凶手。虽然信和女死者之间矛盾重重，虽然雷克斯曾经有过类似的谋杀经历，但我依然无法确定他们一定就是凶手。根据犯罪心理画像中的物证原理，我还是相信洛卡尔的每一次接触总会留下痕迹这个道理。所以，我会按照我所设定的物证收集顺序，请简博士和萧老师再取证一次。”我建议道。

萧老师、简博士，还有我，在女死者依蓝的别墅、我的后窗和后花园，都重新采集了物证标本。

“你为什么认为依蓝厨房的水龙头上可能会有真凶的指纹呢？即便有，也可能只是女死者依蓝和她男朋友信两个人的。”简博士说道。

“这个凶手很狡猾，他没有留下任何指纹和脚印，极其谨慎小心，所以，我相信他全程都戴着手套。但是他杀了人，切了肉片，还烹煮了尸体，这是一个漫长的过程，而且，肉片切得均匀而细薄，所以只有把尸体冷冻之后再切割才能有那样的效果。在这个过程中，他不可能一气呵成，他总会有摘下手套，洗掉手上鲜血的时候。我们也可以从其他的地方获取指纹，总会有一些指纹的痕迹留下吧？我也只是想碰碰运气。更何况，我一直都觉得有人跟踪我。”我说着。

Chapter 12 诺依大婶

“这片别墅区确实有些阴气森森，可是为什么人们宁愿相信有鬼，也不愿意相信科学呢？你也相信，这里确实阴魂不散吗？”萧老师说道。

“事实上，这正是我来这里的原因，我也在寻找答案。很多时候，都是清洁大婶诺依警告我们不要住在这里，而且，当她捡到人肉的时候，她自己也彻底崩溃了。”说到这里，我忽然若有所思起来。

“维拉，在女死者依蓝厨房的水龙头上，我们发现了清洁大婶诺依的指纹，虽然只是一个很微小的指纹。在你住的别墅的后窗上，我们发现了信、雷克斯还有尼尔的指纹。看来，他们三个都曾在你的后窗那儿出现过。所以一直跟踪你的黑影可能是他们三个当中的一个，也可能同时是他们三个。”简博士说着调查结果。

“对了，你在国外用的那个号码怎么总是打不通？我们前两天很着急，还以为你出了什么事情。”萧老师抱怨道。

“我想，可能是信袭击我的时候，手机掉在地上摔坏了。”我一边说，一边把那部摔坏的手机里的电话卡卸了下来。

“维拉，听说，我们的清洁大婶诺依有问题。她精神不正常，根本就是个疯子。我查找当年那个法国女人朱莉的资料时，无意中发现了诺依的事情。她们家过去就住在这片别墅区，她们全家人都在那次国内大清洗运动中丧生了。和那对法国情侣一样，被关进了S21集中营，遭受严刑拷打之后，被处决了。只有诺依一个人活了下来！因为她不懂外语又精通绘画，才没被认定是叛徒或者间谍，但是她画了很多人遭受酷刑的油画，她的精神也彻底崩溃了！所以获救之后，她就以清洁工的身份，一直留在这个别墅区，她想尽一切办法不让人们住在这里。你要干什么？！啊……”留言的结尾，我只听到尼尔的惨叫声。

“是诺依大婶！她在窥探整片别墅区！我怀疑这座房子里有窃听器或者是监控器，简博士，你能不能想办法检测一下？”我问道。

“没问题。”

……

“如果诺依大婶的精神状态真的有问题，那么按照她的逻辑来推测，她是不希望有任何人住在别墅区的。因为她相信，住在别墅区的人都会被抓进集中营，都会惨死。所以她讲了很多冤魂和诅咒的事情给我们听，她甚至不惜拿了碎肉包裹给我们看，就是希望所有住在这里的人都能知难而退，迅速离开这里。她的思维显然还停留在三十年前。”我分析道。

“你估计得没错，这座房子里到处都是窃听器和监控器。所以，这座房子里的一言一行都可以被窥探到。”简博士说着。

“怪不得雷克斯劫持我的时候，警方可以那么及时地赶到，原来早就有人从监控装置里看到了。可是这似乎又不合情理，如果她真的那么疯狂，希望我们大家都离开，她又为什么要救我呢？”我思考着。

“可如果真的不是她，又如何解释依蓝的厨房里水龙头上属于她的指纹呢？”简博士问道。

Chapter 13　鬼魂的传说

“我已经通知了柬埔寨的警方，他们在尽力寻找诺依大婶和尼尔。这两个人居然都失踪了，而且，我怀疑尼尔很可能遭遇了不测。可我觉得整件事都不对劲。”我说道。

“维拉，快过来看！院子里有个女人！”萧老师突然说道。

“在哪里？哪儿有女人？”我朝窗外望去。

“难道是我眼花了？我刚才明明看到一个梳着又黑又长的头发、穿着红色长裙的女人在院子里晃动。”萧老师也有点儿费解。

“尼尔也曾经说，依蓝死后，他在后花园里看到过那样的身影。难道那个女人是依蓝？萧老师，你真的见到鬼了吗？”我有些惊恐。

“我又看到那个身影了！”说完，萧老师突然打开落地窗，冲了出去。

就在这时，我的心又开始“扑通扑通”地狂跳起来。现在，一楼的客厅里只有我一个人了，简博士在二楼休息，我觉得有些恐惧。

“你们为什么还不离开这里？你们应该知道，留在这里只有死路一条！所有的人都会在痛苦的哀号中死去，你们留在这里，就是个错误！”说话的人正是诺依大婶！

她正拿着一把尖刀向我冲过来，她头上的假发掉了，面孔狰狞而恐怖。

“不要！”我大喊着。

“乒”的一声枪响，我已经闭起来的眼睛再度睁开时，看到诺依大婶带着难以置信的神情倒在了地板上。

“萧老师，她……她真是太可怕了！”我的眼泪流了出来，萧老师紧紧抱着我，安慰着我。

……

“我刚才真的以为是死后的依蓝再现了。诺依大婶穿的衣服和依蓝是一模一样的。可是，为什么她要穿成这个样子来杀我呢？”我到现在都心有余悸。

“维拉，我们不能再待在这里了，因为这里的治安真的有问题，这里也真的很危险。我们的研究所已经成立了，还有很多筹备工作需要你来做。”萧老师在劝我。

“可是尼尔还没找到，我们不能就这样离开。”我坚持着。

“剩下的事，我们应该交给柬埔寨的警方去处理，事实上，我们已经越界了。这不是在美国，也不是在中国。这已经超出了两国合作的范围。”简博士也试图说服我。

“关键是，你自己的状态也非常不好。虽然你是犯罪心理画像的研究员，你以为自己不怕怨念，不怕变态杀手，不怕破碎的尸体，但你别忘了，你也是人，还是一个年轻的女人，你最近经历的一切已经带给你很严重的负面影响了。”萧老师说道。

“是啊，我承认，我这些天其实一直很恐惧。如果我再这样下去的话，可能就没办法开展以后的工作了。而且，我犯了‘合作精神’的大忌，一开始的单枪匹马只会加剧我的心理负担和压力。好啦，我们回去，结束这里的一切。”我摊开双手，表示妥协。

Chapter 14　我会等着你

坐在飞往中国的飞机上，我依然在理着整件事情的头绪。先是我去参观S21集中营博物馆，看到法国女艺术家朱莉遭受酷刑的照片；然后是遇到依蓝的碎尸案；接下来是信找到我，解释他不是凶手；再往后就是我被雷克斯劫持，信被谋杀，警方击毙雷克斯；最后是尼尔失踪，诺依大婶穿着古怪地要杀死我。整个过程混乱不堪，没有头绪。

我打开从S21集中营带回来的画册，翻到了有法国女艺术家朱莉的那一页，我突然有一种恍然大悟的感觉！那张警告我有连环杀手的字条刚好也是夹在这一页！可是，我收到的那张字条哪儿去了呢？难道从头到尾，所有的事情都是有人布局好了的？

“简博士，请你一定帮我验一下，画册的这一页上还有没有其他人的指纹。”我说道。

……

我打开了好久都没有打开过的e-mail邮箱，里面居然有两百多封等待查看的邮件。我一封一封地打开来，其中一封邮件写道：

维拉：

很高兴有机会和你认识，在我被关进监狱的三年里，是你的访问让我有了要好好活下去的勇气。虽然我们并不是非常了解彼此，但是我相信，我们是朋友。我想对你说一个秘密，那就是，我根本不是十一起连环杀人案的凶手，真正的凶手是我弟弟。

虽然我们两个人都是在扭曲的环境下长大，都目睹了自己父亲杀死自己母亲的惨剧，但是我相信，我和弟弟对这件事的理解是不一样的。我一直在研究心理学，因为我已经发现了弟弟的异常，我一直在试图挽救他，可惜，我没有成功。

直到警方来到我家，说我和弟弟居住的房子里到处埋藏着女子的尸体时，我才明白，我试图做出的努力早已不能挽回一切。因为在心理研究的过程中，我接触了很多扭曲凶狠的人，犯罪心理研究员就认定我是那个心理扭曲又有破坏力的人。

还记得罗森汉恩教授的心理学实验吗？不是疯子的人也会被当作疯子。多么可笑，就如同并没有残忍地杀人的人也会被认定为连环杀手一样。

我想尽一切办法，甚至企图以自杀为办法，争取一个逃出去的机会。我只希望亲自抓到弟弟，为自己洗脱罪名，也亲手结束他的罪恶。

所以，我需要你的帮助，你是唯一能帮助我、拯救我的人。

雷克斯

收到电邮的那一天，正是我在柬埔寨参观S21集中营博物馆的那一天。可是，我没有看到电邮，因为我的手提电脑不见了。

这时，有人送快递给我。我的思绪一片混乱，还没有整理清楚。

我打开快递的小盒子，里面装着一块佛牌和两张字条，其中一张写着：

听说，在柬埔寨，要是用死于意外的女人的前额头皮做成佛牌，就可以保佑一个人永远平安。这块佛牌是用侬蓝的前额头皮做成的，希望你喜欢。你是一个与众不同的女人，你不畏惧鬼魂，也没有真正畏惧碎尸的凶手。你真是太酷了！我哥哥从监狱里逃出来后就一直跟踪我，可惜，他还是没我聪明，所以，他丢了性命。诺依大婶本来只是扮鬼吓吓你们，希望把你们吓走，可你们以为她要杀人，而开枪打死了她。这都不是我的错。而且，我早就提醒过你，你身边有连环杀手，可你就是一直坚持。不过，要不是因为你这么坚持，我也不会这么欣赏你。还有，别忘了，你们在研究我们的同时，我们也在研究你们。维拉，我会等着你的。说不定，我们有一天，又会在一个奇怪的地方以一个奇怪的理由相遇。

尼尔

另外一张字条上写着：

你身边有一个连环杀手，他是一个极度危险的人物。

这时，我的电话响了。

“维拉，画册上有那个法国女艺术家朱莉的那一页，我做了指纹测试。结果显示，指纹属于一个叫尼尔·史密斯的人。”简博士在电话里说道。

是的，在我刚刚到S21博物馆的时候，我根本就没注意到我的手提电脑是何时被人拿走的，我也没注意过那本画册究竟是谁递给我的。我只知道，那个人递给我的时候，画册就翻到了法国女艺术家朱莉的那一页。

尼尔，从头到尾都在看一场好戏。我永远记得他的那句话：

维拉，我会等着你的。说不定，我们有一天，又会在一个奇怪的地方以一个奇怪的理由相遇。

万圣夜之约

Halloween agreement

万圣夜在西方的传说中是魂灵世界最接近人间的时间，你能看到那些苏醒的影子吗？还是，你本就是那些影子中的一员？

我打开房门，走出属于自己的世界，感受着外面的一切，阳光如此明媚，街上的行人如此愉快。可我在这样真实的世界中，感觉不到自己的存在。我知道，我已经死了，我只是一个游荡在人类空间里的孤独影子。

我想，你也许是一个能够通灵的人，或者你有某种超越常人的能力，所以你才能够和我沟通，而且，你并不惧怕我的存在。有很多人都因为自己可以窥到另一个世界而感到恐惧不安，但是你特别镇定从容。

所以，你是能看到“影子”的人；而我，是能看到人的“影子”。

Chapter 1　认定的灵魂

我就要住进一栋别墅，那里宽敞明亮、布置雅致，我本该为这件事而高兴吧？可我要陪伴的是一个有着“虚无妄想”症状的年轻人，并且，他还一直声称自己是鬼。更加不幸的是，他的别墅距离市区很远，地处偏僻，前后都荒无人烟，即使没有一个自称是鬼的人和我一起居住，我也会觉得自己来到了一个与人间隔绝的地方。

季雅幻，光听名字就觉得富有浪漫色彩，再看到他，会认为他就是小说里的英俊王子。但是他面色苍白，目光总是停留在某一点上长久保持不动，走路悄无声息，偶尔回忆凝思。就算某些时候和他在别墅里擦肩而过，我也会觉得心里凉凉的。他白天会把所有的窗帘都拉上，而且从不开灯，晚上才拉开窗帘，但依然不开灯。

我必须和这样的一个人在这样的一个地方住上一段时间，以角色扮演的方式，找到他患病的原因。而且，我们的角色是：我是人，他是“影子”。我不能试图戳穿他，我只能去寻找他变成“鬼”的原因。

萧维洛老师的行为画像研究所在中国刚刚成立，我就马不停蹄地开始工作。我接到的第一个研究个案就是季雅幻的鬼魂妄想症。不过，诡异的并不仅仅是他认为自己是“影子”，而是警方在他居住的别墅里，找到了两具被肢解后分别被埋在客厅和书房地板下的尸体。不过，他并没有自己杀人的记忆，警方似乎也没找到他杀人的动机。

这些年来，季雅幻始终和三个人保持着联系：美国的杰夫、韩国的裴俊浩和非洲的巴布鲁。可他是怎么认识他们的呢？为什么其中的裴俊浩和巴布鲁被肢解后，埋在了他家的地板下呢？季雅幻的背后一定有一个不为人知的秘密。

“让我和一个疯子住在一起，还有可能是一个随时会杀人的疯子，保护我的人还不能靠近这栋别墅，只能靠监控器远程监控，你觉得这样对待自己的研究员公平吗？研究这个人，我也许会随时丧命的。”我向萧维洛老师抱怨道，当然，我们是坐在距离别墅不远的一辆车里。

“在我们的研究所里，我找不到第二个可以胜任这项工作的人。在过去的三年里，你也接触过很多精神病患者、心理异常者或者重刑犯，更何况你自己也有过类似的经验，所以我相信，你会找出这个连环杀人案的真相。”萧维洛老师吸了一口烟，得意的表情里带着一丝丝邪恶。

“你就直接说，我也曾经是个连环杀人凶手，不更简单？”我抢过萧维洛老师手中的烟，狠狠地吸了起来，心想：我恐怕也是个疯子，专门对这些危险诡异的事情感兴趣。

Chapter 2　诡异之屋

入夜时分，月朗星稀。季雅幻拉开窗帘，静静地站在窗前，他又进入那种凝神的状态了。我就站在他身后，观察他。

“你听到了吗？”他轻声地问。

“听到什么？”我有点儿费解。

“厨房里水管滴水的声音。”

“我看，厨房的水龙头需要修理一下了。”

“那其实不是水管滴水的声音，是一个小女孩站在水管的位置，她的脖子上一滴滴地流出鲜血，然后又滴落在地板上的声音。我几乎每晚都能听到这声音。”

虽然，我很清楚地知道，我眼前的男孩患有严重的妄想症，但在这夜深人静的时刻，整个客厅又是漆黑一片，听到他这么逼真地描述他“看”到的情景，我还是有些不安。

“你听到了吗？”他又开始发问。

“什么？”我追问。

“箱子上咯吱咯吱的声音。”

“箱子又为什么会发出声音？”

“那是一个年轻的母亲被吊在半空中，鞋子摩擦箱子的声音。”

“啊？”

“她身上流出的血已经把箱子染红了。”

其实我根本没有听到任何声音，但我还是看了一眼客厅里那个半人高的储物箱。我承认，我此时的感觉已经不仅仅是不安了，而是焦虑。

“你听到了吗？”他把脸转了过来。

“又有什么声音了吗？”我这次直接问。

“沙发上也有声音。”

“是什么？”

“有个男人在客厅里宽大的沙发上滚来滚去，他一边呻吟，一边口吐鲜血，他很痛苦。”

我又本能地向沙发的位置看过去。我想，我也快得妄想症了，再这样下去，我会分不清到底是他在幻听，还是我在幻视。他描述得太真实，刺激了我的大脑，让我浮想联翩。我从不安到焦虑，再到恐惧。

季雅幻慢慢走向我，微笑地看着我，说：“你不该来这里，也许，你只是贪玩，无意中来到一栋传说闹鬼的别墅。其实，这别墅里真的有鬼。你眼前的我，就是鬼。”

“人人都说我有阴阳眼，我只是想确定一下是不是真的。不过，很奇怪的是，我只能看到你，看不到其他的灵魂。”我很虔诚地照着他的剧本在演。

“也许我和你有着某种特殊的缘分，所以你才会看到我。就像我和杰夫、裴俊浩还有巴布鲁一样，他们三个也可以看到我。你知道吗？万圣夜，是鬼魂的世界最接近人间的时间，我只能在万圣夜见到我最想见的朋友。”

“你是什么时候和他们三个见面的？”我一定要问这个问题，因为我想知道可能的杀人时间。

“万圣夜。我只有在那个鬼和人最接近的夜晚才能见到他们。第一次是裴俊浩，第二次是巴布鲁，第三次将是杰夫，就在今年的万圣夜。”季雅幻说话的表情非常认真，认真到你真的会觉得他已经死了。

Chapter 3　无声说话

不得不承认，和季雅幻共度的第一个夜晚真是一种煎熬。我虽然没有看到任何奇怪的情景，也没有听到任何奇怪的声音，但仅仅是听了他的描述，我就仿佛已经走入了他的世界：影子飘荡的世界。我知道，他所看到的男人、女人还有小孩，一定和他的病有关，也和他家地板下那两具被肢解的尸体有关。

我要找到一种方法来了解季雅幻究竟是一个什么样的人，他到底经历了什么，能在两年的时间里，把自己从一个绘画天才变成一个自称是鬼魂的疯子。一个擅长画画的年轻人，要打开他心里的那扇门，最好的方法也是画画。

“既然只有我能看到你，只有我们可以交流，那……你可以留一点儿纪念给我吗？”我拿着一张白纸和一支铅笔递给季雅幻。

“你希望我为你画一幅画？你真了解我，居然知道我活着的时候最喜欢画画。你想让我给你画什么？”季雅幻干净清爽的笑容里透出年轻俊美的芬芳。

“就画一棵树吧，一棵代表你的树。”我尽量不去碰触他的身体，好让他总是能以为他是虚幻的，因为鬼魂都是虚幻的。

就在季雅幻兴致勃勃地画画时，别墅大门的门铃很诡异地响了起来。会是谁呢？这栋别墅除了季雅幻之外，没有人会来这里的。不会真的是……？我的脑袋里居然冒出了这样一个念头，我屏住呼吸，一步步慢慢地走向大门。

“我是简深蓝，精神科专家，请开门吧，维拉小姐。”说话的是一个男人，他居然知道我的名字。

“我真的差点儿把你当成‘影子’了。你知道，和他在一起，我真的分不清楚自己是在人间还是冥界。”我还有心情开玩笑，把简深蓝带进客厅，有些无奈地说道。

“其实萧维洛也没有那么狠心，他知道你一个人会害怕，也可能会有危险，所以，就找我来帮助你。不过，这是假话，真话是，我对这个案件也很感兴趣。”简深蓝自顾自地坐在沙发上，眼睛却一直盯着认真画画的季雅幻。

“他很多时候都很安静，一言不发。我很想知道，他沉默的时候都在想什么。”我泡好一杯咖啡，端给简深蓝。

“他不出声的时候也是在说话，只是我们听不到而已。”简深蓝喝了一口咖啡，饶有兴致地环顾客厅的四周，当然，他看到的客厅到处都是灰尘，还有用白布遮盖的家具。没办法，对于一个“影子”来说，又怎么可能打扫自己的房子呢?

“不出声的时候也能说话，难道你真把他当成‘影子’了？”我有些费解地打量着简深蓝，一身休闲装束，像个年轻时尚的玩家，和精神科医生的职业特征一点儿都沾不上边。

“他头脑中的声音可能不是想象出来的，而是他自己的声音。这是一种‘无声说话’，也就是不发出声音的咽喉活动。这个，我们用仪器专门测试过，妄想症患者真的可以不张嘴就能够自己跟自己说话。”简深蓝重重地点了点头，他的意思是：你要相信科学。

一个人静静的，不张嘴也可以自己和自己说话，这简直让我无语。一个说话的杀人狂都很难对付，更何况是一个不说话的！我无法理智地断定，他家地板下的两具尸体和他无关。

Chapter 4　树木人格图

距离万圣夜还有一个星期左右的时间，季雅幻要约见第三个人了，这也意味着第三次杀戮要开始了。我们必须在他见到杰夫之前，了解整件事的真相。我觉得压力重重。

就在我无比愁苦的时候，一身休闲装的简深蓝嚼着可口的曲奇饼干，漫不经心地带来了另外一个雪上加霜的消息：万圣夜要来赴约的杰夫已经被证实是一个手段极其残忍的重刑犯。警方之所以没有抓他归案，就是想通过他和季雅幻的见面来推测杰夫的杀人动机。

死者的四肢都呈粉碎性骨折，死者往往要经历几小时的剧痛和流血才会最终死亡……看着一张张案发现场的照片，看到死者们扭曲而狰狞的面孔，我感觉到有些不舒服。简深蓝带来的消息可真是一个晴天霹雳，一个阴气森森的男孩已经够受的了，现在居然又来了一个虐杀成性的恶魔。

"一棵树，就可以使你更了解他吗？心理学有时很神奇。"简深蓝一边仔细地看着季雅幻画的树，一边像探究一样感慨道。

"树干是曲直型的，说明他有某种压抑感，防御心理很强，还有心理创伤的体验；单独生长的枝叶，说明他在成长过程中可能受过刺激；而且整棵树几乎没有树叶，像枯树一样，说明他是一个没有活力并且有衰竭感的人；树根是暴露的，说明他内心有很多纠葛，想要整理清楚。"我对着季雅幻的画分析道。

"他是一个内心隐藏了很多秘密，却又无法袒露的人。"简深蓝听完我的分析，又翻开了季雅幻的档案细细地读着。

是的，季雅幻的确是一个神秘的人物。十二岁那年，他失踪了，家人报了警，并想尽一切办法寻找。直到半年以后，一个警察才在垃圾场里找到了正在捡垃圾的他。回到家里，他对自己失踪的事情只字未提。他为什么会失踪？半年的时间里他都去了哪里？遇到了什么事情？至今都是一个谜。要挖出十年前就深埋在他心中的秘密，对我来说是一个很大的挑战。

"你的老师萧维洛早在三年前就接触过季雅幻的案例，那时候裴俊浩和巴布鲁还没有死。所以，在他们两个人的身上，我们也获取了一些资料。"简深蓝拿出了一个档案袋，笑呵呵地把档案袋递给我。

“看来你们早就摸清底细了，却故意把我放在这么一个‘险恶’的环境中，是想考验我的适应力吗？”我接过档案的时候，心里却在想，萧维洛老师对我依然不是完全信任的。他依然怀疑，我体内的那个正义的自己是否会战胜那个邪恶的自己。

十年前，杰夫、裴俊浩、巴布鲁、季雅幻四个来自不同国家的年轻人，跟随他们的家人在美国的马尼图斯普林斯小镇居住时，都神秘地失踪过。他们失踪的原因不明，怎么回来的也不知道。但四个人都绝口不提那段失踪的经历，回归之后又神奇地结下了深厚的友谊。这四个人一直保持着秘密的联络，却又向所有人隐瞒他们彼此之间的关系。难道这不可告人的秘密友谊就是造成死亡的根源吗？

Chapter 5　恐怖的照片

“不同的脸孔，每夜都会浮现，我们那时候很害怕，但我们很坚强。就像水龙头、沙发还有木箱，我不想看见，它们却不躲起来。我觉得其他人和整个世界都不存在，所以，我是一个鬼魂。”季雅幻很认真地对我们说着他的感受，可惜的是，他眼睛里根本就没有我们两个人。也就是说，在他看来，自己是在对着一团空气说话。

“你能听懂他在说什么吗？这是典型的‘联想散漫’的特征，不同的观念和不同的心理之间没办法连接。说话漫无边际，前言不搭后语，没办法像其他人一样有正常的思维活动轨迹。所以这是障碍性的精神分裂症。”简深蓝在他的工作记录本上一边写，一边总结。

“你当着他的面这样说，会不会刺激到他？”我小心提醒着简深蓝，坦白地说，我很担心在半夜睡觉的时候，看到举着刀来杀我的季雅幻。

“你放心，他根本不会注意到我们在说什么。一个正常人绝对有能力决定自己在某个环境中要注意什么、忽略什么，但我们眼前的这个年轻人是做不到这一点的。来自外界环境中的所有未被区分的感觉资料在他的感觉器官里都是混乱的，这就是所谓的‘选择性注意损伤’。所以，他的大脑现在无法整合我们所说的话。”简深蓝用专业的精神科医生的姿态，骄傲地发表着他的言论。

“所以，他也分不清楚，他所看到的影像是来自一部电影、一本画册，还是真实的场景，或者是他的记忆。他完全分不清楚。声音也是一样的，他分不清楚那些声音到底是来自现实世界，还是记忆的世界，或者是他自己的无声话语。这才是他妄想的根源。”我认真地看着眼前这个确确实实存在的年轻人，却真实地感觉到他的虚无。

我还是打算冒一次险，把埋在季雅幻家地板下的肢解尸体特写照片拿给他看。我可以想象，当年来这里翻修房子的装修工人在掀起地板之后，看到那散发着怪异味道、严重腐烂，并且支离破碎的尸体时，会是怎样的震惊。

“你认识照片上的人吗？他们都是你的朋友。”我把照片摆在季雅幻的面前。

季雅幻看了照片很久，一直不停地摇着头。突然，他从自己的身上拿出一把刀，一把锋利的水果刀，疯狂地朝着桌子上的照片刺过去。他一边刺，一边疯狂地大喊着："我不想死！我会服从！"

我被他这突如其来的举动吓坏了，他拿着刀疯狂乱刺的样子就像是不反抗就会被人杀死一样。闻声赶来的简深蓝干净利落地夺下他手中的刀，把他死死地按在了沙发上。简深蓝从自己的口袋里拿出一根绳子，以最快的速度从背后捆住了季雅幻的双手。"我的皮包里有镇静剂，帮我把针管准备好！"简深蓝大喊。

"哦……好！"我还是第一次看见一名医生如此身手敏捷地"制伏"一名疯狂的患者。

季雅幻终于慢慢安静下来，在进入睡眠状态之前，他用悲伤的眼神看着我，说："没有人知道，我有多么痛苦，每年我只有一次机会，来告诉他们我的感受。那时候，他们也会出现，这样，我们就……"季雅幻安静地睡着了，躺在沙发上的他就像一个无辜的孩童。我无法把这样的他和刚才那个发疯的人联系在一起。

"他疯狂地举着刀时，脸上的表情是沮丧无力的，他甚至流出了眼泪，好像他的举动是被人威胁着一样。"我看着累得气喘吁吁、一脸怒气的简深蓝说道。

"这个时候你还有心情来分析他的举动？你知不知道我们现在面对的是一个什么样的人？是一个根本无法区分自己是人是鬼、无法区分现实和虚幻，也无法知道自己是否疯狂地杀过人的人！你刺激他的后果，有可能是他随时会杀掉我们两个！难道你想变成地板下的尸体吗？"简深蓝把那些肢解的照片狠狠地摔在地板上。

"但……至少我推测出，在某种迫不得已的情况下，他可能杀了人。他杀人，很可能是被强迫的。”我怯生生地看着生气的简深蓝。

Chapter 6　姐姐的“照顾”

三天的时间过去了，我有时看看客厅和书房的地板，它们是那样平滑，根本不像是有尸体被挖出来的样子。我打开了第一位死者裴俊浩的档案，三年多以前，萧维洛老师曾经请他画过一幅记忆里最有印象的场景图画，希望从对他的测试里找到一些蛛丝马迹。那幅画画的是快乐的一家人。

爸爸妈妈，还有七八个小孩子。他们并排躺在地板上，脸上是微笑的表情，大家手拉着手。可黑黑粗粗的线条和红色的背景让人有一种不安的感觉。一个家庭里怎么会有那么多小孩子？红色的背景连成一片，倒像是……

我又想起了季雅幻那天夜里的倾诉：小女孩、母亲、男人……他们的身上都浸满鲜血，时时刻刻浮现在季雅幻的幻想世界中。

“微笑是被猜测的表情，相信在裴俊浩的真实记忆里，他们的表情不会是微笑。”说话的人是一个留着披肩长发、神情平静的女孩子。她突然悄无声息地出现，吓了我一跳。

“你想得太投入了，都没有感觉到我的存在。你好，我叫叶惠西，是季雅幻的朋友。”女孩子说完就伸出手来，期待一次友好的握手。

“当人们回忆一件事的时候，并不能准确地再现它，相反，回忆是对发生过的事情的重构。人们总是根据自己的意愿来塑造自己的回忆，摒弃痛苦的、悲惨的，留下美好的。甚至会把一些可怕的记忆也涂上美丽的色彩。”我的嘴角微微露出了一丝得意的笑容，我决定去查找季雅幻失踪的那半年里，他可能去过的地方发生过的跟家庭有关的惨案。

“我是季雅幻姐姐的朋友，偶尔来看看雅幻，毕竟雅幻是她生前最惦念的弟弟。”叶惠西一边说，一边走到季雅幻的身边，轻轻拍了拍他的肩膀。季雅幻那游移不定的眼神里发出了一丝异样的光芒，泪水慢慢地流了出来，他把头靠在了叶惠西的肩头。

“我一直照顾他，他好像谁都不认得了。但他每次看到我都会流泪，还叫我姐姐。我想，他是把我当成他死去的姐姐了。”叶惠西轻拍着季雅幻的背，像哄着婴儿的母亲一样。

可怜的季雅幻！两年前，他的父母和姐姐死于一场空难，从此以后，这偌大的房子里就只有他一个人住，靠着父母的遗产生活，否则已经疯癫的他哪有谋生的能力。三年前接受委托辅导的萧维洛老师一直在帮助季雅幻从抑郁症的困扰里走出来，萧老师调查到了他身边的三个神秘朋友，后来却因为筹备其他的研究项目中断了对他的辅导。再次面对季雅幻的委托时，却是警方告知的肢解惨案。也许萧老师的心里很内疚，也有探究真相的决心，才让我去接近这样一个独特的病人。

“你对他们家的一切好像都很了解。”简深蓝用审视的眼光，打量着刚进来的叶惠西。

“我和他姐姐是大学同学，我也是学心理学的。除了帮助已故好友的亲人之外，我也希望可以通过自己的力量来解开雅幻的病症之谜。”叶惠西说得情真意切。

Chapter 7 恐怖的杰夫

第二天一早，我在花园里散步。想想那两位日夜守护我们的保镖先生也很辛苦，就打算向他们问个好。走到他们日夜坚守的那辆黑色轿车前，却没有看见人影。这个情况有点儿奇怪，因为早上他们肯定会在车外做做运动，或在车内喝着奶茶。可今天，那辆车异常安静。

我努力从车窗外朝里看，当我终于看清楚车里发生了什么的时候，我的心开始“怦怦”狂跳起来！两个身强力壮的男人满身鲜血，眼睛不甘心地瞪着，车子里面也都是鲜血，他们就那样可怕地死了！

“你怎么出去了？还不快点儿弄早餐，我们可都饿坏了。”简深蓝从后面走来，他完全不知道发生了什么可怕的事情。

“车里的两个保镖，死了。”我强作镇定地说着。

“天哪！怎么会发生这种事？”简深蓝也停在原地，有些错愕。

四肢的骨骼都被震碎，死者会在剧痛中因流血而死。可最怪异的是，我们昨天夜里根本没有听到任何声音，那么惨烈的死法，怎么没听到死者的呼救或惨叫声？！这死法，和杰夫的连环惨案不是如出一辙吗？

“杰夫来过了？他比约好的万圣夜的时间早到了！可他为什么出现，为什么要杀死我们的保镖？难道，他是要警告我们，不要再接近真相吗？”我惶恐地在别墅客厅里转了好几圈，这突如其来的死亡让我开始对自己所调查的事情产生了恐惧。

“我们在保镖的车里发现了致幻剂的成分，他们是先被迷晕，再被杀害的。所以，你们在别墅里听不到他们呼救的声音。”法医宣布了他的发现。

“没有声响的死亡，才是最可怕的死亡。如果这个杰夫真的要用这种方式来警告我们不要继续追查，那我得承认，他至少成功了一大半。”虽说我对这类事已经见多识广了，但还是感觉从心底里涌起一股寒意。我用手捂住自己的脸，企图使自己保持冷静。

“巴布鲁在催眠实验里，曾描述过几个孩子被囚禁的情景。他们没有被打，也没有被虐待，但是他描述得像地狱一般可怕。这是我们的重要线索！维拉，你要坚强一点儿，我们已经越来越接近真相了。”简深蓝抓住我的肩膀，很坚定地看着说，“他们四个人很可能遭遇过一场绑架和囚禁，正是那场事故导致了他们每个人命运的改变。一个变成了妄想症患者，一个变成了杀人者，一个总是逃避自己的回忆，一个总是说谎。”

“所以，我们要知道，十年前，在那四个孩子失踪的美国小镇里究竟发生了什么事情，才导致了这一切。萧维洛老师已经在调动一切信息资源了，我们接下来的任务是从那些案件里找出和他们四个的特征相符合的案子。”我深深吸了一口气，才让自己稍微平静了一些。

三天！距离季雅幻和杰夫约定的时间，还有三天！警方没有足够的证据证明杰夫就是那些碎骨惨案的凶手，警方也没有完全的把握可以确定杰夫一定会来赴约。可我们却很真实地面临着随时被妄想症患者和杀人狂魔杀掉的危险。这世界真不公平。

Chapter 8　鲜血淋漓的过往

没有人可以想象，当年的那四个人究竟经历了什么。但是，我手上刚刚拿到的资料让我开始怀疑，十年前的那一连串屠杀惨案和他们四个都有关联。

一个家庭接一个家庭被害，几乎都是满屋的鲜血、满身的伤痕，也许是棍棒所为，也许是屠刀所致，或者只是赤手空拳……一家三口、一家四口、一家八口，那些活生生的生命就在一夜间荡然无存了。墙上迸溅的鲜血和死不瞑目的眼睛，仿佛在控诉着死亡那一刻的战栗和恐惧。我翻看着一张张照片和一沓沓资料，除了触目惊心，还是触目惊心。

“一定要把他锁在房间里才安全吗？”我问身旁的简深蓝。

“前天晚上，我们睡着的时候，他溜出去过。所以，现在也不能排除季雅幻是杀死那两个保镖的凶手。坦白地说，我在最开始的时候，并没有判断出季雅幻有不可抑制的暴力倾向，也并没有认为他会伤害我们。这可能是我的疏忽。”简深蓝的语气有些失落。

“两个保镖不会是他杀的，我的直觉告诉我。房间里有鬼魂的事情，他讲过很多次，可每一次，他的情绪都是带着内疚的。虽然他有时是语无伦次的，但每当他讲到房间里的鬼魂时，语言都是顺畅而又清楚的。一个对鬼魂内疚的人是不会杀人的。”我知道，自己这一次太感性了，这样会失去理性的判断。但很多时候，直觉是最没道理却也是最准确的。

“但是季雅幻的衣服上，有和在保镖的车里发现的致幻剂相同的成分。虽然他身上没有血迹，案发现场也没有留下他的任何痕迹，但无法解释，为什么他的衣服上也有致幻剂的成分。我们没有办法保证他不是一个一等一的高手，我是指那种谋杀的高手。”简深蓝看着我说话的眼神，其实也是充满忧虑和不安的。

“你觉得十年前失踪的他们和那时候出现的家庭连环惨案有关？”

“我不能完全肯定，我只是猜测。那时的犯罪集团被称为‘家庭刽子手’，他们是一群穷凶极恶的暴徒，肆无忌惮地抢劫、屠杀。不过，他们的身世都很可怜，大部分是流浪儿，缺少关怀，生活没有保障。后来，他们还绑架了一些十到十四岁的小孩子，就像是培养接班人一样，把他们对社会的愤怒和内心的邪恶传递给那些孩子。”我拿出档案给简深蓝看。

“他们有一种邪恶的念头，希望培养的小孩子和他们一样，屠杀别人时没有一丝怜悯，他们认为那才是符合他们标准的同类。这群不折不扣的疯子！”

“他们四个当年很可能就是被那个团伙绑架了，四个孩子忍受的不是肉体的折磨，而是反反复复的精神虐待。如果一个孩子被迫一次又一次地看到屠杀，就一定会改变他的心理状态。”我想起了我调查过的一个集体屠杀案，我终于找到解开这个谜团的方法了。

四个人坚持不肯透露秘密，即便是安全回到家中，也不会对任何人透露当年的事情。这是典型的因为压力而被威胁的心理。即使不再面对暴力和死亡，他们也一样觉得那些让他们恐惧的力量时刻存在，说出秘密的结果可能就是死亡。

Chapter 9　共同点

“他们知道的，他们一直知道我们的秘密约定。我们一直想要道歉，却一直没有机会。前几年，我以为他们已经忘记了我们，可没想到，这几年，他们一直如影相随。我说的每一句话、见过的每一个人，他们都知道。他们总是出其不意地出现在任何一个我能看到的地方。后来我才明白，我已经死了，所以才可以和他们那么自由地交流，才能那么容易地看到他们。”季雅幻难得说出这么连贯而又富有逻辑的话。

“他这是明显的‘思维广播’现象，就是他相信自己的思维活动在对外界广播，每个人都能听到他的心声。就像是全世界的人或者‘影子’闯入了他的脑袋一样。”简深蓝隔着玻璃窗，观察着房间里的季雅幻。

“‘影子’是他念念不忘的牵挂，说明他心里有内疚的情绪。假设他仅仅是看到了家庭的屠杀惨案，为什么又会因为‘看到’而内疚呢？除非……”我若有所思地看了一眼简深蓝。

“除非他们也被迫参与了屠杀！”我们两个几乎是异口同声地说出了这个结论。

“按照这个思路分析下去，我可以找到季雅幻患有妄想症的根源，你也可以找到他总是声称自己是‘鬼’的根源。”简深蓝也显得异常兴奋。

“四个孩子会组成一个小团队，即使他们都参与了杀人，因为是四个人，他们也可以减轻一些罪恶感。在被绑架的情况下，会激发出他们四个人特有的凝聚力量，因为只有团结才能保护自己。他们当中也许还有一个‘小领导者’在不断地鼓励他们，而他们可以活下去的唯一办法就是像绑架他们的人一样屠杀别人。长久地面对鲜血淋漓的屠杀场面，使得他们对痛苦、杀戮、鲜血、惨叫、死亡这一切都变得麻木了，对本该惧怕的东西不再恐惧了，所以才能下手去杀别人……”我饶有兴致地分析和推测着种种可能性。

“你好像是在分析战场上屠杀成性的士兵，可他们不过是十几岁的孩子。最符合你所说的‘小领导者’身份的人应该就是杰夫！在四个孩子中，他的年纪最大，很可能是屠杀集团和被绑架的孩子之间的‘纽带’。”简深蓝笑着对我说：“不得不承认，你工作的时候很有魅力。”

“这也可以解释，为什么杰夫变成了一个嗜杀成性的人。他应该是出现了一种‘斯德哥尔摩症候群’的症状。为了活命，为了不被伤害，他甚至开始依赖屠杀集团，还帮助屠杀集团来训练那些被绑架的孩子。人性的邪恶和善良总是一半对一半，就看那个人是处于什么环境了。最可怕的是，杰夫就是让那些孩子去杀人的‘命令者’。”我想，我对于整件事的把握度已经越来越高了。

当时间慢慢过去，当对痛苦和死亡的麻木感慢慢消失，取而代之的是不断重现的回忆和回温的同情与内疚。痛失家人的打击对于年轻的季雅幻来说，是在他一直逃避的经历上雪上加霜的事。他见到的不仅仅是鬼，还有被唤醒的痛苦与内疚。可问题是，他为什么要定下每年的万圣夜都见一个朋友的约定呢？而且，这些朋友还跟当年的绑架失踪案有关。还有谁知道他们的小群体背后的秘密呢？

每一个家庭成员都是在被打断四肢之后才给予了致命的一击，打断四肢可以让死者毫无反抗之力，这体现着凶手有强烈的权力控制欲。十年前的家庭连环惨案和杰夫的连环案如出一辙，这也是警方要利用季雅幻来找到杰夫杀人动机的原因吧。

Chapter 10　一切都是一场骗局

万圣夜是鬼魂和人间最接近的时间，在这个晚上，所有的灵魂都会回到他们熟悉的地方，或是寻找他们恩怨未了的人。

“其实在我心里，一直都有另外一种猜测。我觉得杰夫很可能是试图开启其他三名同伴的‘罪恶之心’，他企图同化他们，让他们像自己一样不断杀人。”我终于说出了埋藏在心里的一种想法。

“所以，杰夫是在训练季雅幻成为一个屠杀的高手。而练习的对象就从裴俊浩和巴布鲁开始。因为他们两人远比季雅幻清醒，杰夫很难把他们变成和自己一样的杀人者，他最后的希望就只有季雅幻了。”简深蓝也赞同我的这种猜测。

按照这个思路分析下去，我的脑中几乎勾画出了这样一幅画面：杰夫跟他的小群体保持着紧密联系，目的就是慢慢改变其他三个人，而这在患有妄想症的季雅幻身上更有实现的可能性。于是，在杰夫的引导下，季雅幻果然杀死了每年来赴约一次的裴俊浩和巴布鲁。他的“训练”甚至还升级到引导季雅幻杀死了两位保镖！可如果真的是这样，他为什么不引导季雅幻来杀死我和简深蓝呢？杀死我们岂不是更简单、更容易？

不对，不对，我不应该低估杰夫的战斗力，他绝对不会引导季雅幻来杀死我和简深蓝，至少不会先杀我们两个。因为他还要和我们较量呢！他想知道，是他可以成功地训练出一个连环杀手，还是我们可以成功地从他认定的连环杀手身上找到捉住他的机会。以跟警方较量为荣，是每一个连环杀手最大的乐趣。

已经过了午夜十二点，我们期待中的主角还是没有来。在我和简深蓝看似平静的表情下，其实都掩藏着一颗非常躁动不安的心。因为我们不知道杰夫的葫芦里卖的是什么药。他是酝酿要杀死我们，还是想把我们的精神折磨得彻底崩溃？

这时，有人按了门铃，那“叮咚”的一声，在午夜里显得特别响亮，我感到自己的呼吸都有些急促了。打开门发现，按门铃的人竟然是叶惠西。

“呵呵，还在等待杰夫的出现？你们可真是执着，我看你们都被萧维洛老师的实验给骗了吧？”叶惠西有些得意地坐在沙发上，像看着两个傻瓜一样看着我俩。

“你怎么会来？”我有些费解。

“你和简深蓝的资料都是谁给的？萧维洛老师嘛，可你们有没有求证过，那些资料是不是真的来自警局或者是精神科？没有吧。你们肯定也不知道我的真实身份。”叶惠西像是在强忍笑意，拿出一摞照片。

“你也认识萧维洛？”简深蓝显然也没搞清楚这是怎么一回事。

“我也是萧维洛老师的学生，三年前，老师开始辅导季雅幻时，我就一直协助他。不过，那时候的雅幻不过是个得了抑郁症的孩子而已，后来才演变成妄想症。三年前我们也调查了他身边的三个神秘朋友：杰夫、裴俊浩和巴布鲁。可惜，你们肯定猜不到结果。”叶惠西像模像样地说道。

“可惜什么？”我有些好奇。

“我们发现，杰夫、裴俊浩和巴布鲁都只是季雅幻臆想出来的人而已。在他的幻想世界中，他们四个人一直是很好的朋友，并且共同经历过一场绑架。十年前，家庭连环惨案的制造者——‘家庭刽子手’集团，专门绑架小孩子，强迫小孩子目睹他们的屠杀过程，把小孩子变成他们的杀人工具。雅幻就是其中的受害者。要让一个十二岁的小孩子参与对一家人的屠杀，这对他来说就是一种精神的威胁和虐待。”叶惠西解释道。

“你是因为认识季雅幻的姐姐，才把你在心理系听说过的最著名的萧维洛老师介绍给季雅幻的家人吗？”我问道。

“何乐而不为呢？既可以帮助别人，又可以得到第一手资料。”叶惠西说得很轻松。

“那萧维洛让我们加入进来又是为什么？”简深蓝觉得自己被老朋友诓来，有点儿委屈。

“重新建构季雅幻的记忆。我们很想知道，他认为自己是鬼魂，认为当初杀死那个无辜家庭的是四个人，而不是他一个人，塑造这些幻想和记忆究竟是一种怎样的心理需要。”叶惠西彻底讲明了意图。

“人一旦加入了团体，就可以把道德和责任推卸掉。季雅幻如果幻想当初是一个小团队屠杀了那个家庭，他的罪恶感就会减轻，就可以把责任推卸到任何一个他幻想出来的人身上。一次次鬼魂的再现，就是因为他一次次的内疚和恐惧所导致的。那些人死亡的画面从来都没有从他的记忆中抹去过。”我分析道。

“等一下！如果其他三个人都只是季雅幻臆想出来的，那也就意味着，我们看到的裴俊浩的画、巴布鲁的催眠记录，都是来自季雅幻一个人了？而且所谓的被埋在客厅和书房地板下的肢解尸体也都是不存在的了？”简深蓝肯定觉得自己被骗了。

“可惜你们一个是心理专家、一个是精神科专家，居然没有一个人识别出这一切。”叶惠西的样子明显是在质疑我们两个人的专业水准。

Chapter 11　未曾出现的杰夫

简深蓝还是无法相信叶惠西所说的一切，当他亲自打电话向萧维洛老师求证时，萧维洛老师告诉他，叶惠西确实是他的学生，他也确实在这几年里都让叶惠西跟进季雅幻的案子。骄傲的简深蓝简直无法忍受真相了，他连忙挂了萧维洛老师的电话，深深地陷入一种质疑自己专业能力的挫败感中。

整个万圣夜杰夫都没有出现，就足以说明，杰夫是一个根本不存在的人。两个保镖的死也无疑是季雅幻所为了。

“可萧维洛老师难道不知道季雅幻有暴力倾向吗？他让我们和他日夜相守、分析他，真是把我们的命都交到一个疯子手里了。”我有些抱怨，“不过，这也可以证明，我们先前的分析是成立的，杰夫一直在教唆季雅幻变成一个杀人者。在季雅幻的幻想世界里，他把臆想出来的裴俊浩和巴布鲁杀掉了。只可惜，我们一直以为的四个人，其实都是他一个人。”

“那么，季雅幻的病症就不再是妄想症那么简单了，他已经是很严重的人格分裂了。这个跳跃也太大了！从妄想症直接跳到人格分裂症。”简深蓝的语气里明显地透露着一丝不甘心，他不甘心自己没有做出正确的诊断。

“两个保镖的死确实是个意外，我们并没有想到，季雅幻所臆想出来的那个杰夫有着如此严重的暴力倾向。万圣夜是我们分析的分界点，本来以为在那一天之前，你们会得出来季雅幻患病的有效结论。可你们居然相信，真的会有那样一个人去赴那样一个约。”叶惠西掩饰着她的小轻视和小得意。

“好戏也该散场了。”简深蓝无精打采地说道。

“我开车送季雅幻去精神疗养院，走之前，我会给他注射一次镇静剂。”叶惠西像是在宣告整件事的结束。

“那我开车带你去喝点儿东西，放松放松，我们被耍了那么久，也该检讨一下自己的专业能力和专业判断了。”简深蓝说着，拿出车钥匙。

我也有些无精打采，朝着新派来的保镖车走去。“任务结束了，我们可以散了，传说中的杀人狂魔昨夜根本没有出现。”新来的两个保镖听了，也是一阵窃喜，他们也不想日夜守着疯子，面临生命危险。

我坐在简深蓝的车里，看着窗外驶过的风景，回想着整件事情。我的脑中闪现出一幕又一幕这些天来我们和季雅幻相处的情景。

“我一直照顾他，他好像谁都不认得了。但他每次看到我，都会流泪，还叫我姐姐。”我想起了叶惠西所说的话。她也一样是在扮演角色，季雅幻叫她“姐姐”，这个“姐姐”是指谁呢？

"没有人知道，我有多么痛苦，每年我只有一次机会，来告诉他们我的感受。那时候，他们也会出现，这样，我们就……"这是季雅幻比较顺畅的倾诉，"告诉他们我的感受""他们也会出现"，这两个"他们"听起来指的不像是同一伙人。

我突然问了一句："简深蓝，简大医生，你真的相信自己的判断失误了吗？季雅幻的鬼魂妄想症真的会使他幻想出三个根本就不存在的人？所有的资料确实是萧维洛老师给我们的，难道那些肢解的图片真的只是让我们了解季雅幻把幻想中的人杀死了吗？"

"萧维洛又传资料给我了，有手机真是一件方便的事。用手机传资料真是实现了随时随地啊。"简深蓝故意没有接着我的话题来说，骄傲的他依然在逃避这件事，诊断失误的挫败感，给他的打击可是够大的。

"当年的家庭连环惨案中，有一起案件和其他的特征不太一样。一家四口，被匪徒枪击之后，又被肢解。但刀口极其粗糙，手法十分笨拙。你真应该看看萧维洛传来的照片，太血腥了！不过，还有一个……"简深蓝念着资料，突然戛然而止，他开始疯狂地掉头！

Chapter 12　万圣夜之约

我们又飞车一般，开回了季雅幻的别墅。空空的别墅，季雅幻被带走了，到处都是灰尘的房间里，甚至还有着发霉的味道。

“你这是怎么了？为什么要突然回来？”一路上，简深蓝都像疯子一样开着车，闯了很多红灯，还差点儿撞到人，但他就像没看见一样，把车开得飞快。

“刚才我手机里的资料，不是萧维洛传来的，是警局的人传过来的！我们过去所拿到的资料不是假的，也不是萧维洛给我们制造的‘调查背景’。所以……季雅幻根本就没有人格分裂症！他只是一个单纯的鬼魂妄想症的患者！”简深蓝用力地扯开自己的领带，就好像那本来松紧适度的领带要使他窒息一样。

“也就是说，确实有四个人存在！杀人狂魔杰夫也是确实存在的！那杰夫为什么没有来赴万圣夜之约呢？万圣夜之约，没有出现的杰夫……杰夫会不会也死了呢？！”我突然恍然大悟。“叶惠西为什么要撒谎？她为什么要带走季雅幻？”我突然有一种掉进陷阱的无助感，不，不只是陷阱，而是深渊！

“我太骄傲了！我只是向萧维洛求证了叶惠西是不是他的学生，却没有求证叶惠西所说的事情是不是事实！叶惠西就是利用了我性格中骄傲的这一点！”简深蓝既后悔又愤怒地说道。

“你刚才在念资料的时候说，‘不过，还有一个……’还有一个什么？”我问道。

“还有一个幸存者，一个女孩，因为躲在柜子里没被屠杀集团发现，才幸免于难。但她目击了整个屠杀和整个肢解的过程。哦，天哪！”简深蓝恍然大悟一般。

“叶惠西就是那个幸免于难的小女孩！没错！当年季雅幻一定是在无意中看到了叶惠西，所以留存在他记忆里的一家四口才那么完整！可得了妄想症的他根本没有办法分辨出叶惠西是人是鬼。我想，叶惠西身上一定有一个特征让季雅幻这么多年都能牢牢地记住她！季雅幻口中的‘姐姐’，根本不是他死去的姐姐，而是在他的记忆里，当年屠杀惨案中的小女孩！所以季雅幻看叶惠西的眼神才那样怪异，以为自己见到‘影子’了！”我几乎痛恨我们的后知后觉，越是后知后觉，我越是恼火。

“杰夫的作案手法，根本就没有致幻剂这一招。警局这资料传来得也太他妈晚了！我们太蠢了！一个身强力壮的男人是不需要用药物迷晕被害人的，除非她是一个纤弱的女人！”简深蓝气得开始说脏话了。

“叶惠西杀死两个保镖，是想吓走我们，让我们不要破坏她在万圣夜的好事！”我们居然犯了这么低级的错误，或者说，叶惠西蓄谋已久了。

后来，我们在季雅幻家的后花园找到了一具被肢解的尸体，尸体只是简单地被花叶遮挡着。这尸体的主人，就是前来赴万圣夜之约的杰夫。在杰夫的手机短信里，有这样一条留言："亲爱的杰夫，记得万圣夜一定要来见我。因为那一夜是影子和人间最接近的时间。我等你，因为我们都需要向那死去的一家人忏悔。"

三天后，我和简深蓝在季雅幻的别墅里整理所有的资料，准备离开时，我们听到了有人按门铃。打开门，门外站着的人居然是失踪的季雅幻！

他木然地看着我，伸出一只手从他的口袋里掏出了一支录音笔。他举着录音笔，是想交给我。

我和简深蓝打开了录音笔的开关，听到了这样一段对话："杰夫是和他们一伙儿的，那时候，他骗我说，邀请我和他一起踢球。可那不过是一个绑架的诱饵，他们把我抓起来了。他们逼迫我们这些被绑架的孩子看他们杀人的过程。如果我们不看，如果我们不照着他们说的去做，他们就用同样的方法折磨死我们。

裴俊浩、巴布鲁，还有我，我们三个一起被迫用枪打死了那一家人，还肢解了他们的尸体。但我发誓，我真的没有开枪杀人，我只是被迫肢解了尸体！”

“那他们为什么放了你们？你现在和他们还有联系吗？”

“他们说，我们已经变得跟他们一样，是杀人犯了。如果我们敢把事实说出去，他们就杀了我们，或者把我们送入监狱。即使他们把我们放了，我们的精神也是一直被绑架着的。杰夫一直阴魂不散地出现在我们的生活中，还教唆我们跟他们一样，去杀死别人……我快要崩溃了，我快要疯了。”

“看到这只蝴蝶结了吗？姐姐头上戴的。谢谢你当年看到柜子里的我，而没有说出来，否则姐姐就和家人一样惨死了。你愿意帮助姐姐吗？约他们出来，这是你向姐姐的家人忏悔的最好方式。”

“好，如果这可以减轻我的罪恶感……”

“我录下了我和鬼魂姐姐的对话，因为我不知道，我是真的死了，还是活着。你能告诉我，这是录音，还是我脑子里幻想出来的声音吗？”季雅幻很虔诚地期待着我们的答案。

“我之所以这么晚才看到警局发过来的资料，是因为有人在我的手机邮件提醒功能的设置上延后了十二个小时。”简深蓝的眼睛像是在喷火。

“叶惠西！”他愤怒地喊着她的名字。

记忆中的情书

The love letter of memory

记忆中的情书里抒写了多少爱和缠绵，但当情书沾染了鲜红的血迹之后，它究竟是爱的使者，还是死神的信差？

Chapter 1　沾染血迹的情书

一封染血的情书，一个神秘失踪的男孩和一个记忆错乱的女子，这一切的背后，究竟隐藏着怎样一段故事呢？在行为画像研究所，我遇到的当然都是诡异的个案，但这一次，我遇到的难题是要重新整合一个人的记忆。

“我和弟弟晋铭去绮丽岭登山。在一处幽静的山道上，我俩边走边说笑，我没留神一脚踏空，顺着山道就滚了下去。我记得最后我的头撞在了一块大石头上，然后就晕过去了。等我醒来时，发现自己浑身是伤，周围一个人也没有。我挣扎着站起来，喊了半天弟弟的名字，但始终没有回音。弟弟失踪了，我的身旁只留下一封沾着血迹的情书。”晋美坐在我的对面，流泪说着事情的经过。我发现，她是个美丽的女孩子。

“情书上沾着血迹，经过检验是属于你弟弟的。这封情书是谁写给你的呢？”我提出了问题，心里却充满了疑问：在晋铭失踪的地方留下沾满血迹的情书，仅凭血迹并不能判定晋铭的生死，暂时也无法知道情书是否真和晋铭的失踪有关。

“我真的不知道那封情书是谁写的，因为上面没有署名，内容也很抽象。我甚至不知道那情书是不是写给我的，也想不起来，那情书是我的，还是弟弟的，或者是其他人的。自从我的头被撞了以后，好像我脑子里所有的记忆都变成了碎片，很模糊、很凌乱。”晋美皱着眉头，她看起来很痛苦。

我看了情书，虽然都是表达爱慕之情，却句句令人心里寒冷，我的第一直觉是写情书的人不是一个正常人。关键是，警方无法在情书上测到任何人的指纹。最诡异的莫过于此：一封给人看的情书，至少会有写信人和看信人的指纹，可上面没有任何人的指纹，这难道是意念写出来的情书？

我爱你飘逸的长发和灵动的眼睛，我就像失了魂的影子一般，只能日夜跟随着你。你的口红、你的丝袜、你的高跟鞋……那高贵的美丽中散发着无限诱惑的气息……

“一个人写这么暧昧的句子，像是玩一场爱的捉迷藏游戏。这封信透露的不是爱的信息，更像是一种妄想。”我盯着晋美的眼睛，心里却想着，她也许会有危险。

告别了晋美，我一个人坐在办公室里，心里有一种隐约的不安。为什么那情书上的字字句句让我有一种很熟悉的感觉呢？我快速地从研究所的档案库里调出了一份没有结论的档案，那份档案证实了我的猜测。

“情书杀人连环案”，在过去的六年里，不断有女人被凶手残忍地杀死，还把她们的嘴唇、耳朵、脖子、手脚和腿等部位切割下来，放在礼盒里，然后送给她们的家人。直到今天，这个凶手也没有被抓到，甚至连一点儿线索也没有。而这些女人在被害之前，都曾收到过怪异却富有吸引力的情书。

难道晋美和晋铭跟情书杀人连环案有关？如果真的是情书杀人连环案，凶手要杀死的人应该是晋美，但这一次，晋美好端端地活了下来，失踪的却是晋铭。难道凶手变了口味，改杀男人了？

我揉了揉自己疲倦的眼睛，无奈地笑笑，也许我太敏感了，可能晋美的事件和什么情书杀手没有任何关联，说不定姐弟两人只是在登山时发生了意外而已。不过，晋铭失踪已有一个月了，警方几乎搜遍了绮丽岭也没找到他，这件事还真有点儿诡异。

Chapter 2　**收到的礼物**

脑外科医生唐继三十出头，已是业内出名的专家，除了精明干练之外，他的身上还有一丝儒雅的气息。他微笑着把晋美的医疗档案递给我，说道："我对脑损伤患者的记忆研究很感兴趣，但我没想到善于研究犯罪心理学的你，也对人类记忆的研究如此热衷。"

"记忆就像梦一样，或者像虚构的小说，在心理冲突的基础上构建起来。但这些记忆可以彻底改变人的价值观念，甚至可以成为杀人的理由。当人的记忆跟死亡以及谋杀有关的时候，就会成为我研究的焦点。"我接过晋美的档案，心里很清楚，唐继对心理学能否可以像脑科学那样还原人类的记忆是怀疑的态度。

由于脑部的外伤导致了晋美的记忆错乱，她没有失忆，但她脑部的记忆却变成了碎片，没有时间的顺序，也无法区分真实和虚构的情节。所以，我必须在有限的时间内重新整合她的记忆，从而知道在她弟弟晋铭失踪的那一刻，究竟发生了什么事。这对我来说，绝对是一个挑战。

就在此时，我接到了晋美的电话，她慌张的声音让我意识到有事发生了。

当赶到警局的时候，我被眼前的礼盒镇住了。假如要评选一个最具创意的杀手，我遇到的这个绝对上得了榜。精美的琉璃盒里放着一对被切割下来的人耳，耳朵上还有一对闪亮的耳钻。如果不说那是从真人的身体上切割下来的，我会以为那是最高级的珠宝店用来展示耳钻的模型。

一小时前，晋美在自己家的大门前发现了这个礼盒。她打开一看，里面装的竟然是两只耳朵。法医无法确认耳朵是在人活着时还是死亡时被切割下来的，只知道耳朵经过了一段时间的低温保存。

在我还没找到拯救晋美记忆的办法之前，事情朝着更复杂的方向发展了。看来，我对于情书杀手的敏感也不是没有道理，可还是那个问题：如果真是情书杀手，为什么这一次残害的对象由女人变成男人了呢？

晋美依然惊魂未定，看着她苍白的面孔，我觉得我们应该去一个可以令人放松的地方谈谈。在一家咖啡馆里，晋美讲了一件奇怪的事。

“在梦里，我见到一个人，他脸上都是疤痕，样子很恐怖，让我不安的是，他和我那天在医院里看到的被炸伤的病人很像。可我问过医生关于那个病人的情况，我应该是不认识那个病人的。但那个梦境非常真实，在梦里，我感到那个人是喜欢我的，他总是跟着我，如影相随。我一想起他的脸就感到害怕。”晋美说的时候，像是陷入某种回忆之中。

“可这个人，和我们现在的事情有关联吗？”我问道。

“有！当然有。梦利用了在记忆中得到的各种元素从而再现了某些片段，这些片段可能是某些经历过的细节，也可能是各种细节的混合。所以，晋美梦中出现的脸上有疤痕的人很可能真的在晋美的生活中出现过。”说话的年轻人很英俊，笑起来时还露出了洁白的牙齿。

我接过他递给我的名片，上面写着：心理咨询师，欧沁。

Chapter 3　惯常的行为

欧沁的身份有些特殊，他不仅是一个认真执着的心理咨询师，还是晋美继母的儿子。这个关系还真是有些复杂。晋美的亲生母亲是苏氏家族的唯一继承人，虽然爱上了贫穷的晋美的父亲，却因为家族生意抛弃了晋美父女两人。而晋美的父亲带着她和欧沁的母亲结了婚，成了一家人。晋美和欧沁自然也就成了兄妹。

“晋美的父亲和她母亲分手时，得到了一笔钱。她父亲跟我母亲结婚之后，我母亲把那笔钱挥霍尽了。后来晋美的父亲因病去世了，我母亲也扔下我们，去找有钱的男人了。家里只剩我和晋美两个人相依为命，直到两年前，晋美的亲生母亲把她接回了家，她的生活才有所改善。”欧沁说这些时，一脸的悲伤。

“所以说，晋美和她弟弟晋铭的关系也是这两年才建立起来的……”我若有所思，但欧沁似乎知道了我的潜台词。

“他们的关系不错，晋铭也很关心相认不久的姐姐。据我所知，晋铭和晋美在失踪事件之前也因为情书的事争吵过。但我不知道具体的细节，只是听晋美提过一次。”欧沁的确很聪明，他似乎知道我的想法是什么。

……

在这个世界上，任何事都有可能发生，我无法排除晋铭的失踪跟晋美有关这个可能性。告别了晋美和欧沁之后，我去了苏家调查他们姐弟的关系。有一点欧沁没有说谎，晋美和晋铭两姐弟的关系确实不错。那么，继承权、财产、公司管理权力等的谋杀动机就可以暂时排除在外了。

我来到了脑科医生唐继的医院，他刚做完一个脑外科手术，从手术室里走出来。看到我，他并不惊讶，似乎是早就料到我会来找他一样。

“唐医生，病人的脑部外伤导致记忆受损，我们能不能大致了解到，病人究竟丧失了多少记忆，什么时候可以恢复，恢复的程度如何？”我发现自己提出了外行而又幼稚的问题，但我真的不知道具体答案。

“呵呵……大脑的结构非常复杂，至今我们人类探索的程度都不到十分之一。所以，对于你提的问题，我的答案是不能。我们无法用医疗手段来测定病人究竟忘记了什么，又记住了什么；什么时候恢复了全部的记忆，恢复的程度如何。对这些都是无能为力的。除了心理学的手段之外，重建记忆几乎成了一个不可能完成的任务。晋美的个案更是复杂，她处于失忆与未失忆之间。”唐医生这次的态度已经不那么具有挑衅性了。

“晋美最近有一些连她自己也无法理解的行为，她总是看抽屉，总是在床底下找些什么东西，半夜的时候会躲在厕所里，诸如此类。如果从心理学的角度看，我会认为，她这些无意识的行为其实是在重复过去某些经常做的动作。”我一边说，一边把在晋美家的监控器里拍下的录像播放给唐医生看。

“大脑会记住过去惯常的行为，所以晋美的行为应该是在受到某种刺激之后才诱发的。但是又因为晋美的记忆受损，所以她不记得引发这些行为的诱因了。如果能找到这些诱因，会更容易帮助她重建记忆的。”唐医生此时的眼光是有些欣赏的。

“你一定认为只有对付那些精神病患者，或者是严重的心理异常者，才会有拍摄录像的方法吧。其实，我是通过观察晋美的行为来推测她过去的生活轨迹，从而找回她失去的记忆。唐大医生对此应该没有异议吧？”我一边开着玩笑，一边看到警局又传了图片给我。看来，晋美又收到礼物了。

Chapter 4 零散的片段

我的手机接收到的图片是精美的红木礼盒里放着一双人手，手上还有一枚时下很流行的银质骷髅戒指。看到这枚戒指，我更加肯定，被切割下来的手是属于晋铭的。他是个时尚潮人，只有他才会戴一枚那么夸张又怪异的戒指。

回到办公室，我再次打开了情书杀人连环案的档案，电脑上出现的一幅又一幅图片真是令人触目惊心。礼盒里出现的红色嘴唇、肉色丝袜、粉色的高跟鞋……制作得就像是要拍广告宣传照一样精美。情书杀手似乎对那些代表了“女性美”特征的部位特别感兴趣，切割下来送给被害者的家人之后，他似乎又特别享受对方受到刺激的那种快感。

晋铭和那些被害的女子有两个共同点：一是被切割了代表美的身体部位，二是身体的部位被拿给家人看。难道真的是情书杀手转变想法，改去杀男人了？还是有人在模仿情书杀手的杀人方法？如果是第二种可能性，那个人又为什么要模仿呢？

第二天，我来到了晋美的家。她递给我一张纸，纸上写着她可以回忆起来的某些片段。她写着：情书、口红的味道、恐怖男人的脸、安井逸、晋铭的耳朵。

“每当我想到情书的时候，我就会闻到口红的味道，还会想起那天在梦里见到的恐怖男人的脸，我的眼前还总是浮现着晋铭那双被切割下来的耳朵。可这些片段都好怪异啊，我不知道它们之间有什么关系。”晋美显得很苦恼。

“安井逸？这是一个人名吗？还是什么？”我好奇的是这个名词。

“在我的记忆里，他是一个喜欢我的人。在我出事之后，我没有见过他。可我总是能想起他微笑的眼神和拥抱过我的臂弯。那感觉……很温暖，我很快乐。”晋美此时的表情有些害羞，也有些陶醉。

“你经常翻抽屉、搜床底下，也许是在找什么东西。除了现在住的别墅之外，你还有其他的住处吗？”我突然想起了这个问题。

“没有。会不会是在……”晋美若有所思。

“在你哥哥欧沁的家里。”我说出了她的猜测。

我们来到了心理咨询师欧沁的家，欧沁对于我们的突然到访感到讶异。我们在晋美住过的房间里翻找抽屉和床底下的木箱，晋美很本能地翻出了一些许久之前的文件和信件。

让我们所有人都吃惊的是，她找到了十几封没有署名也没有具体内容的情书，但每一封情书上都有具体的日期。就在晋铭失踪前的半年里，一直有人给晋美写情书，但那些情书不是邮寄的，是有人送来的。

“你曾提过一次，好像是说晋铭反对你玩游戏。当时是在电话里，我没有听清，只是隐约记得那似乎是和情书有关的游戏。我真没想到，这些情书会在我的房子里出现，现在想起来，那一次你提到的应该就是情书游戏。”欧沁的样子像是在努力回忆着什么。

情书杀手在杀死那些女人之前，也会和她们玩上几个回合的情书游戏。女孩都是虚荣的，遇到喜欢自己的人，收到因为倾慕自己而写的情书，都是十分享受的。她们不会想到，这些情书的背后暗藏杀机，更不会想到，自己会因此丢了性命，还被肢解。

现在，我可以百分之百地肯定，晋美收到的情书就是情书杀手写来的。按照案子的惯例来推测，情书上肯定不会有凶手的指纹。不过，这一次不同的是，一般的女孩在收到三封情书之后就会毙命，可晋美收到了这么多情书都安然无事。难道凶手对晋美特别钟爱？

晚上，晋美很疲倦，她在欧沁家睡着了。看着她睡得安详的脸，我想起了她说过的梦境中的恐怖男人。

“还记得晋美说过的梦里的恐怖男人吗？我在晋美读初中时拍的照片上，看到了一个人，这张照片可以证实，晋美的梦境和现实是吻合的。”欧沁拿来一张照片给我。

“看来，还真的有这么一个男人。不过，看照片拍摄的时间，已经是十二三年前的事了，无非是一个脸上有疤痕的小男孩暗恋自己班上长得可爱的小女生。”我一边说，一边想象着那个场景：一个小男孩偷偷藏在排练室的门后看自己喜欢的小女生跳舞，却被别人无意中拍了下来。

“男孩的名字叫何朗，不久以前，他应该是和晋美重遇了。他很可能还喜欢着自己当年暗恋过的女孩。十几年前，他曾写过一封情书给晋美，我也是在家里的垃圾桶里捡到了那封被晋美丢掉的情书。所以……”欧沁没有说完。

“所以，你认为和晋美玩情书游戏的人就是再次出现的何朗。”我帮他说出了答案。

Chapter 5　诡异的爱的交流

因为一次极其平常的玻璃窗意外碎裂事故，使一个本来眉目清秀的男孩破了相，这个打击足以使他痛苦、自卑和扭曲，因为得不到女孩子的爱而产生痛恨，然后以残忍的方式杀人，这种推测也解释得通。

梦，往往会扭曲人类的回忆，所以，在晋美十多年前的记忆里，她依然记得何朗。但是出现在她梦里的形象比真实的何朗要恐怖得多。她无法区分清楚她在医院里看到的被爆炸毁容的病人和何朗的脸有多少差别，但病人恐怖的面孔唤醒了她对何朗的记忆。可晋美究竟是在什么时候重遇何朗的呢？何朗到底是不是那个和她玩情书游戏的？

重构记忆的过程就是要把病人的自由联想、记忆片段和他现在的行为都变成有利的线索，通过推理来建立病人从过去到现在的生活图景。所以，我一定要去拜访在晋美的记忆片段里被定义为很重要的人：安井逸。

坦白地说，第一次走进安井逸的家，我就感觉到他是一个独特的人，但那种独特很难用言语来形容。他的职业是法证科的摄影师，他的工作就是拍摄各种各样案发现场的死亡照片。无论是谋杀，还是交通事故，他的照片里出现的都是各类尸体和残肢。但是，相貌英俊又穿着时尚的他，很难让人联想到，他是做那种工作的人。

“你也收集了情书杀人连环案的现场照片？”看到安井逸的工作室墙上贴的大幅断肢照片，我很惊讶地问道。

“通过尸体来推测凶手的特征是一件有趣的事，也是一件有挑战性的事。”他微笑的眼眸、平和的目光，跟墙上那些血腥的图片很不相符。

“你喜欢晋美吗？”我有些单刀直入。

“我们是很好的朋友，偶尔有一些不一样的沟通。我喜欢送礼物给她，制造一些属于我和她之间的小情调。”安井逸用余光扫了我一眼，他以为我没注意，其实我感觉到了他试探的态度。

他没有直接回答我的问题，他的回避似乎是故意的，这就是他奇怪的地方：故作神秘，表面温暖美好，实质却充满距离感，甚至有些事不关己的冷漠。

我本来还想继续和安井逸深入交流，可此时，我接到了晋美的电话。她告诉我，她又收到了“礼物”，而且这次的礼物比过去的更有“创意”。

如果你还在犹疑是否应该爱我，那么这份送你的礼物应该可以坚定你的信心了吧？这是为你精心准备的，你如果继续迟疑，就会有人继续因你而死。一个人如果没有了耳朵，没有了双手，没有了双脚，他该多么痛苦。这都是你的犹疑造成的！而且，你竟然忘记了我！

晋美这次收到的是晋铭的双脚，晋铭的那双绝对够潮的黑皮鞋，让人想到的是英伦风的“嬉皮士”。双脚是被放在玫瑰色的鞋盒子里的，包装精美，品位独特。不同的是，这次情书杀手逐渐暴露自己的身份了，他表明了他的意图。

“直到现在，我都不知道，一直给我写情书的人到底是谁！受伤之后，我连他写情书的事都不太记得了，又怎么知道从来都没有表明过身份的他是谁呢？”晋美显然有些抓狂。

此时，我想起了安井逸的暧昧态度、微笑的眼神和他对情书杀人连环案的热衷，让我有一丝没有来由的警觉。

Chapter 6　口红的味道

我的脑海中反复出现这样一些线索：晋铭的失踪、血染的情书、晋美的破碎记忆、可能的凶手何朗，还有怪异的安井逸，以及保护自己妹妹的欧沁。事情发展到现在，可能性只有两种：情书杀手再现，而且晋美对他来说有更加特殊的意义，所以导致他改变了杀人对象——由女人变成了男人；第二种可能性是：有人一直在模仿情书杀手，并用情书杀手获得猎物的手段和残杀猎物的方法来靠近晋美，还因为晋美对于他的示好无动于衷而迁怒于晋铭。

如果真的是情书杀手再现，我必须弄清楚晋美对他的特殊意义；如果是有人模仿情书杀手，我也必须弄清楚他为什么要模仿。这真是一个棘手的案子，到目前为止，我都无法确定，那个肢解晋铭的人究竟是不是情书杀手，更无法确定的是，晋铭是否真的已经死了。

这些看似没有关联的线索和晋美破碎的记忆已经使事情扑朔迷离，可就在这样复杂的局面里，又出现了一个叫黎小天的人。他在报上看到晋美出了事，就第一时间跑来看晋美。此时的晋美已经是个需要高度保护的人，因为始终有个扭曲的爱慕者躲在暗处，等待出击。

“我时常关注你，看你的博客，在你的空间里留言。我本来以为，我已经放下你了，可一看到你出事的消息，还是忍不住第一时间来看你。晋美……我……”黎小天欲言又止，他的表情告诉我，他还爱着晋美。

可晋美的表情告诉我，她几乎已经忘记了眼前的这个男人。原来，他们曾在七年前的大学联谊活动中做过搭档，暗藏情愫的黎小天也一直没有表达过他的爱慕和想念。

我看着监控器里的片段，琢磨着，这个突然到访的黎小天究竟只是一个不速之客，还是从此会改变晋美的生活？

“一想起情书，就会闻到口红的味道。”那么在过去的生活中，口红的味道一定给了晋美特别的刺激，才让她把情书与口红两种记忆的片段混合在一起。这是一种跳跃式的记忆联想，使本来没有联系的两种事物在某种特定的情境下产生了联系。那么，在晋美的记忆里，口红又有什么意义呢？

我想到了一个办法，既然记忆是和口红有关，那么，就让晋美以口红为中心来进行自由联想，就算她的联想是虚构的、不着边际的，我也可以推测出一些和口红有关的信息，甚至可以推测出口红在晋美的记忆里究竟充当了怎样的角色。

“我的脑中会闪现一些广告模特涂口红的片段，还有那些倾慕我的人送我口红的片段，还有我继母，她很喜欢对着镜子涂口红……还有黎小天，我怎么会突然想起他来？我的脑中闪现的是一个非常荒谬的画面，我看到他的嘴上也涂着鲜艳的口红……”晋美有些无力地用双手捂住了自己的脸，她快被脑中怪异的记忆片段给折磨疯了。

“没想到，口红居然使你想起了你的继母，还有黎小天……”我若有所思，我想，我必须去调查这两个在晋美的联想里出现的人了。

……

我站在被夕阳的余晖映照成金黄色的落地窗前，整理着有些混乱的思绪。研究所的萧维洛老师走了过来，他手里还拿着一本档案。他脸上依然是那副看好戏的表情，作为他培养出来的学生，我特别了解他的想法：每当我陷入思考的困境时，他就特别得意，因为这说明，一定是有扑朔迷离而又复杂难懂的个案出现了，挑战性绝对可以刺激他那根兴奋的神经。

“研究所的人收到了欧沁调查的关于何朗的资料。何朗在重遇晋美之后，就经常跟踪晋美，这应该是他因为自己相貌恐怖而没有勇气表达爱慕的表现。还有人在晋铭失踪之前，看到晋铭跟何朗吵过一架。所以，不排除他因为受到了晋铭的阻止，而对晋铭起了杀心。”萧维洛老师把资料递给我。

我拿到何朗资料后的一个星期左右，警方突然去何朗的住所进行了调查。没想到，警方这一去却把事情搞得复杂了。虽说警方在何朗的住所发现了沾有晋铭血迹的衣服，还在他的房子附近找到了被切割的尸块——那是一双被切割得整整齐齐的人的小腿，而小腿是属于晋铭的。但让所有人都没想到的是，就在警方去调查的那天，何朗失踪了。

难道，何朗真的是传说中的情书杀手？可我的直觉告诉我，事情也许并不这么简单。

Chapter 7　失踪的继母

来到何朗租住的房子里，我发现他把所有的镜子和可以反光的东西都用布遮了起来，他应该直到今天都不能坦然地面对自己脸上的伤疤。就在我推测何朗的心理状况时，看到没有关严的门缝里闪过一道人影，我的第一直觉是：那个人应该是躲起来的何朗！我追了出去。

“何朗，我知道是你，你不要跑了！你这样躲起来，只能使自己在整件事没有调查清楚之前，就变成嫌疑犯！”我大喊道。

“不会有人相信我的！”何朗回过头来，看了我一眼。

“如果你没杀死晋铭，是不会有人冤枉你的！”我继续对着他喊。

“初中毕业之后，我就再没有见过晋美。过去喜欢她，也只是孩子之间不懂事的喜欢罢了。”何朗没有再跑，他停下来，但距离我很远。

“可你家里有沾染了她弟弟晋铭血迹的衣服，你的房子附近还有从晋铭身上切割下来的尸块。这些你如何解释？”我把话挑明了。

“我是看报纸上的照片才知道的。我们曾经在电影院排队买票的时候，因为发生争执而打了起来。他的鼻子流血，所以血会沾到我的衣服上。可我真的不知道，和我打架的那个男孩就是晋美的弟弟。我认识她的时候，她根本没有弟弟。”何朗有些激动，像是被冤枉了一样愤怒。

“何朗！”在我一直希望他能不再逃跑的呼唤声里，他却越跑越快，转眼就消失了。

何朗很可能是在说谎，但是，如果何朗没有说谎，那么他就只是一个偶然和晋美的弟弟发生过争执的人，他甚至都没有见过晋美，又怎么会在晋美的记忆里如此清晰，甚至又会在晋美的梦中反复出现呢？情书杀手一向是一个谨慎小心的人，这么多年来，他都不曾有漏洞，又怎么会突然明目张胆地让尸块在自己家附近出现呢？

而且，骄傲又极其有自己谋杀风格的情书杀手又怎么屑于把自己做过的事嫁祸到别人的头上呢？那无异于出卖了自己的作品。所以，不管晋铭是不是何朗杀的，何朗都不会是情书杀手。难道，晋铭的案子只是一起普通的谋杀案？和情书杀手没有任何关联？正当我陷入猜测的时候，萧维洛老师又通过手机发来了信息：找不到晋美的继母陈楚怡的下落，她仿佛是人间蒸发了一般，没有人见到过她，没有出入境记录，也没有信用卡的使用记录。

我刚刚排除了何朗是情书杀手的可能性，这下可好，要调查的两个关键性人物又少了一个。当年，陈楚怡不是丢下欧沁和晋美两兄妹跑去找有钱男人了吗？怎么又人间蒸发了呢？

回到行为画像研究所的办公室，我打开了监控晋美行为的录像。她半夜里又做了噩梦，满脸冷汗地大喊着让那个恐怖的男人离开自己。她又梦到何朗了，如果何朗没有说谎，他根本没见过晋美，晋美为何总是梦到他呢？

我的心里有了另外一个推测：这是一个和情书杀人连环案有关的案子，也就是说，有人一直在利用情书杀手的特征来制造噱头，把事情弄得扑朔迷离。

此时，我的手机收到了一条新的信息：何朗跳楼自杀了。我在想：难道他真的是因为杀了晋铭而畏罪自杀吗？还是觉得不会有人相信他没杀人，他觉得无法翻案而自杀？

Chapter 8　虚假记忆综合征

第二天，我去了晋美的家，给她催眠，使她回忆起从前的片段，这是我能够拼凑她记忆的一个方式。但是，催眠真的有用吗？

“我看到了读初中时，有一个脸上有疤痕的男孩总是出现在我背后，我很害怕。我还看到，一个男人的脸被炸得粉碎，他的样子好恐怖，他像噩梦一样，总出现在我的脑海里……”晋美反反复复能回忆起来的就是这些。

晋美的记忆里出现了一处断裂：她无法把过去的何朗跟现在的何朗联系到一起，但她总是把何朗与那天在医院里无意中见到的毁容的男病人联系到一起。所以，晋美很可能是对想象的事情信以为真，也就是说，她想象何朗是那个一直和她玩情书游戏，并杀死了晋铭的人。

“哥哥欧沁找到了何朗曾经写给我的情书，我一看到情书，就想起他那张布满疤痕的脸……哥哥在帮助我恢复记忆的时候，让我努力地回想跟何朗有关的事，我好痛苦。”晋美说话的时候，身体都在微微地颤抖。

作为心理咨询师，欧沁的做法已经越界了，他不断暗示晋美，何朗可能就是那个给她写情书的人。欧沁究竟是因为找到了何朗的情书而怀疑何朗，从而用主观猜测暗示晋美；还是……对一种并不存在的记忆信以为真。很多时候，都是因为受到心理医生的暗示才会在记忆的断裂处填补联想和虚构的情节。作为专业心理咨询师，欧沁不应该不知道“虚假记忆综合征”。

……

几天以后，我赶到欧沁的心理诊所，正要推门进去时，我接到了晋美打来的电话。

“有人要杀我！有人要杀我！我收到了好多照片，那……那些照片上都是女人的断手、断脚！还有女人的嘴唇、耳朵，还有染满鲜血的丝袜，好恶心啊！那个人……是不是要告诉我，我就是下一个被肢解后放在礼盒里的女人啊……”电话里，晋美的声音已经歇斯底里，她整个人都处于一种崩溃的状态。

听到晋美崩溃的声音，我的心里也很紧张，本来还以为是和情书杀手没直接关联的案子，这一次，却让所有人都清晰明了地知道：情书杀手再现了！

“维拉，你来找我？为了晋美的事吗？”欧沁表情沉重地看我接完电话。

“你母亲陈楚怡自从离开你们以后，似乎就人间蒸发了！你这个做儿子的，不知道她失踪了吗？这些年来，你们都没有联系过？”我单刀直入。

“她抛弃我们之后，我非常恨她，怎么会跟她联系？而且她从来都没有和我联系过！你是说，她离开我们之后，就失踪了？”欧沁瞪着一双难以置信的眼睛。

“还有，晋美根本就没有现在何朗跟踪她、给她写情书的记忆，是你在帮她恢复记忆的时候，诱导她认为和她玩情书游戏的人就是何朗，对吗？”我继续追问。

欧沁并没有回答我的问题，他看了我一眼之后，快速地离开了自己的办公室。任凭我怎样大声叫他，都没有回过头。

Chapter 9　**难以捉摸的安井逸**

“警局的人告诉我，你需要一张在何朗房子附近发现的晋铭尸块的现场照片。我觉得有必要亲自给你送来。”说话的人正是安井逸。

“你亲自送照片来，应该还有其他想说的事吧？”我看着安井逸笑眯眯的表情。

“情书杀手陈列尸块的照片就像是一件艺术品，但何朗房子附近发现的晋铭的那双小腿的水准可就降低了很多。那是一种对艺术大师非常拙劣的模仿。”安井逸一边把照片递给我，一边用挑衅的眼神看着我。

“通过被害人的尸体来研究凶手的行为特征和心理特征，是我的研究重点。难道你是要来抢我的饭碗吗？呵呵，不过，这一次我们英雄所见略同，我也认为是有人在模仿情书杀手的肢解方法。”我看着安井逸的脸，无法揣摩他究竟在想什么。

“情书杀手把体现女人特征的尸块放在精美的礼盒里，可能并不是在表达对于女人之美的喜爱，而是在表达一种对于女人之美的痛恨。当恨达到极致的时候，就变成了一种独特的风格。”安井逸此时的重点竟然是在表达他对情书杀手杀人手法的某种欣赏。

看着安井逸离开的背影，我想起了晋美记忆中的关于安井逸的暧昧眼神和温暖拥抱。这个思想怪异的摄影师特意不让我弄清楚他和晋美之间的关系，又是为什么？他对于情书杀手的欣赏，以及对于和晋美关系的隐藏，难道是在说明他和情书杀手有关？

晚上，我一个人坐在家里的沙发上，分析着这些天来收集到的资料，越来越觉得整件事错综复杂。明天，我要约见晋美。我把和她要谈的问题重新列了一遍，希望明天的沟通可以了解到她更多的记忆片段。把一切弄妥之后，我感到很疲倦，于是打开了电视机，想放松一下。

“今晚9点30分左右，本市的中心大街发生了一起交通肇事逃逸案。一名男子在步行过马路时被一辆疾驰的轿车撞倒，事故发生后，肇事车辆逃离现场，伤者在被送往医院的途中死亡。如有看到事故经过的观众，请拨打警方的热线，提供线索……”电视节目里的女主持声音清脆。

我定睛看了看电视中的死者照片，不由得非常震惊，因为被车撞死的人，正是安井逸！

安井逸死了？他被人撞死了？我的心里顿时生出了一千个一万个疑问。

Chapter 10 像那些女人一样死去

欧沁失踪了，不知道他去了哪里，我没有切实的证据，能证明他对晋美做了不合理的心理辅导。从而篡改了晋美的记忆。安井逸的突然死亡也很令人疑惑，晋美的继母陈楚怡的失踪更是让整件事变得费解。至于疤痕脸何朗，警方依然没有找到有力的证据，证明他就是杀死晋铭的凶手。案情越来越复杂了。

今天去晋美家，发现她似乎很抗拒回忆过去的事，她拒绝了我给她做心理访谈的要求。她把我一个人扔在沙发上，自顾自地在网络上和人聊着天。她聊天的对象竟然是那个向她表达过爱慕之情的黎小天。

“警方保护我的安全，我很感激；受到你的帮助，还被你们拍监控录像，我也应该很感激。但这样和坐牢又有什么分别？恐怕在情书杀手杀死我之前，我已经被闷死了。”晋美抱怨道。

“看来你的心情很糟糕，怪不得连监控摄像都破坏掉了。我过几天再来。”我站在晋美的背后，她自始至终都没看我一眼。

……

坐在没有开灯的房间里，看着窗外漆黑的夜，我一直试图站在情书杀手的位置，用他的视角来看待这件事。他杀死的女人基本上都是年轻貌美的富家女，切割她们的尸体并像礼物那样精美包装。安井逸分析得很有道理，也许切割下那些体现女性美的身体部位，并不是表明喜爱，而是表明憎恨。那么，凶手应该是憎恨那一类女人，因此还要不断地把尸块展示给她们的家人和朋友看，就是希望她们身边的人也受到折磨。

这个凶手的年龄很可能是在二十五到三十五岁之间，是个年轻而又心理扭曲的男人。只可惜，没有找到完整的死者尸体，所以不能分析出情书杀手究竟是怎么杀死她们的，是用力气，还是用技巧？尸块又是如何防腐的？也许，他应该是被年轻貌美、经济条件好的女人伤害过，否则不会用那样的方式来表达恨意。晋美也符合这些被害人的特征：年轻、美丽、有些虚荣、家里有钱。而晋铭可能在某种程度上成了绊脚石，所以他才被情书杀手所杀。情书杀手还用晋铭的尸块来威胁晋美，并享受晋美受到惊吓时的那种状态。

凌晨三点多，我的手机响了，是警局的人打来的，晋美出事了！

当来到医院的时候，我看到的是脸色苍白、躺在床上一动不动的晋美，她的身上都是血，脸上也沾满了鲜血。她一直瞪着眼睛，连眨都没眨过。

“今天晚上七点多的时候，她说肚子痛，让我们买药给她。把我们支开之后，她就自己跑出去了。回来后，我们只是看到她说自己太闷了的字条。再后来，我们接到了她的电话，可电话里没有她说话的声音，只听见隐约的哀求，还有一个男人说‘你就像那些女人一样死去吧’。还好，我们在她的发夹上安了定位追踪器。我们找到她的时候，她已浑身是血，吓傻了，不能说话。”一位负责保护晋美的警官介绍道。

这也是警局在凌晨三点把我叫来的原因：晋美由于受惊过度，已经精神崩溃，陷入一种自闭的状态，医生检查身体不让，警方问话不答，就僵硬地躺在病床上，好几个小时维持着同一个姿势。警方担心，她可能疯了。而那个要杀死她的男人就是最近一直和她在网上聊天的黎小天。黎小天死了，他被晋美随时都携带的防身用的刀给刺死了。

Chapter 11　当时的情况

事情一件接着一件，每当有一些新的线索和新的调查方向时，就会有突如其来的事件打乱唤醒记忆的计划，一条条可以分析的逻辑线就这样被一次次地掐断。我拿出一张白纸，不得不重新整合所有已知的线索。

一封神秘的没有任何人指纹的染血情书，神秘失踪然后又被肢解的晋铭，记忆混乱并受到威胁的晋美，有误导晋美嫌疑的欧沁，疑似谋杀了晋铭的疤痕脸何朗，暗示陷害何朗的人和情书杀手不是同一个人的神秘的安井逸，爱慕晋美却又被晋美杀死的黎小天，失踪多年却没人追究的继母陈楚怡……这些是零散的人物线索。

情书，口红的味道，翻找抽屉的动作，半夜躲进厕所的行为，梦里见到的男孩，安井逸的爱慕……这些就是晋美破碎的记忆。

两起性质不同的谋杀案：一个是情书杀手的“情书杀人连环案”，一个是因为跟晋铭产生矛盾而起了杀心的谋杀案……这是搅在一起的案件。

四个可疑的男人：一直保护自己妹妹的欧沁、小时候喜欢过晋美的何朗、跟晋美暧昧不明的安井逸、声称爱慕晋美的黎小天。情书杀手和杀死晋铭的凶手很可能就是他们四个当中的一个，或者两个，也可能与他们根本无关。

“他说，他很喜欢我红色的嘴唇，穿着粉色高跟鞋的双脚，戴着钻石戒指的修长手指……他要把这些都割下来放在礼盒里，留作纪念。他还说，自己很少有耐性，把游戏玩得这么久；他还说，我不够重视他，他要杀了像我这样因为有钱而虚荣的女孩。”晋美在一个星期的沉默无语之后，终于开口说话了。

“他有没有说，为什么要把切割下来的死者的器官和尸块送给死者的家人和朋友？”我问道。

“家人和朋友的痛苦就是她们为了自己的虚荣所要付出的代价。他还告诉我，他也会把从我身上切割下来的……拿给我母亲看。”晋美一直闭着眼睛，在深度催眠的时候，她甚至没有意识到自己被催眠。

“晋铭是他杀的吗？他为什么要杀死晋铭？”我继续追问。

“晋铭！晋铭……”此时，晋美一下子睁开了眼睛，她的眼神里充满了恐惧。

从被催眠的状态醒来之后，晋美就和之前一样不说话、不眨眼，没有任何动作地在床上躺着。

“让她好好休息一下吧！你不要再逼她去描述被黎小天劫持

时的情景了。”说话的人正是走进心理催眠室的欧沁。

“你消失了那么多天，究竟在做什么？你误导了晋美的记忆，有什么目的？”我盯着欧沁的眼睛追问。

“晋铭的死给了晋美很大打击，我只是想帮助她找回记忆，抓到杀死晋铭的凶手。”欧沁没有直接回答我的问题，只是一直看着躺在床上一动不动的晋美。

Chapter 12　欧沁的家

半个月过去了，晋美依然抗拒说话和回忆。我在她床头的桌子上，发现了她用潦草的笔迹在卫生纸上写的几个词：情书、镜子里的母亲、化妆、抛弃。

“妈妈，你不要走。哥哥，不要啊，不要杀死妈妈！……”躺在床上的晋美竟然在睡梦中哭了起来，她像是看到了某些特别让她激动的画面。

晋美一定是在梦中看到了过去的画面。杀死妈妈？难道陈楚怡是被欧沁……我想起了那天，我质问欧沁为什么不知道他母亲已经失踪多时的事，他的那副表情和突然消失的状况……口红的味道，还有情书，我想起了先前晋美告诉我的记忆片段。

我报了警，随后去了欧沁的家，当我和警察在外面敲门的时候，里面一点儿动静都没有。我们撬开了门，发现里面居然静悄悄的，只有欧沁一个人坐在书房的转椅上，保持沉默。

我走到欧沁的身旁，发现他一动不动，再拍拍他的肩膀，发现他已经僵硬了。欧沁死了，就那样安静地坐在座位上，保持着和平常看书一样的动作，死了。不得不说，他的死，依然让我震惊。

我不会为了你们而过这种穷酸的日子，你们看看，连一支上好的口红都要几百块，和你们一起过日子，我恐怕都打扮不起了！晋美，你就是个拖油瓶，克死了你爸，你亲妈那么有钱，还不要你。儿子，你居然还给那个拖油瓶写情书？你是疯了吗？别怪妈狠心不要你，我不能带着两只拖油瓶去找有钱的男人——母亲一边化妆一边说着那些无情的话，她粉红温柔的嘴唇说出来的话却句句犹如刀割。我忍受不了这样的母亲，我甚至有一种想要杀死她的冲动！

我在欧沁的桌子上看到一本泛黄的日记，打开的那页刚好写着这样一段话。日记的那页上还有几滴已经干涸的泪痕，应该是欧沁再次读到那些话时，留下的眼泪。

在欧沁家的冰柜里，法证人员找到了晋铭那已经被切割得不全的尸体。那尸体上，没有耳朵，没有双手，没有双脚，也没有小腿。

我有些无力地坐在欧沁家的沙发上，翻看着欧沁的日记，其中一页写着：

为什么作为哥哥的我，不能爱晋美呢？我跟她又没有真正的血缘关系。可晋铭，这个有钱人家成长起来的公子哥，他虚荣、势利、自负，他居然嘲笑我，认为我配不上晋美……我恨他！

在欧沁的书柜里，我找到了他过往的心理咨询档案，其中一份档案是属于安井逸的。原来，安井逸竟然是他过去的病人，病症那一栏写着：谋杀妄想症。我终于明白，为什么我一直觉得安井逸是个奇怪的人，因为他一直沉浸在谋杀的幻想里，一直欣赏着那些独特而又怪异的肢解方式。想必也正是心理咨询师和病人的这种关系，才使得两人认识，从而促成了晋美和安井逸的相识。

不过，让所有人吃惊的是，我们在一只有密码的保险箱里找到了一本影集，影集中的照片是各种各样装着女人尸块的礼盒。而影集的第一页，尸块照片下写着的名字是：陈楚怡。

情书、镜子里的母亲、化妆、抛弃……我想起了晋美写在卫生纸上的几个词，我的脑中几乎可以出现这样的画面：美艳的陈楚怡在离家出走、抛弃两个孩子之前，最后一次对着镜子化妆。她涂着鲜艳的口红、喷着浓烈的香水、穿着一身的名牌，抱怨家里的清贫，奚落着两个孩子。于是，欧沁愤怒了，他杀了母亲，而晋美也看到了他的屠杀过程，所以恐惧至极。也因为这样，晋美才牢牢记住了口红的味道，因为口红使她联想到谋杀。至于情书，应该是欧沁过去一直就有给她写情书的习惯，所以情书使她联想到欧沁。而化妆和抛弃，正是案发时陈楚怡在做的事。

此时，我的脑中又浮现出另外一个问题：如果情书杀手是欧沁的话，那黎小天又为什么死了呢？对啊！我突然发现自己犯了一个错误，在晋美被催眠回忆的时候，晋美口中一直说的那个“他”，我们理所当然地认为是黎小天，却忽视了这个“他”也可能是“欧沁”！我决定，马上和警方一起调查黎小天。

Chapter 13　情书杀手

黎小天的女朋友在几年前被人谋杀致死，他的女朋友也是情书杀人连环案的被害者。这几年来，虽然警方毫无头绪，但黎小天一直都没有放弃对这个诡异案子的追查。他家里收藏了大量关于情书杀手的报道和案发现场的照片，都是他用来研究凶手的资料。这一开始也误导了大家，让大家误以为他就是情书杀手。那么，他接近晋美的目的实际上是为了接近欧沁，他一定也是看了报纸上关于晋铭失踪的报道和对于情书杀手的各种猜测，才觉得有了一个可以接近晋美和欧沁的好机会。

“看了警局送来的关于黎小天的调查档案，整件事情应该结束了吧？不过奇怪的是，欧沁和黎小天这两个人的死法……”研究所里，萧维洛老师依然笑呵呵地把资料放在我办公室的桌子上，他的笑表示，他很清楚，整件事还有很多值得推敲的地方。

“弗洛伊德说过，记忆就像梦一样，也像虚构的小说，它往往有着实现愿望和自我欺骗的作用。如果欧沁可以误导晋美回想并不存在的事情，他也完全可以像编剧一样，制造何朗和黎小天犯罪的假象。晋美就会理所当然地把想象当成事实，认为何朗和黎小天都是要杀她的人。而且，刺死黎小天的那把刀上没有任何人的指纹，谁又能肯定，黎小天一定是被晋美刺死的呢？”我一边和萧维洛老师说着，一边看着警局送来的另一份资料，那是关于欧沁的死因调查报告。

欧沁是死于一种慢性毒药，那是一种成分接近氟化氢的气体毒药，需要连续吸入很多天才会慢慢死去。欧沁为什么要用那种毒药和那种死法来结束自己的生命呢？

三个月以后，晋美的状态已经好了很多，她不再那么抗拒回忆过去的事情了。她约我去了机场，为她送行。

“黎小天警告我，说我有危险，他让我离开哥哥欧沁。他还说，何朗和安井逸都是哥哥欧沁杀死的。其实，我的记忆已经慢慢恢复了，我想起了很久之前，哥哥欧沁杀死继母的那一幕。我当时因为太害怕，受到刺激，才遗忘了那么恐怖的情节。后来，到哥哥家，我找到了很多他写给我的情书。我也了解到，他因为受到继母的刺激而杀过很多女人。他甚至认为，我也是那种爱慕虚荣的女人。所以，迟早有一天，他也会杀死我！”晋美终于可以说出一段正常的话了。

“你以后有什么打算？”我问道。

“离开这儿，去一个没有人认识我的地方，重新开始，忘记这里一切的不愉快和恐惧。”晋美眼神坚定。

“希望你以后一切顺利。”我微笑着祝福她。

“谢谢，再见。”她也微笑着道别。

看着她离开的背影，我听到身后有一个机场的工作人员跑了过来：“刚才那位小姐落下了一盒东西，但是她已经入关了，你是她的朋友，你帮她收好吧。”

“哦，好。”我接过工作人员递过来的盒子，发现盒子已经破了，里面露出来一块心形的香熏。盒子里还有一张字条，上面写着：“这种香熏的成分是氟化氢，如果吸入过多，会导致慢性死亡。你不会揭发我的，我相信你。”

那一刻，我想起了欧沁的死，明白了，晋美是在用她自己的方法结束情书杀人连环案。

后来，我搜索“情书杀人连环案”在网络上的报道，找到了一个署名为“死亡摄影师”的人写的博客，其中一篇文章写道：

每当想起涂着鲜艳的口红、穿着丝袜和艳色高跟鞋的女人，她就会躲在厕所里，因为她感到自己是那么卑微和贫穷。她痛恨自己的贫穷，也痛恨她们的虚荣和张扬。所以，礼盒里的东西并不是代表着爱慕，而是痛恨。当我看到她给圣诞礼盒打蝴蝶结的方式时，我明白了，她，就是我一直欣赏的那个情书杀手。

看到这里，我的内心无比震惊！我想，死亡摄影师应该是安井逸；而他文章里的那个“她”应该是……

晋美最近有一些连她自己也无法了解的行为，她总是看抽屉，总是在床底下找些什么东西，半夜的时候会躲在厕所里，诸如此类。我想起了我从监控录像上看到的情形。

晋美说过：“离开这儿，去一个没有人认识我的地方，重新开始。”我看着安井逸的博客上展示的那些放着尸块的礼盒，我知道，情书杀人连环案将永无止境……

寻找杜比

Looking for Dolby

我们常常希望在现实世界中挖掘到生活的真相，但最终发现，生活的真相可能只存在于想象的世界里。

Chapter 1　谜一样的岛屿

人生，总有太多的意想不到，也有太多的无法预料。你永远都不会知道，在下一秒里，什么会闯入你的生活中。

我在《生活的图景》这本书上标注了这样一行字，我觉得，作者是一个深具智慧的人，他把人生看得很透彻。当我合上书的时候，刚好看到了飞机客舱窗外那一片绿色的半岛：那是墨西哥的尤卡坦半岛，是我和萧维洛老师此次去度假的地方。我喝了一口果汁，心里想着，再有五分钟，我们就到目的地了！

这是什么地方？阳光如此温暖，海水如此湛蓝，沙滩如此松软。萧维洛老师在我旁边静静躺着，就像是睡着了一样。我睁开眼睛的第一个反应是：萧维洛老师为什么会躺在我的旁边？我们为什么会在这里？这里又是哪里？

我们明明是在飞往墨西哥的飞机上啊，后来，我们都要了果汁喝，然后，我们两个好像都睡着了。我完全不记得，我们是什么时候下的飞机，又是怎么来到这里的。我努力搜寻喝了果汁之后的记忆，却一无所获。

这时，我看到了床边的那本《生活的图景》，那是我在飞机上看过的书。可是现在，那本书是打开的，打开的那一页夹着一张照片和一张字条。那是一张男人的照片——一个英俊的混血男人。那张具有东方人特征的面孔上，有着一双浅蓝色的眼眸，健美的身材洋溢着活力。坦白地说，虽然只是看到照片，但我得承认，这男人很有吸引力。可我不明白的是，究竟是谁把这个男人的照片夹在了我的书里呢？

接下来，我看了那张字条：

这个男人名叫杜比，你的任务是找到他。否则，你的老师就会死去——因为他中了毒，只有那个叫杜比的人才能解救他。你可以不信，但萧维洛死的那一刻，你可别后悔。

读了字条，我一脸困惑。我伸手在萧老师的鼻上探了探，他很均匀地呼吸着。然后，我使劲儿摇晃他，大喊着："萧老师，醒醒……"可任凭我怎样喊叫和摇晃，萧老师都没有一点儿反应。难道他真的被注射了什么毒剂吗？我开始慌了，抬头望着我们身处的环境——我们像是在一家只有一层楼的度假旅馆里，透过窗子就可以看到外面的阳光和沙滩。还有，我们的电脑、手机、证件……这些随身物品都不见了！我再次看了一眼那张字条：你可以不信，但萧维洛死的那一刻，你可别后悔。

行为画像研究所曾经研究过那么多残忍的凶杀者，如果是某一个精力充沛的杀人狂和我们开起了这样的致命玩笑，那么不足为奇；又或是萧老师的朋友知道我们出来度假，所以就搞出了一个“惊悚”式的恶作剧来捉弄我们，这也不是没有可能……我的脑子在那一刻迸出了很多猜测，但我还是没有确切的头绪，内心也慌乱不已。

这里实在是太安静了，静得都可以听见自己的呼吸。我从床上下来，走到了窗前，看到沙滩上空无一人。我又在旅馆里转个不停，可依然没发现一个人。这局面真是太诡异了！大白天的，就令人不寒而栗。

我回到我们的房间，从床上拿起那本《生活的图景》，把那张夹着的照片拿了出来。原来照片的背面还有字。第25页、第56页、第78页、第102页……照片背面写着的都是页码。这到底代表什么呢？我很困惑。我把书翻到了第25页，在书的空白处，有几行字：

我是来自未来的你，也就是五天以后的你，你可以叫我罪恶小叶。这些年来，我一直藏在你的心里与你如影随形，我就是另一个你——罪恶的你。你是注定要死的，五天后的这个时间，你将坠楼而亡。这是因为你无法再忍受我的存在，无法再继续背负杀人后的痛苦，更无法面对你的爱人林邈。所以，你会以这种惨烈的方式杀死你自己。

看到这几行字，我的心立刻狂跳不止，三年前，那些因为隐藏了自己杀人的秘密而备受折磨的心绪再次浮了上来。究竟是谁？会是谁又挖出了我过去杀人的秘密？那个叶欣已经死了，连她的坟墓都赫然立在了墓园，可为什么还是有人要把那段随叶欣一起埋葬的过去，再次血淋淋地刺在我的心头上呢？

Chapter 2　痛苦的濑户挚子

我们从来不曾认真思考过自己的人生，也没有认真关注过我们身边的人。直到有一天，你也许将永远和你的生活告别，或是和你身边的人告别，你才发现有些事、有些人，一直很重要。

我看到书的第25页上标注了以上几行字，我依然困惑着。我知道沉睡的记忆又被唤醒了，我的眼前浮现出四个女孩没有头发、没有脸皮、没有眼球和没有心脏的样子。我的内心无比痛苦，因为我自己竟然就是杀死她们的凶手！我怎么会用那么残忍的方式杀死她们呢？我完全不敢相信，那竟然是我做的！

我一只手拿着那本书，一只手捏着杜比的照片，茫然地走在沙滩上。太阳把沙滩晒得很热，而我需要冷静一下，我看到前面不远处有片小树林，就朝那里走去。

我在一棵树下坐下，困惑地看着四周——空无一人的小树林。这里连个人都没有，让我到哪里去找那个叫杜比的人呢？我沮丧地把头靠在了膝盖上，我在想，自己会不会死在这里。

“你看到我的孩子了吗？”一个女人的声音突然在我的耳边响起，吓了我一跳。

“什么？你的孩子？”我被问得一头雾水。我抬起头来看到一个亚洲人模样的女人。那个女人有黑色的长发、苍白的脸孔，眼睛很小，说着一口不太地道的英语，听起来舌头很硬。她看到我一副不知所措的样子，就给我讲起她的遭遇来。

原来，这个突然出现的女人叫濑户挚子，是个日本人。她有个三岁的儿子，前几天走失了。虽然报了警，但是警方一直没有任何线索。看她焦虑的样子，我觉得她已经因为孩子的失踪而崩溃了。

“你认识这个男人？这个男人就是把我的孩子拐带走的骗子！你告诉他，让他把孩子还给我！”濑户激动地拉着我的胳膊——她看到了我手里捏着的杜比的照片。

“我很理解你失去孩子的心情，但我真的不认识这个男人，我也在找他。你是说，照片上的男人拐走了你的孩子？”我必须再确认一次。

“三天前，我孩子失踪的时候，见过的最后一个人就是你照片上的那个男人！我很清楚地记得那个男人的脸！我不会记错的！”濑户很坚决，她甚至恶狠狠地盯着照片。

难道我要找的杜比是一个拐带孩子的骗子吗？我心里充满疑问，但转念一想，又觉得不对劲。我再次仔细观察了眼前的女人：她的眼神专注却似乎空洞无物，脸色苍白，嘴唇甚至还在微微地颤动，始终身体僵硬地维持一个姿势坐在我旁边。这一切特征都说明，她不像是个正常人。

“你能告诉我这儿是哪儿吗？为什么这岛上没有什么人呢？”我迫切地问道。

“其实我知道，他杀了我的孩子。所以……我刚才，用刀把他捅死了！”濑户一边说，一边对我微笑着拿出一把明晃晃的尖刀。我这时才注意到，她的手上竟然沾满了鲜红的血！她瞪着的狂怒的眼睛在我与她对视的瞬间，像是喷了火一样！我吓得马上拿起书和照片飞快地跑开，我身后传来了那女人近乎号叫的声音：“杜比，我终于杀死你了！”

Chapter 3 **忧伤的安娜**

我不知道自己一路跑了多久，才终于确信刚才那个诡异的日本女人没有追来。可我已经累得上气不接下气了。当我停下来大口大口喘气的时候，我看到前方有一间小木屋。那小木屋里也许有人，至少可以问问这里到底是什么地方。

我走到小木屋前，发现门并没有锁。我“吱呀”一声推开了门。走进去之后，发现屋子里面很破旧。我小声念叨着：“我究竟去哪里找一个叫‘杜比’的男人呢？”心里想着，被挖出杀人秘密的那段话又让我陷入痛苦的回忆里，我仿佛沉浸在无法自拔的内疚旋涡里。我环顾了一下小木屋，里面根本没人。我坐在一张木椅上休息，把手里的书翻到了第56页，页面上有这样几行字画了下划线：

当面临危险的时候，我们才明白，原来我们的人生中有这么多的未知数。你明明在寻找拯救你的力量，却忽然发现，那个能拯救自己的人，只有自己，这个道理，对于爱情也适用。

书的空白处被人用笔写了这样几行字：

当我拥有了方旋笛的长发、庚蒂的面孔、夏之焕的眼睛、米楚的心脏时，我就可以骄傲地对林邈说：“我才是你在这个世界上拥有的最完美的女孩子！”

那是六年前我写在日记上的一句话！究竟是谁，不断提醒我杀人的过往！我觉得自己就要崩溃了。我的眼前浮现出庾蒂被活活烧死在安全门那儿的瞬间。她的身体已经发出了焦煳的味道，可我却在她痛苦的时刻安静地微笑着。我怎么会是一个那么残忍凶狠的人？！

正当我的思绪混乱时，我看到了木制的圆桌上摆着一张照片，而照片上的人竟然是——杜比？我皱了一下眉头，仔细看了看照片——没错，我没有看错，那照片上的男人就是杜比！

“他是我的男朋友。他多才多艺，喜欢摇滚、绘画，还精通创作。所以，在面对他的时候，我会有些自卑。可当你真正爱上一个人的时候，你总会觉得自卑。”一个女孩站在门口说着——原来我进来的时候，并没有关上木屋的门。

“哦，他的确很迷人。”我礼貌地微笑回应。可这突然出现的女孩，让我觉得不安。

“可他抛弃了我，他居然一声不响地就跑了！消失得无影无踪。”女孩在顷刻间就痛哭流涕起来，然后歇斯底里地大喊着，“你去死吧！你这个狗娘养的！”她瞪着眼睛吼叫的瞬间，完全找不到先前那温柔微笑的模样了。

后来，她当然是讲述了她的爱情。原来这个女孩名叫安娜，一直等待着背叛她的男友归来。难道杜比从一个拐带孩子的骗子又变成了一个多才多艺的男朋友？

“我为他付出了一切，可他抛弃了我。为了我们两个可以长久地在一起，我只好采取行动了。”安娜带着阴冷的笑容，手里提着一根很粗的绳子，对我说道。我分明看到那绳子上还有血迹。

安娜一步步地向我走过来。我吓得惊慌失措，抓起书和照片就向小木屋门外的方向跑去。真是活见鬼了！我在心里咒骂着。

Chapter 4　警觉的瑞克斯

一路狂奔出小木屋的结果是，我迷路了。我完全不知道自己在什么地方。可这时，天色已经渐渐地暗了下来，整个小岛似乎都被笼罩在黑暗之中。我似乎又来到了一片沙滩，四周没有人，只有海水冲击沙滩的海浪声。我很疲倦，一屁股坐在了沙滩上，看着四周黑暗的环境，内心的恐慌更强烈了。我的眼皮有些沉，我真是太累了。

看着镜子里的我，已经找不到一丝从前那个平凡女孩的影子了。为了在我最爱的人心中成为最完美的女孩，我用犯罪心理学优等生的智慧和沾满鲜血的双手抢夺了别人的美貌，这到底是我的罪孽，还是她们的？究竟是什么力量把我一步步诱进这血腥的迷宫，在一连串恐怖的杀戮中向我发出死亡的召唤？原以为这是一个永远的秘密，可现在，我的世界正在走向毁灭。

在迷迷糊糊中，我好像听见了自己的声音，我是在自言自语吗？还是在说给谁听？我紧闭的眼睛在不安痛苦的那一刻睁开了。我想，我是因为疲劳过度而打了瞌睡。也许那是我在梦境中听到的声音吧？我抬手看了一下手表，已是晚上9点半了。

“谁能告诉我，这究竟是什么鬼地方？！”我大喊着。

“你不用喊了，这个岛上基本没人。”说话的是一个看起来很瘦弱的男人，“与其喊叫，你还不如安静地钓鱼。”男人一直用自己的袖子擦着钓竿。

“这究竟是哪儿？你见过这个男人吗？”我一次丢出了两个问题，还打算把杜比的照片拿给那男人看——那男人也十分令人费解，因为他在黑暗里孤独地钓鱼。

“你认识照片上的人？”男人用警觉的眼神看着我。

“不认识，我只知道他叫杜比。”我看那个男人始终没有接过我手里的照片。

“你要小心才行。”男人用这一句做了开头，然后开始讲他的故事。

我眼前这个警觉的人叫瑞克斯，他曾经有一个很好的朋友就死在了杜比的手上。杀他朋友的杜比竟然是警方追查长达五年的连环杀手。那个连环杀手最狡猾的地方，就是他很擅长易容，他会把自己改装成任何一个人。所以，他每次都可以干净利落地得手。

听完男人一惊一炸的描述，我对着天空翻了一个白眼，心里暗自骂着：“天哪，这究竟是怎么一回事？”杜比从拐带孩子的骗子，变成了抛弃女友的男人，现在又成了连环杀手。

“不过后来，我找到杜比了，我还一把火烧死了他！”瑞克斯一边说，一边斜瞟了一眼我手里的书。书是打开的，刚好在第78页上有一段画了下划线的话：

有时候，我们真的不清楚，我们一直在试图了解的人究竟是一个什么样的人。因为一个人总是把不同的侧面展现给不同的人，所以，让你迷惑的是，你最后看清楚的那个人究竟是美好

的，还是危险的？

杜比又死了？他这一次不是被刀刺死，也不是被绳子勒死，而是被火烧死的。杜比究竟是一个人，还是好几个人啊？我不敢再待在那男人的身边，慌忙离开了沙滩。

Chapter 5 恐惧的贝拉

我孤独而绝望地走着，不知道自己走到了哪里。这是一个诡异的岛，一个诡异的局面。现在应该是深夜了，我脑袋像糨糊一样。我这才想起来，自己已经一整天都没有吃过东西了。在饥饿、困惑、恐慌和痛苦中，我看到前方不远处有一丝光亮。等走近一看，那竟然是一家小酒吧！

我走了进去，因为不管是安全还是危险，我都没有力气再走下去了。我必须休息一下。真没想到，整个酒吧里只有一个人——一个面色苍白、眼圈发黑、满脸憔悴，有着一头红发的女人。她涂着黑色的口红，嘴里吐着烟圈，正用迷离的眼神看着我这个不速之客。

“这酒吧怎么不开灯呢？”我一边问，一边环顾这家小酒吧。我发现，小酒吧好像很久都没有人光顾过了，落满了灰尘，木制沙发上还盖着白色的布单，像是那种因为主人要离开很久、担心家具落满灰尘才盖上的布单，再加上只点了蜡烛，整个酒吧都很昏暗，令人的心里不禁有些恐惧。

“你怎么到这儿来了？”女人的样子在蜡烛的映照下，简直就像一个女鬼。

“你能告诉我，这个男人在哪里吗？”我一边说，一边把杜比的照片递给她。

“你可以叫我贝拉。我厌倦了我的生活，所以就死在了这个酒吧里。我看你是见鬼了吧？因为你找的这个男人去年就淹死在海里了。他死了，就死在这个酒吧外面的那片海里。不过，他死之后，我也可以经常看到他。”听到贝拉的话，我瘫坐在酒吧的沙发上，我看我的确是见“鬼”了。贝拉认为自己死了，还说我在找的杜比去年就死了。难道有人想让我寻找一个死去的人吗？

借着微弱的烛光，我把手里的书翻到了第102页，上面有几行字画了下划线：

我们一直在寻找存在于内心的一线希望，但是，到最后才发现，希望正是幻灭的根源。

这一页的空白处还有人用笔写着：

你真的了解自己吗？如果你对着镜子问一百次：我真的是我吗？你的答案可能就不那么确定了。我们也许会把自己想象成任何人，而且可能无法控制这种想象……

这不是我在研究“多重人格分裂症”患者乔烨老师时写下的评语吗？怎么有人把这段话抄到了这本书上呢？

Chapter 6　遇到唐纳德

在无限的痛苦、疲倦和困惑之中，我度过了最初的一天一夜，当我筋疲力尽地绕着这个谜一样的小岛一整圈时，我回到了原点——那家我和萧维洛老师一开始在的旅馆。我回到了我醒来时的那个房间，却发现萧维洛老师已经不见了！

发现萧老师不在床上后，我找遍了整个旅馆，却始终没有发现一个人影！谁能想象那样的无助和恐惧？那是一种无端被丢进大海里的茫然失措。我颓然地回到了原来的房间，却惊讶地发现桌子上多了一台电脑。我坐在电脑前，打开了电脑，看到里面有一个安装好的视频电话系统，而系统里显示的只有一个头像，那个人的名字是：唐纳德。

我告诉自己要镇定，于是，我点开了"唐纳德"的头像，视频电话里出现了一个年轻人。我无精打采的眼睛在看到那年轻人的一瞬间亮了起来，确切地说，是一种震惊。因为，那个年轻人就是我一直在找的人！

"你……是杜比？"我试探地问道。

"杜比，其实是一个根本就不存在的人。"年轻人微笑着说。

"我已经被丢在这个诡异的局面里一天一夜了，究竟这一切是为了什么？"我有些愤怒地盯着视频。

"在每个病人的心中，都有一个使他们痛苦的杜比，杜比就是他们崩溃的根源。而你所看到的，正是他们崩溃的姿态。"年轻人一只手托着下巴，神情很镇定。

我在听到唐纳德解释的那一刻，头脑中回忆起了我在岛上所遇到的每一个人：丢失了孩子的濑户挚子、被爱人遗弃了的安娜、朋友丧了命的瑞克斯、见到鬼魂的贝拉……难道他们每一个人都是病人？都有一段不同寻常的遭遇？

唐纳德医生好像看出了我的心事，他继续说道："濑户的孩子被骗子拐走导致了她精神分裂，安娜因为被爱人遗弃而变成了偏执狂，瑞克斯因为朋友的被害得了妄想症，贝拉因为生活的痛苦总是产生幻觉。而我，不过是使用了角色代入的方法，扮演了他们心中让他们痛苦的角色，目的只有一个：让他们得到解脱。"

我半天没有说出话来，原来，杜比并不是一个真实存在的人，只是唐纳德用来调查病人和缓解病人痛苦的虚拟角色而已。

"亲爱的唐纳德医生，猜也猜得出来，你是精神科的高手。可你总得解释一下，我为什么变成了你的游戏里被耍着玩的猴子？"我的语气相当不客气，因为我对自己之前的经历感到愤怒。

"亲爱的维拉小姐，你是萧维洛创办的行为画像研究所里最专业又最富有才华的研究员，难道你没有发现你遇到的人都是病态的吗？他们所谓的'杀死杜比'，只不过是他们泄愤的方式。如果他们真的可以杀死虚拟的杜比，他们的愤怒就会化解，这有助于他们病情的好转。难道你还无法鉴别出这是一场心理实验吗？"唐纳德反问我，他责难的语气里有一丝对我专业能力的质疑。

我沉默了。我也在反思，其实自己明明已经发现遇到的那些人的确和其他人不同，可为什么没有花太多心思去分析他们的行为与心理呢？我终于明白了，是那些莫名出现在《生活的图景》中的句子干扰了我的判断力和思考力。我被牵扯到过去的自己残忍谋杀的痛苦回忆里去了，个人感情的痛苦已经占了上风，导致我失去了专业的、冷静的分析状态。一想起萧维洛老师，我的心里还是大骂了一句："笨蛋！"

"我明白了，只有萧老师知道我那些杀人的秘密，所以，你们串通好了，来考验我在强大干扰下的专业判断力，对吗？不错，我曾经的确是杀了四个人的连环杀手，但现在，我是通过心理分析来抓到连环杀手的心理专家。"我极力强调自己立场的转变。

"维拉小姐，少安毋躁。没有人不相信你已经变成了一个好人——一个善于揪出凶手的好人。但无法摆脱自己曾经是凶手的这种心理困扰，一直是你最大的障碍吧？你还在痛苦，你始终都在痛苦，你也许从来就没有哪一刻是真正摆脱了那种痛苦的，对吗？"唐纳德有些居高临下和咄咄逼人，他像是看穿了我的心事一般，让我抓狂。

"萧维洛老师是一位专业的行为心理学专家，而你，唐纳德是一名厉害的精神科医生。难道你们两个联手，就只是为了证明我的痛苦一直存在吗？"我心平气和了一些。

"每个人都有在好与坏、善与恶之间摇摆不定的时候。但如果继续让自己正义的现在和邪恶的过去不断混淆的话，最终痛苦和崩溃的只能是你自己。搞不好，你会变成另一个怪物。维拉，你总得学会放下过去……"唐纳德语气平缓，眼神温暖。坦白地说，在那一刻，我的心被感动了。

Chapter 7　难以意料的死亡

我关掉了和唐纳德医生通话的视频电话，看到了他发给我的电子资料。我终于明白自己陷入怎样的谜局了。原来，我来到了一个实验的小岛，这个岛上有几个患有严重精神分裂症的病人：濑户挚子、安娜、瑞克斯和贝拉。萧维洛老师联合唐纳德医生所设置的这个局，只是想考验我在受到极度干扰的情况下，是否还具有专业的判断能力。

就在此时，我想起了那本《生活的图景》。我还是不明白，这个所谓的实验和考验，为什么要用那本书带我入局呢？我再次翻开了那本书，一直翻到了最后的一页。最后一页上写着一行字：你所在的这个房间的双人床后面有一个旋钮，你扭动它就会发现另一个谜局。

我的心霎时觉得很憋闷，原来，整个局还没有结束。难道这个实验还有下半场？我猜想着。我按照书上的指示去寻找按钮，竟然发现双人床的后面，真的有一个圆形黑色的旋钮！我向两边试着旋转，果然，在旋钮向右边转动之后，双人床后面的那道白色墙壁“吱呀”一声——居然打开了！

还真是别有洞天！我心里感慨着。这个房间里竟然还有密室！这不会是一个陷阱吧？我又忐忑不安起来。密室里透出的光亮很刺眼，看来，那个所谓的密室很明亮。哪有密室是明亮的呢？我心里困惑着。我试着朝密室的方向靠近，还没到入口，已经感觉到冷飕飕的凉气。我紧走几步进了密室的入口，这里就像一个巨大的冰柜！

这莫非是一个冷冻室？我边走边向四周打量着。没错，这的确是一个冷冻室——就像警局的停尸间一样。白气和混浊而怪异的味道充斥着这个空间，温度越来越低。我的身体开始打战，内心已经到了恐惧的边缘。我看到了四张解剖台，上面赫然放着四具尸体！

我开始大口大口喘起粗气来！也许是因为紧张，也许是因为恐惧，我觉得自己的手一直在不听使唤地颤抖着。我看到了一个亚洲模样的女人，她静静地躺在解剖台上，她的左胸口位置上有一个长长的刀口。那是被人用刀子插进了心脏吗？下一个是一个金发的女人，她的脖子上有着黑黑紫紫的瘀痕，她瞪着的眼睛死都没有闭上。另外一个更加恐怖，完全分不清楚是男是女，因为那个人已经彻底变成了“焦炭”，全身都皱缩成一团。最后一个全身苍白、浮肿，就像一个在水里泡了好几天的“白面包”一样。

莫非……莫非他们就是濑户挚子、安娜、瑞克斯和贝拉描述的死掉的“杜比”吗？这究竟是怎么一回事？不是说他们都是精神病患者，所谓杀死杜比的事只是他们头脑中的幻觉吗？可为什么真的有人死了呢？他们是被自己幻想中的杀人方法给杀死了吗？我的困惑非但没有减少，反而比以前增加了。我告诉自己，要冷静下来。

我再次走到解剖台前，仔细地观察着眼前的四具尸体。我想起了在谋杀分析中的“被害人研究”的方法。我努力镇定下来，告诉自己一定要用科学的方法再鉴定一次他们的死亡！亚洲人的面孔、金色的头发、瘦弱的男人、鲜红色的头发……这一切特征，不就是我遇到的那四个病人的特征吗？我的天哪！不会是这四个病人被人用他们自己幻想出来的方法给杀掉了吧？这也太荒谬了吧？死的人不是别人，正是他们自己！等一下，那也就意味着，所谓的幻想谋杀者变成了被害者！

如果杜比只是他们心中伤痕的幻化，他们杀死杜比就可以解决问题。可为什么他们被杀了呢？不！这一切怎么会变成这样？整个谜局并不像唐纳德所说的那样！

我的脑袋就像要炸开了一样，我哆哆嗦嗦地从冷冻的密室里走出来，转动双人床后面的旋钮，密室的那扇“门”就关上了。我看着眼前的一切，感觉到孤立无援。天色已晚，海浪拍打在沙滩上，让我感觉到了夜深人静的可怕。

Chapter 8 被害人分析

在幻想世界中的谋杀者竟然变成了现实世界的被害人，也就是说，我遇到的四个不同的病人变成了四个不同的被害人。如果按照这个思路分析下去，这四个被害人一定是因为有共同的特征，才能使谋杀他们的人必须去谋杀的理由成立。

我开始重新整理自己的思路，我要回到四个病人的世界里。我该如何了解这四个人的经历和性格呢？我冷静下来，努力回想遇到他们的种种细节。我的手头没有任何关于他们的资料，唯一可以依靠的就是他们讲给我的“故事”。

第一个遇到的人是濑户挚子，她的孩子被人拐骗走了，她痛恨那个拐骗她孩子的人，她甚至必须在那个人的胸口捅上一刀才能缓解心中的痛苦——所以，濑户挚子本人就被在胸口上捅了一刀死掉了；第二个是安娜，她被她深爱着的男人抛弃了，她痛恨背叛她的人，只能用绳子勒死他才能解恨——所以，安娜本人就被人用绳子勒死了；第三个是瑞克斯，他痛恨那个杀死了他朋友的连环杀手，一直念念不忘地追查那个人的下落，咬牙切齿、信誓旦旦地要烧死那个人——所以，瑞克斯本人也被大火烧死了；第四个是贝拉，贝拉有点儿不同于其他三个人，她是因为生活太痛苦，酗酒太多产生了幻觉，在幻觉里，她看到了一个被海水溺死的男人——所以，贝拉本人也被海水溺死了。

每个被害人的死都和他们的伤痕记忆息息相关，难道……他们是用自己幻想的方式杀了自己？也就是说，他们幻想中的杜比其实就是他们自己？再引申一步说，他们其实才是拐走孩子的骗子、抛弃爱人的人、杀了人的连环杀手和总是见到鬼的酒鬼？再分析下去，他们又从被害人变成了谋杀者——四个谋杀了自己的人？这也未免太荒谬了吧！

正当我百思不得其解时，电脑上的视频电话又响了起来，唐纳德的头像亮了起来，他又找我了！

“你现在一定非常困惑吧？你不知道那四个人为什么会死。尤其无法了解，为什么他们会死于自己幻想的杀死杜比的方法。”唐纳德医生微微一笑，他很优雅，也很英俊，和照片上那个帅气的男人一模一样，富有吸引力。

“我的结论是，他们自己谋杀了自己。可这显然不能成立。但我没法儿看到法医的尸检报告，所以，我还不能排除他们是死于自杀。毕竟，人是可以刺中自己的胸口、上吊、自焚和跳海的。”我说出了自己的推测。

“没错，他们有可能是自杀。但问题又绕回来了：他们为什么要用幻想杀死杜比的方式杀死自己呢？就算是自杀也不可能这么凑巧吧？”唐纳德医生一副挑衅的神情，他在等着看，我能用什么方法找出真相。

“在对某些个案的分析中，我们总是存在一些潜在的移情，我们总是把自己的想法和感情强加给被害人。维拉，这可是你在被害人研究那篇论文里提出的观点哦，我提醒你一句。”唐纳德医生拿起一本厚厚的论文集，视频里的他似乎是在表明，我的论文他都有研究。

“你是在暗示……”我眯起眼睛，仔细回想着自己做出的那些结论。我突然有所领悟！在我的眼中，我已经先入为主地认为我遇到的四个人是病人了！再加上唐纳德医生的诱导，我就更加认定我所遇到的四个人都是精神病患者。可我凭什么仅从他们的眼神、面部表情和语气就断定他们是精神病患者呢？是我把自己的想法强加在了被害人身上——那么，如果我换一个思路，我不再认定他们都是精神病患者呢——也就是说，我遇到了四个很正常的人，但是他们都有过被伤害的经历。

看来，唐纳德医生和萧维洛老师一直偷偷地躲在暗处看着我手足无措、连连犯错！这真是一场残酷的训练，我心里想——就连我杀人的痛苦记忆都被挖了出来，成了他们这次训练用的催化剂。

Chapter 9 另一种视角

所有的事情都可以反过来想，如果那四个病人其实是四个正常人，那么，观察他们四个的我会不会才是病人呢？我把思路又拉回到了原点，也就是我从旅馆里醒来的那一刻！我走了很多路，遇到了不同的人，听到了不同的故事。如果唐纳德医生设计的角色扮演刚好掉转过来，那很可能是我在扮演一个病人的角色，而我遇到的人都是正常人。我看出他们的病态，恰巧是因为我有病。

分析人类的心理和精神是一件极度耗费脑力的事，我沉浸在令人崩溃的思考里。后来，我干脆停止了思考，我要让自己的脑袋放空——不知道过了多久，我的心情终于慢慢地平复了。我在床上一直呆坐着，此时，我的手碰到了那本《生活的图景》。既然整件事都被这本书指引着，相信这本书也一定是发现真相的关键线索！我把书翻到了第25页、第56页、第78页和第102页。我把书上被人用笔画过的句子都抄了下来：

人生，总有太多的意想不到，也有太多的无法预料。你永远都不会知道，在下一秒里，什么会闯入你的生活中。

我们从来不曾认真思考过自己的人生，也没有认真关注过我们身边的人。直到有一天，你也许将永远和你的生活告别，或是和你身边的人告别，你才发现有些事、有些人，一直很重要。

当面临危险的时候，我们才明白，原来我们的人生中有这么多的未知数。你明明在寻找拯救你的力量，却忽然发现，那个能拯救自己的人，只有自己，这个道理，对于爱情也适用。

有时候，我们真的不清楚，我们一直在试图了解的人究竟是一个什么样的人。因为一个人总是把不同的侧面展现给不同的人，所以，让你迷惑的是，你最后看清楚的那个人究竟是美好的，还是危险的?

我们一直在寻找存在于内心的一线希望，但是，到最后才发现，希望正是幻灭的根源。

我开始努力回想关于这本书的事：我怎么没有发现，这本书原本就不是我自己买的，而是萧维洛老师送给我的——看来，从他送给我的那一刻起，他就设计好了考验我的这个局。是的，我的确太粗心大意了，居然从头到尾都没有注意到，这本书根本没有介绍书的作者是谁！

我反反复复阅读着这些看似毫无关联的句子，它们像是一种独白式的感慨。每当我遇到一个病人的时候，我就会留意一段不同的感慨。这些感慨就像是过去记忆的片段和生活的碎片，但作者书写的方式和语气是同一种风格！如果这些感慨的句子是出自同一个人之手，那么我所遇到的人，会不会也是同一个人遇到的人呢？

也就是说，他们四个人心中幻化的同一个虚拟的角色，会不会……情形刚好相反呢？其实是同一个人的心中幻化出了四个不同的虚拟角色。我就在一念之间，把所有的局面都翻转过来了！因为似乎只有这样的解释才能说得通，为什么那四个人都死了。我感觉到有些兴奋，就像是一个在夜里乱闯乱撞的人终于看到了一点儿光亮，找到了出口。

按照《生活的图景》这本书上画线的句子，我开始重新整理故事的线索。我要把遇到的那四个人的经历按照时间的先后顺序重新整合！

Chapter 10　记忆的拼接

濑户挚子——安娜——瑞克斯——贝拉，这是四个人物线索；丢失了孩子——失去了爱人——失去了朋友——自暴自弃，这是一个不断遭遇不幸的过去。

我在想，我要建立一条被害人和凶手之间合理的关系链。四个被害人和凶手究竟是什么关系？凶手杀死他们的动机又是什么？我回想了四个人讲给我的故事，我想，如果我遇到的四个“片段”刚好是凶手所经历过的一段完整的人生，这样的人生足以摧垮一个人的意志，让那个人有了谋杀的理由。

当我的脑中迸出了四个片段摧垮人生的念头时，我无法避免地想起了《生活的图景》那本书上在页边的空白处写下的几段话：

我是来自未来的你，也就是五天以后的你，你可以叫我罪恶小叶。这些年来，我一直藏在你的心里与你如影随形，我就是另一个你——罪恶的你。你是注定要死的，五天后的这个时间，你将坠楼而亡。这是因为你无法再忍受我的存在，无法再继续背负杀人后的痛苦，更无法面对你的爱人林邈。所以，你会以这种惨烈的方式杀死你自己。

当我拥有了方旋笛的长发、庾蒂的面孔、夏之焕的眼睛、米楚的心脏时，我就可以骄傲地对林邈说：“我才是你在这个世界上拥有的最完美的女孩子！”

来，看镜子里的我，你还能看到从前那个丑陋平凡的我吗？我用我犯罪心理学优等生的智慧和沾满鲜血的双手偷取了别人的美貌，只为了成为我最爱的男孩眼中的最完美的女孩，那是她们的原罪。我以为这是我一个人永远的秘密，但是是谁？是谁在诱导我一步步走进迷宫深处，在一连串恐怖离奇的谋杀中向我发出死亡的召唤？

你真的了解自己吗？如果你对着镜子问一百次：我真的是我

吗？你的答案可能就不那么确定了。我们也许会把自己想象成任何人，而且可能无法控制这种想象……

我的双手又不停地颤抖起来，我竟然对自己感觉到无比的恐惧。我是在害怕自己吗？我永远也忘不了，当我记忆恢复，终于想起自己就是杀死那四个女孩的残忍的连环杀手的那一刻，我是如何战栗！每当我摸到自己的头发、面孔、眼睛和心跳的时候，我都清清楚楚地感觉到她们死亡的痕迹已永恒地印刻在我的身体上了！我的完美就是她们香消玉殒的最好证明！

我痛苦得快要死掉了！我打开了电脑，点了唐纳德的头像，我看到了他，就像看到了救星！我对他大吼道："快把我从这个该死的实验里拯救出来吧！我快要崩溃了！"不知不觉中，我的眼泪打湿了脸颊。

"我知道，你很痛苦，你很痛恨过去的自己。但你必须超越过去，否则，你就是一个永远的怪物！"唐纳德医生眼神恳切地安抚着我。

"在我的精神世界里，残缺是一种完美，另一个自己就是敌人！我痛恨那个是敌人的自己！"我已经泣不成声了。

Chapter 11　我知道你在想什么

我在回忆和推测里彻底疲倦，躺在床上睡了一觉，之后，不知道过了多久，我醒了过来。我打开电脑，在键盘上敲出了几行字：

当考虑其他人的行为时，要摒弃自己的好恶、欲望、幻想、需要和道德观。在行为画像的过程中，画像者会反映出自己的心理现象或者性格，有时，这些反映甚至比犯罪行为的反映还要多。

这曾是我引以为傲的结论，是我这三年来探索犯罪心理学之后的心得。可没想到，我自己一次又一次地犯着同样的错误：在这个案子的分析中，我不断掺杂了自己的记忆和感情，以至于思路混乱，迷失了自我。

就在我思考的时候，我听见有人在敲我的房门。我打开房门，看到有四个人坐在走廊里——他们的手脚都被结结实实地捆绑着！我简直不敢相信我的眼睛，因为他们四个人就是我先前遇到的濑户挚子、安娜、瑞克斯和贝拉！他们不是已经死了吗？怎么会活生生地再次出现在我的面前？

就在这时，一把锋利的匕首抵住了我的后脖颈，我听到一个冰冷的声音说道："你不该继续存活在这个世界上，因为你的存在，只能是无限痛苦的延伸！"我回过头，看到一张熟悉又陌生的面孔：唐纳德医生！

"你——就——是——杜——比？"我一字一顿，无比震惊地询问着。

"和你聊天很开心，谢谢你，让我出现在你的生活里，看到一个无比痛苦的自己。"说完，唐纳德医生举起了手中锋利的匕首！

只听"乒"的一声，唐纳德医生倒在了地上。他的腹部中了一枪，血流如注，因为他被我的手枪打中了。

"你怎么知道他会来杀你？"濑户挚子问道。

"因为我也是他心里那个必须死掉的、懦弱的、痛苦的、矛盾的自己。"我给出了最后的结论。

“嘿！其实我不是什么濑户挚子，我是扮演她的心理研究员松本穗。”松本虽然手脚还被绑着，但显然她有了一种脱离危险的如释重负感。

我们在旅馆的另一个房间里找到了被打昏的萧维洛老师。他尴尬地对我说：“本来是一个我们考验和测试你的专业能力的谜局，没想到我们差点儿送了命！”

Chapter 12　寻找杜比

“每个人都有在好与坏、善与恶之间摇摆不定的时候。但如果继续让自己正义的现在和邪恶的过去不断混淆的话，最终痛苦和崩溃的只能是你自己。搞不好，你会变成另一个怪物。维拉，你总得学会放下过去……”

我想起了唐纳德医生对我说过的话，正是这样体贴的安慰，让我看到了他的内心。如果说，他真是那个用角色扮演法来治疗四个病人伤痛的医生，那么其实，他恰巧验证了我心中的猜测：他就是那个内心充满伤痛和愤怒的遇到四个正常人的病人。

我推测出了萧维洛老师的意图，他想让我在这个孤岛上成为唐纳德医生，经历一遍唐纳德医生在精神分裂之后经历过的种种遭遇。这样，我就更加了解，在唐纳德医生幻想的世界里，究竟是一个怎样的图景。

唐纳德医生说过：“我知道，你很痛苦，你很痛恨过去的自己。但你必须超越过去，否则，你就是一个永远的怪物！”所以，我断定，他痛恨过去的自己。他就像那四个人一样，不断杀死一个叫杜比的人，就像不断杀死一个又一个自己。这恰巧和唐纳德医生的成长经历相吻合。

他三岁的时候被人拐走，于是，他进入了另外一个家庭，却遭受了太多的虐待和凌辱；长大之后，他恋爱了，又被他深爱的女人抛弃了；后来，他把感情寄托在自己的朋友身上，可最好的朋友被连环杀手残忍地杀死了；再后来，他遇到了当初因为他的失踪痛苦了一辈子的亲生母亲，他的母亲因为他的失踪而精神分裂了！即使已经成为优秀的精神科医生，唐纳德也控制不住自己了！最终，他因为种种不幸的遭遇而崩溃了，他开始不断地看到自己死亡。

于是，他决定杀死痛苦的母亲和懦弱的自己。当他无意中遇到跟他的遭遇类似的人时，他就扮演了那些当初伤害他的人的角色，而他杀死的则是一个又一个像自己的人。

这是一个很绕圈子的分析，在唐纳德精神分裂的世界里，他遇到的失去了孩子的濑户挚子就像他可怜的母亲一样痛苦；他遇到的安娜就像当初被别人抛弃的自己一样脆弱；他遇到的瑞克斯就像失去了最好朋友的自己一样孤独；他遇到的贝拉也像自己一样，因为堕落和酗酒而不断产生自己已经死了的幻觉。他终于杀死了他们！因为在他的世界里，他杀死的是痛苦的、不断被记忆纠缠的母亲和那些脆弱、无助、愤怒的自己。

我看到唐纳德医生把自己幻想成解决痛苦的杀手杜比的精神分析档案，不禁苦笑了一下。此时，萧维洛老师走过来说道："我找了四位心理研究员，化装成和四个被害人相同的样子，还把唐纳德医生单独关在一个房间里。我以为一切都天衣无缝，没想到……"

"没想到，唐纳德医生虽然是个疯子，却很狡猾。他打昏了你，还劫持了四位心理研究员。你这个老师做得可真丢脸。"我故意戏谑萧维洛老师。

“可你身上怎么会有一把枪呢？”萧维洛老师显得很好奇。

“要不是我时常带一把小手枪在身上，我早没命了。”我微笑着说。其实，他不会明白，我身上的那把枪里只有一发子弹，而子弹是留给我自己的。

“但如果继续让自己正义的现在和邪恶的过去不断混淆的话，最终痛苦和崩溃的只能是你自己。搞不好，你会变成另一个怪物。”我牢牢记住了已经疯了的唐纳德医生的话，因为，那些写在《生活的图景》这本书上的话，开启了我杀人欲念的记忆。也许，我会成为下一个唐纳德医生。

我们常常希望在现实世界中挖掘到生活的真相，但最终发现，生活的真相可能只存在于想象的世界里。谁都可能成为那个虚幻的“杜比”。

我嗜故我在

Bloodthirsty habits make me exist

野生动物从不为杀而杀。只有人类才从折磨和同类的死亡中寻求快感。

——詹姆斯·安东尼·弗劳德

三年前，我开始陆续收到一个人写给我的电子邮件。这个人只是告诉我，他将会开始一段奇妙的旅程，在他的旅程中，将会有人陆续死掉。对他来说，杀人是一种爱好，也是一个完成自我的过程。因为不知道他的性别，我只能用“他”来定义这个人的身份。

更诡异的是，我不仅不知道他的性别，也不知道他的姓名、年龄、身份，以及一切的一切。我甚至搞不懂，他为什么要写电子邮件给我。后来，我干脆理解为无聊人士的恶作剧，直接举报了他的电子邮件。可是，他依然固执地以不同的电子邮件地址发邮件过来。我干脆建了一个专属于他的文件夹，每次都把他的邮件收好。在刚开始的第一年里，我从未看过他的邮件；但第二年，他依然坚持发送电邮。从此，我就开始对他加以关注了。

于是，我开始看他的邮件。他坚持每个星期写一封给我，我偶尔也会回上一封信，但只有寥寥的几句。第三年，我和他有了更多的交流。我们成了某种不见面的朋友，可能也算不上朋友，我们的关系有些怪异，似乎是介于敌人、朋友和情人之间。我和一个不知道是男是女的隔空隐形人保持着通信的规律，而且，我从来都查不到他的IP地址，所以，我不知道这个人深藏在世界的何处。

Chapter 1 请你相信，这是一个事实

隔空隐形人的第一封信谈过他杀人的事情，之后的所有信件都没有再提过杀人的事，所以我也不再去想他可能会杀人的事情，只是把他当成神秘的迫切需要交谈的人。直到上个月，我有了一个放年假的机会。出去旅行时，我坐的游轮在夜里靠岸，我的手机提醒我，收到了一封新邮件。打开邮件，隔空隐形人告诉我：越南的河内郊区埋了一具尸体，如果你找不到确切的位置，我还附了一张照片。我的第一反应是：这个疯子又犯病了。但转念一想：他为什么突然提起这个呢？我一边思考，一边走下游轮。

当我的脚刚踏在陆地上时，我就看到远处的海里好像有一个人影！码头虽然灯火通明，但向深海方向的位置，还是看不太清楚。我揉了揉自己的眼睛，担心是由于劳累产生的错觉。我反复问自己：我刚才看到的是个长头发的女人漂浮在海里吗？这大海里不会有海妖吧？或者是女鬼半夜三更漂浮在海上了？不可能啊，难道那真是一个活生生的女人？就在我胡思乱想的时候，那个所谓的“鬼影”早就消失不见了。我苦笑了一下，看来自己还真是产生幻觉了。于是，我又把思绪拉回到隔空隐形人的邮件上。我继续读着他的邮件：

亲爱的维拉，当你读到这封邮件的时候，我已经离开这个世界了。医生早在半年前就诊断出我患了绝症，我也早就预见到自己的死亡。我本来可以很平静地离开这个世界，可我有些不甘心，我不甘心我所做过的所有精彩的事情都没和别人分享过，也不甘心我的壮举从未被世人所了解过，更不想让你白白地和我聊一场。所以，我想为你设计一个“嗜杀之旅”，邀请你，按照我的计划，来体会一次我的旅程。在这个旅程里，你会发现一个又一个埋尸的地点和一具又一具不同的尸体。最重要的是，你会更加明白，这三年来，我究竟在和你谈什么。如果你不相信我的话，或者认为我疯了的话，也请你至少去第一个我告诉你的埋尸地点看看，确定一下，我所说的一切是否是真的，好吗？这封邮件是定时发送的，所以才能保证，我即使死了，也可以按时发给你。以后，你还会收到我这个已经死去的人发给你的邮件。我的请求还有一个：请把我找出来！虽然，我已经死了。你，准备好了吗？

我看完整封邮件，心里有一种说不出的滋味。坦率地说，三年来，我从未非常仔细地读过他的邮件，可现在这个人突然告诉我一个事实：他已经死了，并且他杀过很多人，他希望我把他这个死人找出来。如果他真是一个连环杀手，他也未免甘于寂寞太久了吧？挑战媒体、挑战警方、挑战专家，这些事情应该是在他活着时就去表现的事啊！他死后才来炫耀这些又有什么意义呢？难道他只是捉弄我？又或者，这一切都是真的，而且对他来说还很重要？不过，我还是打算马上就去机场买一张飞往越南的机票，结束我在夏威夷还没开始的度假旅行。

Chapter 2　请代替我，挖出尸体

隔空隐形人发给我的照片，根据当地人的介绍是一个叫“泥瓦村”的地方。在一间“标志性”的小草屋后面，我发现了那张照片上被画出圈圈的位置。我拿着一把向当地人借来的铲子，心里还在咒骂着：要是我被某个恶作剧给诓到这儿来做如此可笑的事情，我一定会把这个捉弄我的人找出来！

我开始一下下地铲起松松软软的土来，铲了十几下，我就看到了一个发黄的硬硬的东西。于是我用手把那上面的浮土扒开了，我真是不知道该庆幸，还是该大叫，因为我看找到了一个人的颅骨。于是，我继续用铲子挖，慢慢地，我看到了一具完整的骨架——人的骨架。我有些无力地把铲子扔到一边，一屁股坐在地上，百思不得其解：还真的有一具尸体。看来，隔空隐形人没有说谎。

我该如何跟当地的警方解释，我是如何发现尸体的？隔空隐形人是想利用我来作为他“杀人英雄”的代言人吗？我还记得他在第一封邮件里说，他将要开始一个奇妙的旅程。难道在他的旅程里，他一直在杀人吗？也就是说，这三年来，我一直在和一个杀人的恶魔聊天。哦，天哪！

根据当地警方的鉴定，死者是一个介于二十到三十岁的女性，死亡时间大致是在三年前。由于尸体已经完全白骨化，所以还不能鉴定出死者的致死原因，也无法确定死者的身份。我报了

警之后，作为重要的“尸体发现人”，我必须在越南的警局待上一阵子，当然，也方便了解越南警方的调查进度。我拿出了和隔空隐形人通信的邮件，他们才逐渐相信我说的话是真实的。不过，仅仅发现一具尸体，还不是那么令人惊讶的，更令人惊骇的事还在后边。

我的手机提示我，我又收到了新的邮件。打开邮件，发现那是隔空隐形人发来的各种各样的照片。不同于在“泥瓦村”发现的白骨，我收到的照片可都是惨不忍睹的尸体：照片上的死者显然都遭受过虐待，死后又遭受了虐尸。隔空隐形人告诉我，这些都是他的“杰作”。当我把这些尸体的照片交给警方，并且从失踪人口中找到那些死者的身份时。我发现他们都是一群毫无关联的人，唯一共同的特征就是贫穷。

我坐在旅馆的沙发上，仔细回想三年前隔空隐形人刚给我写信时的情形，说不定那信上会有一些线索。我打开了其中一封，他写道：亲爱的维拉，我很喜欢柬埔寨的S21集中营和印度尼西亚的屠杀纪念馆，有时间，你去看看，说不定会有新的收获。我当然知道，铁钉、挖心都是死前对于被害人的残酷虐待，这跟柬埔寨当时的政权对持不同政见者实施酷刑的方式相似，也跟印尼在种族屠杀中挖心的方法如出一辙。看来，这个杀人狂是一个极度欣赏暴力、又痛恨穷人，还喜欢研究历史的人，并且他的力气不是很大，可能天生就是个虐待狂。不过，也有可能是他自己遭受过虐待，才会把这种恨变成了残害别人的动力。

正当我查看他三年前的旧邮件时，我在邮件提醒中又看到了一封新收到的邮件。上面写着：亲爱的维拉，我们没有太多时间多做停留，明天你应该动身去下一站了！你去英国的伯克郡找一个叫霍夫曼的警长。他说不定会告诉你，我做了些什么。看来，我注定要被隔空隐形人所控制了！可是，他为什么一定要选择与我通信呢？这个问题我从未认真思考过。我想最重要的原因是，他不但知道我比别人更加理解他，也肯定研究过我所发表的案例和我的犯罪心理学理论。看来，他也是个专家式的人物啊！

打电话订好了机票，第二天一大早我便赶往机场，伯克郡的温莎镇是我的下一个“景点”。经过十几个小时的飞行，我来到了这个古堡之城。几经辗转，我打听到了温莎镇的警局确实有一个叫霍夫曼的警长。我坐在他的办公室里，见到上了年纪的他，他皮肤白但有褶皱，一双眼睛深邃中透着精明。我用英文硬着头皮说明来意：“老警长，我今天来找你，不是因为我精神错乱或者是得了妄想症，而是确实有一个隔空隐形人让我来找你，这个人是个杀人狂。他说，你会告诉我，他究竟做了什么。而他会跟我联络的原因可能是我是犯罪心理学研究员。”我一边说，一边拿出了我的证件。

“我的上帝啊！该来的终究还是来了！”老警长像是早有准备似的，一听便知道我在说什么，他转过身，从档案柜里拿出了一摞资料：“这是我在退休之前唯一没有达成的心愿，我终究还是没有捉到这个丧心病狂的家伙！”从老警长递给我的一摞资料中，我首先看到的是触目惊心的案发现场的照片。我的眼前仿佛浮现出这样几幕情景：

在著名的希尔顿酒店房间里，他温柔地对金发碧眼的英俊男子说：“喝了这杯酒，我们共度良宵。”那男子喝下酒之后四肢便失去了知觉，但头脑依然清醒，于是眼睁睁地任由他在自己裸露的身体上画出了英式西装的草图，再按照草图一点点地切割皮肤。男子变成了一个“立体剪裁”的人体模特儿，直至因失血过多而死亡。另外一幕是在温莎镇的墨琪尔古堡里，他给一对情侣注射了麻醉剂，然后把他们打扮成莎士比亚笔下的罗密欧与朱丽叶的样子，翻开他们的嘴唇，让他们在鲜血中接吻，最后还用针线把两个人的头部缝到了一起。当然，两个人同样死于失血过多……

“死者不是当地人，都是来温莎旅游的比较阔绰的游客。谁能想到，来旅游一次居然会有惨死的结局呢。”老警长有点儿感叹，“两年多以前，这几起游客被害案件弄得那几个月都没人敢再来温莎了，真是人心惶惶啊。可那个凶手似乎也是一个游客，杀人就是他最好的度假方式，之后他便离开了。”

告别了老警长，我走在小镇中，英国著名的古堡和皇家酒店都集中在此，仿佛一抬手就能触摸到18世纪的英国皇家历史一样。他杀的都是有钱的游客，但他和他们一样：欣赏高贵优雅之美，喜欢品味古老的文化。但就他用麻醉的方式来制优被害人这一点来说，也证明了我先前对他力量弱小的判断是正确的。但残忍程度比在越南时变本加厉，只是那残忍中多了许多优雅，和服装、文学都沾了边。这也许是一个痛恨有钱人的弱小女人。老警长说得没错，他把杀人当成了度假，所以选择的都是有名的旅游景点。

Chapter 3　这是一场嗜杀的旅行

晚上，我打开邮件，看到了隔空隐形人刚刚发过来的一张很漂亮的照片，邮件里写着：坦桑尼亚北部维多利亚湖东部的奥杜威峡谷是个葱绿而壮阔的峡谷，人类学家在那儿发现了很多古人类的化石，所以我推荐你去那儿游览一番，感受一下人类祖先的伟大。我越来越觉得这个隐形人是个自助旅行的高手，去的都是非常精彩又值得一去的地方。他把杀人当成了定期观看电影，会事先买来电影杂志看影评推荐，再确定观看的影院、时间和场次，同时还搭配零食来增添乐趣。杀人对一般人来说是无法承受的心理重荷，可对他来说不过是一场消遣。而且，他可以保证自己快乐而不劳累。

经过二十几个小时的飞行，我来到了传说中的奥杜威峡谷。这里有很少的当地黑人和一些游客，还有每隔一段时间就会来考察的人类学研究者。在一条干涸的河床旁，我看到了一队正在挖掘早期猿人化石的学者。我好奇地过去看热闹，却听见其中一位专家说："不！这不是古人类的化石，这是现代人类的，而且他们的头骨都有爆裂的迹象。我看，我们得报警。"之后，这个人类学研究小组报了警。警察还带了法医和法证人员，呼啦呼啦来了一大堆人。我始终凑在为数不多的游客之间，静观其变。我想，也许这就是隔空隐形人推荐我来这儿的原因吧。

"应该是有人在杀了人之后，把尸体集中埋在了古人类化石的地方。如果埋尸只是为了隐藏杀人的事，那为什么要把尸体埋在一个迟早会被人发现的地方呢？"一名女法医和旁边的一位男警官说道。

"我想，我知道凶手是谁。"我从围观的游客中走出来，对法医旁边的那位男警官说道，同时把我的证件递给他，告诉他，杀人的是一个隔空隐形人。可想而知，我要费多少口舌才能让对方明白，我不是在无理取闹，或者我也是被一个人无理取闹之后的牺牲者。不过，他们还是把调查到的初步资料给我看了。被埋在古人类化石处的这些死者都是当地的黑人，致死原因是被人用利器重击后脑导致颅骨爆裂。

在奥杜威峡谷附近，有黑人，有来自世界各地的白人游客，还有古人类学者，他为什么偏偏选择杀死黑人呢？他没有折磨他们，至少法医现在还没有查出死者有被虐待的迹象。他只是单纯地杀死了他们，难道他对黑人有种族歧视？那么我推断，这个隔空隐形人至少不是黑人。从他埋尸的地点来看，他非常了解这个峡谷的古人类考察的价值，他还真是一个对地理、历史和民俗都很了解的人。

坦率地说，这个隔空隐形人对我来说，越来越神秘甚至显得富有魅力了，我非常迫切地想要把他从这个广阔的世界里给找出来！他也许从一开始就相信，我会通过他留给我的各种线索来逐渐缩小范围，直到有一天我掌握了足够的线索可以精确地锁定他！如果是这样，他的资料必然是被收录在与行为画像研究所联网的国际刑警的资料库中。如果我最后真的成功地找出了一个隐匿许久的杀人狂，而且在找到他时，他早已死亡，会不会是对世界各地的警方一次极大的嘲笑和蔑视呢？

我打开了他两年前发给我的旧邮件，其中一封写道：人类本来是来自相同的祖先，可偏偏有些人生而高贵，有些人生而低贱，但弱肉强食就是人类的生存规则，我不在乎自己偶尔扮演一位高贵者。当初我并不明白他说这段话的原因，但现在我明白了，他是在对黑人施行他的“高贵之举”。此时，我的邮件系统再次提醒我，我收到了新的邮件。从一堆新邮件中，我迫不及待地打开了没有IP地址的一封。他又来和我“谈心”了：经过这些天，你也累了吧？不如去大洋洲休息一下，说不定你会发现我的更多秘密，对我这个你无法理解的人更加理解呢。

看完邮件我简直无语了，这家伙居然以我的老板自居了，我必须听从他的指令辗转全世界。第二天，我便搭上了飞往澳大利亚的飞机。那本是一片和平的净土，风景优美、生活舒适，难道这个隔空隐形人在那样的地方也能杀人不眨眼吗？很奇怪的是，我下了飞机，在旅店住下来，时间过去了四五天，那个隔空隐形人的定时邮件始终没有发过来，似乎所有的联系和线索都在这里中断了。没办法，我只好打开他一两年前发给我的邮件，找到他特意提到大洋洲的那封邮件，上面写着：昆士兰黄金海岸真是景色宜人，试想一下，当你躺在那金黄色的沙滩上，你似乎可以忘记所有的过去，烦恼一扫而空，愤怒都可以遗忘。难得我放假，那就让自己好好放松一下吧，干脆延长假期。我看了看邮件的日期，那天刚好是7月3日晚上8点。之后的一天就是7月4日，他应该是在放假的前一天写来邮件，而7月4日那天正是美国的独立日。看来，这个隔空隐形人应该是在美国工作。

原来，那封邮件里还有一个附件，是一个澳大利亚旅游景点的介绍。这个人早在一两年前便料到，迟早有一天我会按照他的指示来这里，所以连旅游景点的介绍都准备好了，他是希望我在这里好好地玩一番吗？带着种种疑问，时间又过去了一个星期，他依然没有再发来邮件，也没有再提任何杀人的事情。我开始渐渐相信，他也许真的没有在澳大利亚杀过任何人，他真的只是延长了假期来旅行的。这也让我紧绷的神经放松了许多。我在这个星期里也很仔细地看了他过去给我发的景点介绍，虽然之前根本就未打开过。他居然很细心地介绍着他去过的每一个地方：袋鼠岛、爱丽斯泉、天鹅河……上面还有照片和游记。

根据这些特征可以推测，他是一个渴望休息、寻求安宁、偶尔避世的人。不过，根据地理犯罪心理学的视角来看，这个地方很可能有他美好的回忆或所珍视的人，所以他才不想在这里杀人，来保留他心中的一片净土。

Chapter 4 更加肆无忌惮

我在澳大利亚停留半个多月之后，这个好心给我放假的杀人狂又发来了邮件：印第安人是南美洲的开拓者，安第斯山脉是南美洲古文明的发祥地。你应该去那个地方看看。看来，在过去的某段时间，他又跑到南美洲去杀人了。这一次，他会让我如何发现尸体呢?

经过二十几个小时的飞行，我到达了哥伦比亚。邮件上有一句话：去波哥大的宝石街1805号店铺，我买了绿宝石送给你，把你的名字告诉店主就行了。于是我叫了出租车，直接奔往那个店铺。到了店铺之后，我发现这是一家面积不大的小店。店主是一位中年妇人，我报上了自己的名字，她看见我就非常热情地和我说：“呵呵，您终于来了，我都等了一年多了。一年前，有个客人通过网购在我的店里订了一颗祖母绿宝石，还给我发了您的照片和名字，说是等您来了，就把宝石包装好送给您。还真是奇特和浪漫，想必是您的情人吧？”

女店主的话把我弄糊涂了，这个隔空隐形人居然是通过网络购买宝石的，可想而知，女店主一定也不知道他的身份了。女店主说着就去后面的保险库里拿宝石，我便在店铺里等着。大概过了两分钟，我听到了女店主的尖叫声！我循着尖叫声跑到店铺后面，看到她惊慌失措地从保险库里跑出来，大叫着："我的……宝石库的柜子里有一具尸体，不……是一个骷髅，那个柜子我已经一年多没打开了！怎么会突然……出现骷髅呢？"女店主吓得语无伦次。那一瞬间，我明白了，这是隔空隐形人告诉我尸体存放的地方。

报警之后不久，警察便出现了。经过检查，死者的身份暂时无法确认。不过，有一点可以肯定，死者应该是死于一年前，就是老妇人把那颗要卖给我的祖母绿宝石放进去前后的时间。凶手选择了一个非常隐蔽的地方藏尸，他甚至对女店主的店铺了如指掌，才很自信地认为尸体一定是在我来买宝石时才会被发现。

无奈之下，我再次拿出了我的证件，向哥伦比亚警方说明我的来意。之后的几天，我被隔空隐形人安排去了巴兰基亚狂欢节、露水教堂、玻利瓦尔广场……他依然让我去取他一年多前便定制好的晚礼服、纪念币和红酒，而我，分别在那些地方听到了卖给我东西的老板或店员们的惨叫声。这一次，他是想告诉我，杀人的事实要伴随着恶作剧性质吗？

哥伦比亚的警方逐渐确认了五位死者的身份，他们中有当地人、有游客、有黑人、有亚洲人……仿佛没有任何特别的关联，凶手只是很随机地在选择他们，然后把他们残杀。他旅游至此，无法克制杀人欲望，虽然杀了人，但不多。看来，哥伦比亚不是能让他兴奋的地方，他对这里不熟悉，也不喜欢。更重要的是，要调查清楚每个店铺的特征，总是可以把尸体藏在隐蔽的地方，可不是一个人能够完成的。莫非这并不是一个凶手，而是一个团队？而且，在亚洲的杀人手法残暴，在欧洲的杀人手法却很细腻，连杀人风格也不一致。

我一边思考，一边打开了他送给我的宝石。祖母绿宝石可是价值连城的珍品，他还真是舍得。这家伙应该是个很有经济能力的人。可他究竟是个男人还是女人？如果是个杀人的团队，这团队究竟有多少人？此时，我的手机提示我，我又收到了新的邮件：加拿大、墨西哥、古巴……这些都是历史不太长久却极具发展潜力的国家，想必你之前的工作也好、旅游也好，都应该去过这些地方吧。我给你一份清单，你可以找当地的警方协助，去把那些死了很久的人挖出来吧！他们很多人的身上都带着身份证，所以要确定他们的身份应该不难。

看来这是公开叫嚣了。我下载了一份埋尸地点的清单，上面列出的足足有二十五人之多。看了那些地点，我倒吸了一口凉气：北美洲中部的丘吉尔河、西部落基山脉下的平原、阿留申群岛的小树林、安的列斯群岛的热带雨林……当然，随着清单奉送的还有埋尸地的照片，否则日积月累，就算知道埋尸地，出动了寻尸犬，恐怕也很难找到那些死者！我竟然感到了一种巨大的压力，因为由我来把这些令人震惊的事件告知各地的警方，我也会随之变成新闻界的轰动人物吧？这个隔空隐形人是故意把我置于这么被动和暴露的位置上吗？如果我真的找出了他的身份，不仅他会出名，我也会跟着“出名”，这对一个低调研究杀人理论的研究员来说，绝对不是一件好事。

隔空隐形人说得没错，如果不是他特意将这份埋尸地点清单发给我，警方可能永远都找不到那些失踪人口，更不会知道他们已经死了的事实，恐怕这辈子都别想找到他们的葬身之地。他在北美洲杀人的手法完全不同于在其他地方，因为他无比谨慎地把被害人骗到了非常荒凉偏僻的地方再实施杀害，这说明，他深知此处警方的办案手段更高明。而且，北美洲恐怕是他活动频繁的地方，他可能是在这些地方工作，或者有公务往来。总之，他很怕暴露自己的凶手身份，所以他才把被害人骗到很隐蔽的地方进行杀害。

Chapter 5　他会是一个怎样的人

几乎绕了地球一圈，除了南北两极之外，世界各大洲我都去过了。整整三个月的时间里，我马不停蹄，在隔空隐形人的“指挥”下，进行了一次短暂的环游世界的旅行。当我终于从这个折磨人的旅行中告一段落，回到中国的行为画像研究所时，我看到了萧维洛老师一副等着看好戏的表情。

“上一次我承认我的‘寻找杜比’实验有些失败，但这一次可不是我在幕后操纵你，这一次恐怕真的是一个嗜杀成性的杀人狂魔。既然他已经走遍了全世界去杀人，想必你也知道要用什么方法将他找出来了？”萧老师其实是在等我的回答。

“地理学的犯罪心理画像研究嘛。还好这半年我搜集过类似的案例，没想到，这次居然派上了用场。”我一边说，一边从我整理的杀手资料里找到了一个我可以借鉴的恶魔。

亨利·李·卢卡斯，从1960年到1983年，这位老兄杀了一百五十多个人。不过据他自己交代，他恐怕是杀了三百六十到六百人。犯案地点在美国各州，也可能是在欧洲和日本，杀人方法也各有不同，以至于无法详细回忆。他在折磨被害人的同时，甚至残暴地吃掉尸体。关键是，他杀人根本就没有任何可以说服人的动机。我看到档案上最后记录的关于他杀人的真实想法："我喜欢杀人就好像其他人喜欢散步，区别只是嗜好不同。如果我需要猎物，只需到街上随便去找一个。"

我从没想到，今天会遇到这样的凶手，像亨利·李·卢卡斯一样，杀人只是嗜好。但他比亨利·李·卢卡斯更善于设计，更仔细记录，更可能有朝一日把自己变成全民"欣赏"的英雄。我把这三个月来，在各大洲搜集的关于这个隔空隐形人的特征重新整理了一遍。我打开随身携带的小本子，把我当时的感受逐一总结出来。这个隔空隐形人的特征在我的脑中逐渐清晰起来：

他是一个有计划、有明确杀人目的，事先把一切都进行了详尽安排的人。所以，他是个保证自己杀人快乐又不劳累的人。从地图上看，他指引我去的地方，呈现环绕世界一圈的椭圆形，他从一开始便规划了自己的杀人路线。杀人的初始地在亚洲，终止地是在北美洲。他对亚洲的文化很了解，说明他很可能是亚洲人；可后来我又发现，他会在美国的假日里去澳大利亚度假，依此来看，他是在美国生活，那么他很可能是个混血儿。在非洲，他肆无忌惮地杀死黑人，说明他有严重的种族歧视倾向。所以，他不是黑人，而是一个亚欧混血儿。

他了解各地的旅游景点和民俗文化，可以看出他是一个知识渊博，通晓人文、地理、历史和民俗的富有修养的人，受教育的程度也应该很高。并且他还有一个特性，就是喜欢与人分享，与那些他认为够层次又可以和他产生精神共鸣的人分享。我又查了他先前透露过的关于杀人地的风光描写和心情抒发，那些都集中在美国的假日前后，比如新年、独立日、感恩节和圣诞节……看来，他不是随时都能去做环游世界的旅行，而是在假日前后才能去，那么这个人肯定是有固定工作的。他还在哥伦比亚买了祖母绿宝石送给我，我判断他的经济能力非常不错。一句话：他是一个知识渊博、工作稳定而又收入颇丰的人。

在世界的不同地方，有不同的杀人风格，选择不同类型的被害人，杀人动机不同，让我发现尸体的方法也不同。这么丰富精彩的杀人经历却可以隐匿这么久，说明这个人很低调，隐藏得很深。

根据我分析的特点，我在研究所与各地政府和警局联网的资料库里开始搜索可能的人物。我设定了这样几个步骤：在美国的各大医院内搜寻最近半年被确诊为癌症的病人，尤其是三个月前死亡的病人；然后在这些名单中，搜寻身份为亚欧混血儿的病人；再之后，就是从他们中间寻找那些拥有固定工作，并且收入颇丰的人；最后再筛选那些接受过高等教育，尤其是学科接近于人文学科的人。

即使是设置了这么多限定条件，在搜索之后，仍然还有二十二个“候选人”的名单。这些家伙有男有女，虽然都是已经死去的人，但他们每个人都有可能是我要寻找的那个隔空隐形人。也说不定在他们中间出现了一个杀人组。我看，我的下一站就是去美国逐一拜访他们的家人和朋友。

Chapter 6 寻找隔空隐形人

对我来说，最大的难度是，这个隔空隐形人会去世界上那么多地方杀人，恐怕他出入境时都不会用自己真实的身份吧。作为保障，我想他一定会给自己制作一个“假”的身份，包括相关的证件。这也是我在查询出入境记录时，根本查不到一个经历地点可以对应起来的人的原因。我整理了隔空隐形人过去三年的邮件和他提到的每一个去旅行的地方，那么多城市和机场，出入境记录完全对应的人没有，所以我的判断是正确的。但如果这个隔空隐形人并不是一个人，而是一个团伙，还有男有女的话，我依然无法在最后锁定的那二十二个“候选人”名单中，找到可以对应的人。

那么，最笨的方法只有一个：逐一去拜访那些已死亡的病人的家属和朋友，从他们的口中判断可能的嫌疑人。这之后的两个月，我不知道费了多少口舌，出现在多少人面前，讲明了多少次身份，才和那些人进行了沟通。我还记得我问过的那些问题和他们的答案：

“他喜欢南美洲吗？去旅行的时候会选择那里吗？”

“什么？南美洲？他很喜欢，你怎么知道他喜欢，他去过哥伦比亚、巴西、秘鲁……”

我想，这个人不是我要找的嫌疑人，因为我的嫌疑人在南美洲杀人很少，那里不能让他兴奋，他显然不喜欢南美洲。

“她喜欢研究亚洲的历史吗？尤其是亚洲的大屠杀和政变之类的？”

“活见鬼了，这是什么问题啊？她是一个很爱美的女人，她只对时尚感兴趣。”

所以，我明白，她不是我的嫌疑人，我的嫌疑人深知亚洲历史和酷刑方式，这是他杀人的乐趣之一。

……

我问了他们的家属觉得匪夷所思的很多问题，他们更是搞不懂，我的这些问题究竟和我要调查的凶杀案有什么关系，我也不必和他们说明我的提问逻辑。只是经过了这么一大圈询问，似乎所有的“候选人”都不符合我先前设定的条件。最后一个要调查的人是三十岁的罗宾，他在三个多月前死于胰腺癌，而他去世之前，曾是美国一家很有名的心理学杂志的主编。看来，他是我最后的希望和最后要仔细分析的人了。

当我终于找到那家杂志社的办公地点后，我受到了一位身材有些发福的女主编的接待。她看上去有四十几岁，金发碧眼，脸上有些皱纹。她看了看我的证件，等我说明来意之后，叹了一口气，甚至还翻了一个白眼，有些怨气地说道：“罗宾确实曾是这家杂志社的主编，还是这个杂志社的老板。大约四个月前，他在律师的证明下，将整个杂志社都赠送给了一个叫赤木锐子的日本女人。我们完全不明白老板为什么要这样做，而那个被转让的日本女人也从未露过面。要是那个女人再不出现，杂志社就要完蛋了。”

“赤木锐子？”我若有所思地重复着这个名字。

Chapter 7　神秘的日本女人

当调查的范围缩小到罗宾的身上，又缩小到这个叫赤木锐子的女人身上时，事情反而变得复杂起来。因为这个叫赤木锐子的女人也很神秘，除了在律师那儿了解到杂志社的转让文件上有她的身份证号码之外，再无更详细的其他信息了。

我找到了当初办理杂志社转让手续的安德鲁律师。他告诉我，罗宾本身就是一个低调做事的人，而赤木锐子跟他是什么关系，律师也不得而知。但这个女人从未露过面，是最令人费解的地方。律师也一直在寻找这个应该来接手杂志社的人。

神秘日本女人的失踪让我似乎无法进行下去了。正在苦闷的时候，我接到了安德鲁律师的电话。他告诉我，那个日本女人找到了，她在几个月前差点儿被人杀死。找到这个日本女人就像看到了一线希望，我很快赶往她所在的医院。在病房里，我看到了一个神情恍惚、头发凌乱的女人。

“你是谁？”女人看我的眼神很费解。

“我是一个和罗宾通过信的朋友。三个月以前，我没有再收到他的来信，不知道他出了什么事情，去他的杂志社知道了他去世的消息，也知道他把杂志社转让给了你，所以就来看看你。”我微笑着，也只能这样解释给她听。

“安德鲁律师也来找过我，他说，那个叫罗宾的人可能是我的男朋友。”

“可能？你不确定你和他之间的关系吗？”我进一步追问。

“5月30日的那天晚上，我在夏威夷度假，后来还掉进了海里，再之后被人救起就住进了这家医院。这些也是在我醒过来之后，医生和警察告诉我的。”女人一张苍白的脸，似乎还没从劫后余生的恐惧中走出来。

5月30日？不正是我在夏威夷接到隔空隐形人发邮件告知我嗜杀之旅的那一天吗？我想起来了，我看到过一个女人在海上的隐约画面，可我当时以为是幻觉，因为那只是很短的时间。难道那女人就是赤木锐子？

“接手罗宾杂志社的事，你是因为掉入海里才推迟了吗？”

我试探地问道。

“我在海里浸泡了太久，大脑有些缺氧，记忆力受到了影响，我根本不记得自己为什么会掉下海，甚至一开始连自己是谁都不知道，更不记得什么罗宾和杂志社的事。”女人摸着自己的脑袋，像是努力回想一样。

看到赤木这个样子，我觉得已经没有必要再问下去了。她连自己是谁都要努力回想，更不用说能记得那些杀人的事了。我只好把赤木的基本档案发给萧维洛老师，请他帮忙调查这个女人的底细。

一个星期以后，我收到了萧老师的邮件，这个女人的调查结果更是令人觉得扑朔迷离。她没有信用卡、保险和医疗记录，甚至除了身份证上的照片之外，连一张像样的照片都没有。而且她没有太多的出入境记录，除了在美国和日本之间往来之外，她几乎没有去过其他的国家。她没有前科，没有案底，没有DNA记录，没有参加过任何社会活动，也没有博客和邮件等网络联络方式……我把她的资料打印出来攥在手里，脑中出现了我那天看到她的样子：虽然是女人，但身体很强壮；虽然记忆不太完整，但回答我的问题时像是若有所思……她的那张脸孔是有棱角的、冰冷的，甚至是凶恶的。虽然说不能从人的外貌来判断一切，但那种偏向男性化的凶狠面孔令人不舒服。我说不出来为什么，总之，她让我觉得不舒服。

坐在酒店的电脑前，我一直猜测着这个女人和罗宾之间的关系。忽然，我的电话响了起来：“维拉小姐，我现在住在罗宾的房子里，他的房子里可能有一些你要找的信息。”电话里传来了赤木的声音。

Chapter 8 他和她之间

我应邀来到了一栋漂亮的二层别墅，我按了门铃。有人应声，来开门的正是赤木锐子。我走进去，坐在客厅的沙发上，环顾了一下四周的布置，觉得这是一个有品位的人会选择的装修风格。而且我调查过，这个房子正是罗宾去世之前住的地方。

“维拉小姐，其实我很害怕，我总觉得那晚推我下海的人就是罗宾。”

“可是根据医院的死亡记录来看，在你掉下海的那天之前，罗宾就已经在医院里死亡了。他又怎么能跑去杀你呢？”我觉得我眼前的女人有点儿思维失常。

说完，我从书架上拿下一个相框，里面放着罗宾的照片。照片上的男人个子不太高，身材瘦弱、脸孔苍白，是个气质有些阴柔的男人。于是，我又下意识地打量了一下站在我面前的赤木锐子，她的高大和强壮刚好和罗宾形成了鲜明的对比。如果说这个罗宾就是和我通了三年信的隔空隐形人，那他怎么可能有力气去杀死那些远远比他高大的人呢？所以，根据死者死亡的方式，我判断那是一个杀人的组合，而不是由一个人来完成谋杀的过程，这个判断应该没有错。那么，这个赤木锐子会不会就是他的搭档呢？

“让我最没有安全感的是，我不太记得我之前跟他是什么关系，发生过什么事情。直到我昨天在他的电脑里查到了他一直在和一个叫维拉的女人通信，我想那个女人就是你。他一定告诉过你，我跟他是什么关系！”赤木突然转过头来，眼神冰冷。

我吓得赶快放下了罗宾的相框，在那一刻，我在想，赤木真的失去了重要的记忆吗？她会不会就是和罗宾一起杀人的搭档呢？那一晚，究竟是谁把赤木推下海的？最重要的是，那一晚，不正是罗宾邀请我去感受他的嗜杀之旅的起点吗？为什么巧合的是，我会在赤木被推下海的案发地点附近呢？我会不会千辛万苦绕了一大圈之后，刚好掉入了一个杀人恶魔的圈套里？想到这些，我的喉咙立刻变得干涩，心跳也加快起来。

“你自己过来看看，他给你写了多少信！”赤木拉起我的手，她的力气大得我根本挣不脱。我随着她去了罗宾的书房，我在他的电脑上，看到了很多他写给我的邮件。看来，通过他留给我的杀人线索，我确实在网络的档案库中找到了他。这个人确实是罗宾。我不动声色地想着这些，同时也在想，我该如何从这所房子里逃出去。此时，我的手机提示我，我又收到了一封新的邮件：

亲爱的维拉，如果你已经在一堆死人中间找到了我，那么现在，我想告诉你一个事实：其实我有一个爱人，可我并不爱她，她身材高大、本性凶残，像个男人一般。她凡事都要处于强势，她处处都要控制我、摆布我，但我之所以不愿意离开她，是因为她一直可以帮助我去杀死那些我想杀死的人。很多时候，我不必动手，我只要选定了哪些人该死，她就会表演精彩的虐待戏码给我看。我本来想在死之前，把所有的财产都留给她，可她偏偏发现了我其实只是在利用她杀人的这个事实。而且，她发现了我一直在和你通信，所以她认定了我此生喜欢的人是你而不是她，她一定会去杀死你。不过你不用担心，因为那晚，我已经安排了安德鲁律师把她推下海。这样，即使我死了，你也不会再有任何危险。

我在手机上浏览完这封邮件，额头上渗满了冷汗，看来眼前这个记忆模糊的日本女人就是和罗宾一起走遍世界杀人的女魔头。而且，她觉得罗宾要害她的感觉也是准确的，她并没有冤枉他。如果罗宾安排安德鲁在他去世后杀死赤木，那么安德鲁律师早就应该知道罗宾和赤木的事，可他在我面前说，对他们之间的关系完全不了解。

"你盯着自己的手机看了那么久，在看什么？"赤木逼近过来，我几乎能听到她呼吸的声音。就在她要抢我手机的那一刻，我按了删除键！因为我知道，如果让她看见了这封邮件，她便会知道，我已经知道了她帮助罗宾杀人的事，她也会知道罗宾存心要杀死她的事。那么，这个记忆还未完全恢复的恶魔肯定会选择先杀死我。就在我的心快从嗓子眼儿里跳出来的时候，我听到了别墅的门被打开的声音，进来的人正是安德鲁律师。

"维拉小姐？你怎么来了？"安德鲁律师显得有些意外。

我看到了安德鲁，心里的恐惧更多了一层，因为他是知道我的目的的。我告诉过他，我是犯罪心理研究员，来调查一个有可能存在的连环杀手。他早就知道了我的身份，而且也早知道了罗宾和赤木的身份，可他依然只字未提，这才是可怕的地方。

"我想，我应该告辞了。"我勉强挤出一丝微笑，快速地挣脱了赤木拉住我的手，想要尽快逃出罗宾的别墅。就在我与安德鲁擦肩而过的一瞬间，他突然拉住了我的手臂，在我耳边小声说了一句话："就算你知道了赤木的真实身份和她的过去，你也没有任何实质性的证据可以证明她就是那个杀人无数的女魔头。我这次来，是要帮助罗宾完成上次没有完成的事，你就当我及时赶来救了你一命，那个女魔头正酝酿着杀死你呢！”

我听完之后，快速地跑出别墅，接着，我听到了一声枪响。我头也不回地向前方跑去！

Chapter 9 我嗜故我在

一个星期以后，我看到了报纸上安德鲁的尸体被警方发现的消息。他的尸体被埋在一片树林里，后脑中了致命的一枪。难道我那天听到的枪声，是赤木杀死了安德鲁？如果赤木手里有枪，那她完全可以在安德鲁来之前杀死我，如果不是她的记忆模糊、犹疑了，她一定会先杀死我。我的心被一种恐惧笼罩着。

我一直在犹豫着，该如何把我知道的事告诉警局和媒体。因为一直有各地警方来催问，我为什么知道那么多尸体的埋藏地点，那个神秘的连环杀手究竟是谁。这已经成了大家关注的焦点。可警方也会起诉那个和罗宾一起杀人的赤木吗？有足够的证据可以证明赤木杀人的事实吗？

我不断问着自己这些问题：罗宾为什么一定要找我来做他的倾诉对象？为什么还要透露出他对我有类似情人的感情呢？为什么要在临死之前发送那些邮件，让我去感受他的嗜杀之旅、去透彻地了解他呢？为什么他要选择通信这种方式来和我沟通呢？

我再次打开了他先前写给我的那些邮件，澳大利亚是他唯一没有杀人的地方，他写着：昆士兰黄金海岸真是景色宜人，试想一下，当你躺在那金黄色的沙滩上，你似乎可以忘记所有的过去，烦恼一扫而空，愤怒都可以遗忘。我的笔记本上也写着这样的分析：根据这些特征可以推测，他是一个渴望休息、寻求安宁、偶尔避世的人，不过，从地理犯罪心理学的视角来看，这个地方很可能有他美好的回忆或所珍视的人，所以他才不想在这里杀人，来保留他心中的一片净土。

说不定回到昆士兰的黄金海岸，我会找到他没有在那儿杀人的原因。于是，我买了机票，再次飞往澳大利亚。在飞机上，我仔细回想了赤木那个奇怪的女人。她虽然貌似强悍，但一直依附于罗宾，被罗宾所利用，说明她真的很爱罗宾，而罗宾虽然瘦小阴柔，但有一个强大的可以控制赤木的灵魂。这果然是一个具有依附关系的杀人组合。

两天之后，当我站在黄金海岸松软的沙滩上，看着飞起的海鸥和碧蓝的大海时，我感到有一只小手正在抱着我的大腿。回过头一看，是个只有五六岁的外国小女孩。

"这个，给你。"小女孩奶声奶气，用小手递给我一张照片。

我接过照片，看到那照片上有一个很漂亮的长头发女孩正在和一个混血儿男孩在沙滩上聊天，而那个女孩就是我，那个男孩就是罗宾。我惊讶得几乎说不出话来，难道很久之前，我真的见过那个叫罗宾的人？我手里拿着照片，赶紧向四周望去，攥着照片的手有些颤抖，说不清是因为震惊还是恐惧。可我没看到任何奇怪的人，大家都还是一副在海边游玩的姿态。是谁让小女孩送给我这张照片的呢？我瞪着惊恐的眼睛，瘫坐在沙滩上。我的记忆回到了七年前，我做完整容手术后来澳大利亚休养的那些日子。

"我最近总是梦到一些女孩死亡的样子，她们恐怖的脸总是出现在我的梦中！我真的很害怕，可我不记得我见过她们……"

"我妈妈住在一家疗养院，不过，昨天她死了。她很强悍，很喜欢打人，我小时候她总是打我。所以她死了，我很开心。我们家过去很穷，有钱的爸爸抛弃了贫穷的妈妈，可我从现在开始也变得富有了，因为我继承了他的财产，他上个月出车祸死了。

“我的耳边有时候可以听见一个声音，那个声音说：杀死她们！这个世界应该由你来控制！所以，你想做什么就做什么！

“你知道吗？我很想做环游世界的旅行，去发泄那些自童年起就没有发泄出来的怨气，过去穷，但现在我富有了，我可以实施这个旅行计划了！你会和我一起去吗？”

……

我终于想起了七年前我和那个男孩之间的记忆以及那段鸡同鸭讲的对话，我怎么就把这一段给忘记了呢？那时候我遇到的人就是罗宾。我反复看着手里的照片，我记得，那是一个热情的澳大利亚人看到我们并排坐在沙滩上聊天时，以为我们是情侣，才为我们拍下的照片。

“那一次遇到你，年轻的罗宾对你一见钟情，更巧的是，他作为心理杂志的记者去采访萧维洛博士的时候，看到了萧维洛博士为你改换身份的档案。没想到，偶然邂逅的美丽女孩再次出现在他的生活里了。他也了解到，你最爱跟自己喜欢的人用通信这种方式交流，所以，他开始装作隔空隐形人，不断给你写信。”

“安德鲁律师是你杀死的，赤木锐子也是你推下海的，你不在澳大利亚杀人的原因，是因为那是你邂逅我的地方，你要保留记忆的净土。对吗？罗宾先生？”

此刻我对面站着的正是披着长发的赤木锐子小姐，我知道，我要揭发的是一个已经死去的连环杀人恶魔，而站在我面前的只是一个我没有任何证据可以证明他就是改换了身份和性别的爱慕我已久的男人——罗宾。

死神的新衣

The new clothes of death

人的处境十分诡异，最深的需求是消除死亡和毁灭的焦虑。可是，正是生命本身使我们意识到这种焦虑，以至我们不愿彻底展现活力。

——贝克

“死神天使”再次出现了。这个销声匿迹了两年之后再次出现在公众视野中的“另类杀手”，以其独特而优雅的“谋杀杰作”，再现于大家曾经惊恐、如今却冷静的关注情绪中。

被叫作“死神”，是因为这个杀手杀人的方式带有一种“神圣感”。来自这个杀手的留言是：结束他们的生命是我的使命；被称为“天使”，是因为这个杀手在谋杀前后表现得非常细致体贴：布置死亡现场的环境，杀死被害人，拍下照片后把照片邮寄给死者的家人，标注出详细的遇害地点，亲属报案收尸后还会在举行葬礼的时候收到花圈和慰问的明信片。这一系列事情做得周到细致，简直可以称为专门的“谋杀服务”。

但因身份不明，被命名为“死神天使”的凶手一直没有落网。“死神天使”的使命是结束别人的生命；我的使命是，找出隐匿在茫茫人海中的手段非常残忍的这个“谋杀创意者”。

Chapter 1　最佳谋杀创意者

作为行为画像研究所的高级研究员，我当然接触过大量“富有创意”的谋杀案例。把人砍成几截又洗净内脏的“黑色大丽花”谋杀案；把人杀死以后，用人皮装饰的椅子、灯罩，用颅骨做成汤碗、嘴唇做成项链的“恋母虐待狂”谋杀案；诸如此类。这样极度扭曲的惊悚案例在中国境内发生的概率并不大，但是，“死神天使”谋杀案让我嗅到了一丝别样的味道。这件发生在国内的案子，其创意性在诸多变态杀人狂的案例中首屈一指。

当我收到“死神天使”系列案件的资料时，我甚至像欣赏一件件艺术品般欣赏着这个谋杀创意者的犯罪现场照片。虽然这样说，可能对被害人有点儿不敬甚至残忍，但我不得不发自内心地感叹：他们死得真漂亮。还好，我只是一个心理异常的分析者，而不是一个需要不断接触亲属的探案者，否则我的这句话一定会将死者亲属激怒。说他们“死得漂亮”一定是有原因的，我们一起来看看这四位死者是怎么死的吧。

第一位死者，我愿意把他叫作“英俊男孩”。因为他的确非常英俊，而且有一份前途无量的工作。这位广告狂人虽然年纪轻轻，但已经获过几次创意大奖。他死在了一个偏僻地区的废旧仓库里，但在他死的时候，仓库布置得像夏威夷海滩般温馨：墙壁上画着大海、沙滩、椰子树，甚至他死亡时坐的椅子也是那种非常舒服的沙滩椅。当然，为了防止他反抗，他的手脚被结结实实地绑在椅子上。法医说，他死于服用过量的安眠药，但安眠药绝对是被人灌下去的，而不是他自己主动吃的。在谋杀现场，还一直播放着具有催眠作用的戈达尔的《约瑟兰的摇篮曲》。这个画面使我想起了一个科学的做法，在屠杀生猪时，给猪播放舒缓情绪的音乐可以使猪死得更安详，猪肉也更好吃。虽然凶手不见得把被害人当成待屠宰的猪，但目的是一样的：减轻被害人死亡时的痛苦和恐惧。

第二位死者，我应该叫他“大块头大叔”。这位大叔是退休的体育教练，身体看起来还十分结实。他死在了一间快要拆迁而没有人居住的旧房子里。房子的墙壁上贴满了名人的画像：古罗马的恺撒大帝、中国的李小龙……我实在想象不出这些名人之间到底有什么联系。大叔是被霰弹枪轰掉了脑袋死的。应该说，这种谋杀方式是非常残忍的：人在死了以后，残存的头部根本无法辨认，脑袋开花是什么样，那位大叔就是什么样。最后确认大叔的身份，法医是靠DNA测试才完成的。

第三位死者，我也给她起了一个名字：“家庭温馨女”。这个年轻的女孩死在了一间乡村度假屋里。这一次，我们的谋杀创意者给她布置的场景是这样的：屋子里贴满了各种各样关于女死者的家庭照片，她和她父母的、和朋友的、和宠物的……而且照片真的是刻意摆出来的，因为女死者的尸体被各种照片的相框围成了一个圈。女死者的手和脚当然还是被捆住的，她死的时候应该不会太痛苦，是一刀刺中心脏而毕命。对了，凶手还蘸着女死者的鲜血在地上画了一颗心的形状，那场面看起来很像一张“视觉系乐队”的惊悚海报。

第四位死者，他死得最离奇，我把他叫作“半腿男”。他死在了一家停业的修车行里，修车行被我们的谋杀创意者布置得就像登上了山峰：有石头，有云朵，还有几株草。“半腿男”比那个被轰掉脑袋的大叔死得还要惨，他的右腿从膝盖部分被锯掉了。法医的结论是，他死于失血过多。不过，凶手最人道的是，他没有让“半腿男”活活疼死，而是事先给他注射了麻醉剂。不过，那会不会是另外一种残忍呢？感觉不到腿部的疼痛，却能看到自己的腿被锯掉了，然后再看着自己的血不停地汩汩流出，绝望地感受着自己生命的消逝。

“死神天使”的创意不仅仅体现在对死亡现场的布置上，还体现在一整套体贴的“服务流程”中：先是非常花心思地布置现场，接下来是以一种我们无法理解的方式杀了死者。一般在死者死亡的当天，或者是第二天一早，死者的亲属便会收到一张“即拍即现”的照片，照片背面还写明了谋杀发生的地点，通知他们赶快去报警和收尸。当家属为死者举行葬礼的时候，还会收到鲜花、花圈或者是悼念卡之类的东西。“死神天使”的创意最具挑战的是：他虽然主动暴露谋杀地点，但警方去了之后还是找不到可以确定凶手身份的有效物证；而被害人在被杀死之后，亲属也能得到意想不到的安慰。或者，我可以这样理解：“死神天使”越是体贴，就越是变态。以上四位死者的情况，已经非常诡异了，但这都不及第五位死者。

第五位死者，是“死神天使”销声匿迹两年之后的第一个“杰作”。被害人死在了一间废弃的舞蹈室里，平躺在沙发上的死者手腕被割开了一个伤口，死因大概是血从那个伤口中流尽而死，至少法医是这么推测的。不同于以往的是，我们看不到舞蹈室的具体布置，因为照片只拍了尸体的部分。还有，这位死者的头部被一个死神的面具罩住了，我们看不到死者的脸，也不能断定其身份。更重要的是，被害者死亡之后，警方没有在案发现场找到尸体。因此，第五位死者同前四位的作案差别正是我接收此案的心理分析，并给出破解方法的原因。警方希望我协助他们，找出这个消失了两年又再度出现的“杀人狂魔”。

Chapter 2　第五个凶杀现场

被废弃的舞蹈室里，仿佛还可以看到昔日在这里练习舞蹈的各种身影：婀娜多姿的、轻盈飞扬的、身姿曼妙的……只是当我闭上眼睛，把这样的画面和另一幅画面结合在一起的时候，那种美好的感觉便被另外一种残忍的意味所代替。

一个人躺在沙发上，也许因为被注射了使人无法控制自己身体的药物，所以一动也不能动。被害人的脸上被罩上了死神面具：苍白的面孔、鲜血般红色的嘴唇，黑得如两潭深水的眼睛。死者应该可以感觉到自己的手腕在不断地流血：一滴、两滴、三滴……直到最后一滴。在束手无策中感受着生命的流逝，虽然并不疼痛，但非常恐惧地体味着死亡即将到来的滋味。

我也躺在那张死过人的沙发上，然后在自己的脸上盖了一块手帕。我把手腕垂下，甚至来回摆动了几下，然后静静地等待时间的流逝。我在体会那位死者的感觉，以此来推测凶手为什么要用这样的方式作案。“立拍得”照片只拍了尸体的特写，因为不是全身像，这意味着我们无法判断死去的人究竟是男人还是女人。

“究竟是什么原因让凶手在消失了两年之后要以这样的方式杀死第五个人呢？”我躺在破旧的沙发上思考着这个问题。凶手为什么没有把第五位死者的死亡照片寄给他的家人，却把照片发给了知名的报社《新闻一周》，通过报社的报道，让所有人都知道这个人已经死了。而且，警方并没有在凶手告知的案发地点找到尸体。这些特征都和前四个案子的特征完全不同。我想应该有这么几个可能性：第五位死者对于凶手来说具有不同的意义；凶手想利用第五位死者向外界透露不同的消息；第五位死者根本就没有家人，所以没有可以报案的人。

对我来说，这个案子最大的难点就是：警方至今无法找到第五位死者的尸体，就连死者的性别都难以确认，也没有人在失踪档案里找到和死者相似的人。所以，无法确认死者的身份成了破获这个案子的最大障碍。

我从沙发上坐了起来，然后又仔细看了看废旧舞蹈室的地面，还有墙面，又趴在沙发上闻了闻味道。我这样做是在寻找凶手杀人时留下的一些讯息，比如血液、脚印、指纹、绳索、被打翻的东西……可惜的是，凶手的缜密和清理现场的能力使出色的法证人员都没有发现什么破绽。这难道不很可怕吗？我们的“死神天使”，我们最具创意的谋杀者，要花上多少时间来清理血迹、毛发、脚印，或者哪怕是一点点可以留下线索的证据呢。

“‘死神天使’虽然不想让任何人知道死者的身份和谋杀的过程，但强烈地渴望让所有人都知道第五个猎物死了，而且死得干干净净、不留痕迹。既然，他实现了最完美的谋杀；既然，他向公众发表了他的‘杰作’，那就让我用他的逻辑来把他找出来吧！”我对着我的录音笔坚定地说道。

也许是我从沙发上站起来的力量太大了，那张破旧的沙发居然顷刻间倒了过去。“砰”的一声，灰尘扬起。我在沙发翻过去的瞬间，看到了一张原本粘在沙发底下而“飞”出来的“立拍得”照片。照片落在地上的时候，我捡起来，只看到上面的一双手被捆绑着。从拍摄的角度来看，那似乎不是有意拍摄的，只是由于相机掉落或者是失误操作而在无意中拍下的照片。

照片上的人应该是穿着一件红色的衬衫，因为被拍下的部分，也就是从手腕的部分可以看见红色衬衫的袖口。那个人的两只手显然被捆得紧紧的，而且，可以肯定，这张照片上的人和第五位死者并不是同一个人！因为两个人的手部特征不一样：一个偏白一点儿，一个偏黑一点儿。

连法证人员都没有发现的这张沾在沙发底下的照片，难道就是老天给我提供的线索？莫非是要告诉我，这第五个案发现场还另有其人？难道是第二个被害人？或者是凶手自己？不对，看那照片上面手被捆绑时打结的方式，根本不是自己能打出来的结。那会不会是第二个被害人？这个人又是谁？“死神天使”为什么没把这个人的消息透露给外界？

Chapter 3　凶案再起

三个月之后，“死神天使”又开始行动了！这一次，他显然把行动升级了。第六位死者的情况是这样的：一个三十岁左右的商业公司的老板，被劫持到一片已经荒废了的风景区里。在一家只有五六平方米的早就废弃了的小卖店里，其颈部、手腕部和大腿处的动脉被尖刀划伤，导致血液很快流尽。作案手法就像杀猪放血一样，据判断，这名被害者用不了几分钟就会死掉。

面积不大的小卖店里到处都是血迹。当警方根据死者亲属的报案找到尸体的时候，他们都被那种扑鼻而来的味道给震住了！你能想象那种血腥的味道吗？你能想象一个人全身的血液在最短的时间内被放干的感觉吗？不过，凶手比较仁慈的是，他仍旧在放血之前给死者注射了麻醉剂，所以，死者是感觉不到疼痛的。但凶手对死者的亲属就显得很残忍了。他做了什么？他每隔五秒钟就拍一次照片，照片上还带着时间显示。这样，他每五秒钟按一下快门，就出现了按照时间顺序排列好的十八张照片。计算一下，就是“死神天使”用一分三十秒的时间杀了一个人，还把这个人死亡的全过程拍了下来，然后一点儿都没有耽搁地把照片送给了死者的家属。

“他不是通过快递邮寄过来的，应该是他亲自放到我们家的邮箱里的。我真不能想象，他怎么能这么残忍地把那些照片给我们送过来呢？！他简直不是人！他是个残忍的恶魔！”死者的妻子在接受记者的采访时歇斯底里地狂喊，之后又因为愤怒和悲伤过度昏厥过去。这样的情形我也是通过《新闻一周》报纸的头条新闻才知道的。这真是一家无良的报社，因为“死神天使”曾经选择他们来透露第五位死者的死亡信息，他们就抓着这个案子不放，还马上采访了第六位被害人的家人。他们的记者也真是不怕死。

“‘死神天使’已经把案情升级了，他的作案手段也明显从温和变得‘麻辣’起来。连续拍了十八张死者死亡过程的照片，目的就是激怒死者的亲属。总之，这种巨大的打击和刺激足以使死者亲属的下半生都不能安宁了。这种心理阴影足以毁灭一个人的一生。”这段话是我在接受《新闻一周》记者采访时说的。我承认，我说那段话时相当愤怒。因为我很清楚地知道，死者的亲属会因此患上严重的“创伤后遗症”，甚至有可能精神失常。

我在办公室里合上了《新闻一周》的报纸，心情久久无法平复。虽然我接触过许多变态杀人的案例，其中的心灵扭曲者也不在少数，但如此折磨被害人亲属的凶手并不多见。另外，由于“死神天使”现在的作案手段越来越残忍，也说明他已经从“天使”转变为恶魔了。

但事情远远没有结束！在家属给死者举办葬礼的时候，“死神天使”再次送来了礼物：一束鲜花和一个MP3。里面录下的是死者临死前的哀求和痛哭之声：“求……求……求你……不要杀我……”“我还有老婆……还有女儿……她们需要我……我不能死……”这断断续续的声音在MP3里不是很清楚，但还可以辨认。死者的妻子听到这段录音之后，当即昏了过去。

“‘死神天使’这样做的目的是激怒死者的亲属，从安慰到激怒，这是一种杀人模式的很大改变。我想，‘死神天使’本身可能经历了什么改变，才会导致他的作案模式也跟着变了。从折磨被害人本身演变成折磨被害人亲属，他已经成为变态杀人狂了。警方是不会放过他的！作为犯罪行为的分析者，我也不会放过他的！”我对记者说道。我知道，我这样做无疑是在向“死神天使”挑战，既然他已经升级了他的手段，我也要升级我的勇气。

Chapter 4　发泄不尽的愤怒

第六位死者的案子告一段落，一个多月以来，“死神天使”没有继续作案，就那么风平浪静地过了一个月。在此期间，我们的调查与分析进展缓慢。于是，我给自己提了一个要求：我必须进入“死神天使”的世界。虽然他的世界里可能充满了离奇的想象和扭曲的视角，但我必须把自己当成他，才能找出他这样做的原因。

第一位死者是个工作狂，每天工作的时间超过十六个小时；第二位死者是位身体健壮的老者，对生活充满信心，可以称得上老当益壮；第三个死者是个普通的、有点儿柔弱的女大学生，她不过是个深得宠爱的乖乖女；第四个死者被锯掉了半条腿，法医说，他活着的时候得了一种神经系统的退化症。

让工作狂吃下安眠药永远的安息，老当益壮的人被击碎脑袋，柔弱的女生被刀刺死，让得了神经系统退化症的人没了半条腿。总结起来，前四位死者的身份、地位和特征都完全不同，几乎没有任何共同点；他们的死法也令人琢磨不透。如果说让工作狂吃安眠药休息和让得了神经系统疾病的人失去一条腿其实是为他们着想的话，那么女学生被刺死和老者被枪打死又是什么用意呢？

“又在琢磨那些疯子的想法了？我想，在你没有变成疯子之前，你很难真正理解疯子的世界。”萧维洛老师走进了我的办公室，笑呵呵的，手里拿着一个U盘。

“所以，我现在试图让自己变成一个不折不扣的疯子、杀人狂、心理扭曲者。我看，我得把自己塑造成一个变态者。”我接过萧老师递过来的U盘和一沓文件。

我一边把U盘插到电脑上，一边看萧老师给我的文件。不过，无论是U盘上的内容，还是文件上的内容，都不能让我心情愉悦，而且简直是糟糕透顶。

U盘里面是一段拷贝下来的录像，是一个男人被人用一把又大又钝的刀一刀刀地砍剁的过程。男人的惨号声会刺破人的耳膜，变成夜里令人无法入睡的噩梦。

“这也未免太触目惊心了吧？”我马上关掉了视频，实在不想再看下去了。我看了看这段视频的播放时间，大概是三分五十六秒。这就意味着，视频中的男人至少被折磨了三分五十六秒！

“这是第七个被害人。‘死神天使’又出现了！”萧维洛老师说完，很无奈地摇了摇头。

“这杀人的手法……是模仿。”我觉得，从第六位被害人开始，所有的手法便向着另外一个方向转变，这更像是一种模仿。也许，我可以从另外一个人的身上得到一些启示。我打开了萧老师给我带来的那份文件，里面是一个女人的资料。

“一份从来没有对外公开过的资料。资料上的女人在五年前就有非常严重的妄想症。在她的幻想世界里，自己就是上帝。不是有那么一首歌叫《上帝是个女孩》吗，也许上帝真的是个女生。至少在这个女人顽固的幻想体系中，她觉得自己是可以主宰一切的神。经过一段时间之后，她不再觉得自己是上帝了，但她觉得她是‘死亡使者’。而她的责任，就是让身边的人知道每个人都会死掉这件事。”萧老师向我说明这份档案上的女人的情况。

“所以，她的想法和‘死神天使’不谋而合，都认为自己有结束别人生命的使命。她符合我们对凶手特征的推测。”我看着女人的照片，她空洞的眼神里透露着无限的迷惘。

“我从各大精神病院、心理诊所和监狱中尽量调出了所有与你推测的凶手特征相符的人的档案资料。对比之后，只有她最符合。”萧老师指着一个女人的照片说道。

“可她这些年来并没有任何不良记录，难道我们的‘死神天使’真的是一个看起来正常、其实又隐匿在茫茫人海当中的妄想狂吗？”我收下了女人的资料，对萧维洛老师提供的文件也表示了感谢。这时，有个记者来行为画像研究所找我。看来，这位《新闻一周》报社的记者不对这一切追踪到底，是不会死心的。

“据说今天早晨，警局收到了一盒秘密录像带，上面的内容十分血腥惊悚。”记者拿出录音笔，随时准备录下我的言论。

“你们还真是消息灵通。不过，我只能把录像带里的截图发给你。如果刊登在报纸上，你们还是要酌情处理一下，否则过度血腥的场面，市民们可承受不了。”我提醒着记者。

“作为警方寄予厚望的行为画像研究所的专家，您对第七位被害人的死亡和凶手的特征有什么进一步的结论吗？”记者是想知道我们的进展。

“我只能说，凶手这种过度杀戮的行为只能证明他是在拿被害人泄愤，同时也在向这个社会表达他的愤怒。所以，我的焦点会转移到这些被害人身份的研究上，看看他们有什么共同特征，致使凶手必须拿他们发泄。事实上，我们已经锁定了一个目标，我们也很想知道，这个极度扭曲的变态者究竟在利用杀戮表达什么样的愤怒。”此时，我再次想起了萧老师拿给我的那个女人的文件，她那大而空洞的眼睛仿佛魔鬼般令人不寒而栗。

Chapter 5 你们必须死的特征

患者一直离群索居，始终认为她自己是人类不可靠近的某种神。因为神是可以操控人的，所以她认为，神力最大的体现就是掌握对人的生杀予夺。她总是突然出现在殡仪馆、医院的停尸间和车祸现场这些一般人不愿意停留的地方。可能在她的世界里，她的职责便是洞悉这些死亡的讯息。她为何对死亡如此迷恋？她为何一定要一次又一次地接近死亡？这也是她自己一直都在寻找的答案。

"端木玫，也就是萧老师提供的档案里的女人，已经和家人失去联系很多年了，而且，她从精神病院逃离之后，就再也没有下落了。"正在想着这个诡异的女人时，我的电话忽然响了起来。

"'死神天使'对于死亡的理解不是那么肤浅的，你真的确定后面的案子也是'死神天使'做的吗？这世界上总有很多拙劣的模仿犯，如果你轻易地对后面的案子下结论，岂不是枉费心理专家这个头衔，而且……后面的案子比模仿犯还要拙劣。"电话里是个女人的声音，她只说了这么多，我甚至还没来得及说话，她就"啪"的一声挂掉了电话。

我看着来电显示的号码，嘴角露出了一丝得意的微笑。我想，看来"死神天使"终于有点儿沉不住气了。但这会不会把我自己也推入火坑呢？毕竟，激怒了一个如此疯狂的变态之人，我会不会变成第N个死者？我有些害怕了。其实，我远没有自己想的那么勇敢。

既然说后面的案子可能是模仿犯做的，那么很有可能后面的死者并不符合最开始“死神天使”挑选“猎物”的特征和原则。先前的四位死者到底还有什么相似的特征是我没了解到的？于是，我再次打电话给警局，让他们把先前四位被害人的详细资料传真给我，我要好好分析一下。

第一位死者“英俊男孩”为了拉拢客户，总是用一些窃取别的广告公司的商业情报和贿赂客人的方法，做事情简直是不择手段，曾被投诉抄袭他人的广告创意；第二位死者“大块头大叔”退休前在一所小学做过更夫，曾被投诉对小女生进行骚扰；第三位死者“家庭温馨女”是一个很乖的女大学生，不过，她很喜欢去争抢别人的男朋友，看来是个在感情上有点儿瑕疵的女孩；第四位死者“半腿男”是个探险爱好者，为了他的爱好，他花了很多钱，是一个不管家庭只求满足自己想法的人。

看来，警方之前也了解了很多被害人的情况，他们也想找出被害人的共同特征。如果一定要找出这四个被害人的共同特征，那么我只能说，从严格定义上来看，他们是并不完美的人。不过，这些缺点总不至于成为他们被杀死的理由吧！

就在《新闻一周》把第七位死者遇害的情况和死亡的照片发到报纸上以后，我除了接到一个女人的匿名电话，一切都显得平平静静。于是，在这段时间里，我把死者进行了分类：第一类是前四位死者；第二类是第五位死者；第三类是第六、第七位死者。我也理出了这样一个思路：死神天使——第五位死者——模仿犯；连续杀人——消失两年——再度连续杀人。似乎一切进展都从第五位死者开始时出现了分界。那是不是说明，第五位死者和以往的四位死者之间有着某种关系呢？譬如，他的死是对前四位死者的一种总结；或者，他的死是一种作案手法的彻底转变；又或者，他的死是“死神天使”被模仿犯继承杀人使命的开端。但真的如那女人所说，是出现了一个模仿犯吗？

就在这样的思考中，我接到了萧维洛老师的电话。他让我看看《新闻一周》报社的网站，据说今天又出了一条大的新闻。于是，我马上登录《新闻一周》的网站，看到了“死神天使”的第八个“杰作”！这一次，他不再通知死者的家属，而是像对第五位死者一样，直接把照片送到了报社的信箱里！

Chapter 6 死神天使的责任

好吧，我承认，第八位死者和前七位死者完全不一样了！这个可怜的女人是在去教堂祈祷完之后就被凶手当成了目标，又在所有的人都散去之后，被劫持到教堂的后花园给吊死了。其实本市信奉天主教的人并不是很多，全城才一座教堂，就被凶手选为了他的谋杀表演舞台。这一次，“死神天使”不再把谋杀地点选在荒僻的野外，而是市内的教堂，到底他的用意何在？

此刻，我就在案发现场，看着那截还没有被法证人员扯下来的绳子，一晃一晃的。现场还有很多闻讯而至的媒体记者和围观的群众，谁让这一次警方得到案发消息的时间比媒体和群众还要晚呢！警方当然一直在封锁现场，不让闲杂人员继续围观，但我依然觉得，有躲藏在哪个角落里偷拍的记者和偷偷关注的老百姓。

“你要干什么？不要啊！救命啊！你放开我……听听这女人呼救的声音，可是，没有人能来救她，因为没有人知道她会死在这里！她祈祷的时候，多么虔诚，在所有散去的人群中，她是最后一个离开的。所以，我迷晕了她，一直等到夜深人静，才把她吊在后花园的一棵树上。在她死之前，我让她清醒过来。她的呼救伴随着教堂的钟声，真是好听啊。可……作为死亡的使者，我的使命不就是把这种混杂在人群中的邪恶之徒清理掉吗？她抛夫弃子、背叛家庭！她和他们一样都充满了污点！”

教堂的后花园里突然响起了特别响亮的声音，这个时间本来应该是教堂放圣歌的时候！肯定是谁把圣歌的录音换成了这段恐怖的录音！所有在现场的警察、法医、法证人员、记者和围观的群众都被这段突如其来的录音给震住了！

“这段好戏还真精彩！‘死神天使’恐怕是到了疯狂的极点了！十分钟前，有人把这段录音也传到了网上。现在这段录音在网上被疯狂地转载着！”萧维洛老师走到我身边，示意我看看平板电脑上的网页。

“我为什么觉得……‘死神天使’……好像就在我们身边一样？”我没有看网页，却向我视线所及的范围内盯着每一个可疑的人和每一双可疑的眼睛。此刻，我看每一个人都可疑，每一个眼神都邪恶。

“你觉得他已经出现了？还是觉得他此刻就在案发现场？”萧维洛老师也开始紧张起来。

“终究要到对决的时候了！他已经公然向外界挑衅了！”我接过了萧老师手里的平板电脑，打开网页，再次听了听那段录音。

“心理研究员！哈哈……你真的认为，你可以猜透所有人的想法吗？他们所有人必须死的原因真的是你推测的那样吗？我的使命，除了结束他们的生命之外，就没有其他意义了吗？我现在就向你预言，还会有第九个死者！这都是你的错！你激怒了我！”

又是一段可怕的录音，在教堂的后花园里大声地响起。我感到自己的心跳加速，双手微微地颤抖。一滴冷汗从我的额角滑落下来。是的，我当然害怕！我害怕挑战“死神天使”的结果，是自己变成了第九个死者。

“你真的要冒这个险吗？他可是一个极度危险又完全不受控制的疯子！”萧老师握住我冰冷的手，他看出了我内心的恐惧。

“与凶手对决的每一次，我都是在面对可能会死掉的局面。所以这段时间以来，我一直在研究如何克服对于死亡的恐惧感。即使是一个再强大的人，当你真正面临这种局面的时候，还是会不由自主地恐惧。这可能就是人类的本性。我也是人，我当然也会有人类的共性。不要为我担心。”我十分勉强地对萧老师笑了笑。

Chapter 7　第九位死者的呼救

时间一天天地过去了。我承认，我一直生活在焦虑不安之中。我每天都让自己做很多工作，访问犯人，整理录音和数据，重新编写资料。即使不做这些行为研究的工作，我也不让自己停下来，我不停地玩着毫无意义又一直在重复的网络游戏：俄罗斯方块、水果忍者、扑克牌……实在没有工作和网络游戏的时候，我就找萧维洛老师探讨问题，直纠缠到他精疲力竭为止。

“要不然，你还是从这个案子中撤出来吧！我看你这样，不是把自己折磨疯了，就是把我给折磨疯了。你出国去散散心吧，也躲开那个疯子，机票钱所里出。”萧维洛老师很无奈地对我抱怨道。因为我找他出来讨论事情的时间几乎都是凌晨两点多，我还没有离开研究所，就把他从家里舒服的大床上给叫到这儿来。

“也许这样，我反而能更加理解‘死神天使’和那些死者！”我故作轻松地喝了一口桌上的咖啡。就在这时，我的手机突然在极其安静的办公室里响了起来，吓了我一跳，连喝到嘴边的咖啡都洒了出来！

“救命啊！有没有人啊？救救我啊……”电话里传来了持续不断的呼救声。

“喂？是谁？喂！”我对着手机大声喊。

“我说过，会有第九个死者的！既然你很了解‘死神天使’杀人的意义，那么……你就来救她吧！她现在身上已经淋满了汽油，如果半小时之内你不到的话，我就一把火把她烧死，让她像木柴一样熊熊地燃烧着！啊，对了，地址……已经通过短信发给你了。”电话里的女人很得意地挂断了电话。

“锦东路27号。她还真是体贴，如果开车去的话，需要五十分钟左右，不过夜里车少，也不会堵车，说不定三十分钟之内真的可以到。萧老师，你开车来的吧？”我问坐在对面的萧老师，我已经看到他手里的车钥匙了。

“你真的要去？”我突然从萧老师手里抢走了车钥匙。

“当然要去，难道真的要让第九个被害人出现？真的不顾她被大火烧死吗？你快报警，把事情安排妥当！你带警察来的速度，将决定我会不会死在那里！”我已经走到了办公室的门口，然后回头坚定地看了一眼傻愣在那里的萧老师，就离开了行为画像研究所的大楼。我的目的地是：锦东路27号！

我把车子开得飞快。因为“死神天使”像是故意要在大半夜让我练习车技一样，我必须在三十分钟之内赶到。她连一点儿犹豫的时间都不给我啊！

锦东路27号，原来是一家马上就要拆迁的超市，夜里保安和施工人员全都不在，还真是一个杀人的好地方！超市的大门压根儿就没锁，因为里面也没什么怕丢的东西。我推开门进去的时候，里面一片漆黑！是啊，就要拆迁的地方怎么可能会有电。我只能拿出手机，借助手机屏幕微弱的光线来辨认前边的路。

“救命啊！有没有人啊？”我听到了一个微弱的声音，朝着那个声音走去，那儿应该是超市的储存仓库。

在微弱的光亮中，我看到了一张女人的脸，她被绳子吊在了半空中，身上有一股很大的汽油味！

“‘死神天使’，你在哪儿？”我大声问道。

“你是那个心理研究员吗？那个可怕的人说，你可以救我！吊着我的绳子上有一个电子打火器，只要那个变态按动一个按钮，电子打火器就会点燃，我全身就会被烧焦。我求求你，救救我！”被吊在空中的女人脸上都是眼泪，想必已经吓得魂不附体了。

“‘死神天使’在哪儿？你知道‘死神天使’在哪儿吗？”我问那个女人。

“那个可怕的人没有出去，他应该就在这儿附近，甚至就在这个仓库里。但太黑了，我不知道他躲在哪儿了。他说你来了以后，让我问你一个问题。如果你回答得让他满意，他就不烧死我。”女人说道。

“这个人究竟是男的还是女的？”我问道。

“我不知道！他戴着面具，好像有变声器之类的东西。我不知道！我求你了，你快回答他的问题吧！他是男是女，怎么抓他，那是你们的事儿，我只想活下来！”被吊在空中的女人已经歇斯底里了。

“什么问题？”我必须让这个可怜的女人得到解脱。

“他想问你，那前四个死者到底有什么共同特征，以至他非要杀死他们不可。他说如果你的答案他不满意，他就立刻放火烧死我！”女人一边说，一边哭个不停，说到“烧死我”这几个字的时候，几乎已经是号啕大哭了。

“他们四个人……”我嘴里慢慢地吐出几个字，心里却在想，时间应该差不多了吧，萧维洛老师应该已经把警察带到这里了！如果我答错的话，眼前的这个女人岂不是顷刻间就会被大火吞没！

“你一定要想清楚，千万不要说错了！我不想死……”吊在空中的女人绝望地看着我的脸，她那种极度惊恐的表情让我也感到一种面对死亡的深深恐惧感。

“他们四个人……都对死亡……充满了……恐惧感！”我极其缓慢地说完了这句话，像跨越了一个世纪那样漫长。因为这句话可以决定一个人的生死，这简直就是一场疯狂的赌博。

“啪”的一声，那个被吊在空中的女人落了下来，然后我看到超市的仓库里突然亮起了灯光，还有人猛烈地踹仓库大门的声音！谢天谢地，萧维洛老师带着警察过来了！

“凶手还没走远！就在这里！啊——那边有一道黑影！”我大喊道，然后警察们冲了过去。

Chapter 8　我对你的感谢

端木玫，当她的照片刊登在《新闻一周》上的时候，也许会有很多市民感到恐慌。这个思维独特、杀人残忍的“死神天使”竟然在那么多警察的眼皮子底下逃走了。当第九个猎物终于被平安救下来之后，我的心里却更加紧张不安了。“死神天使”到底下一步会采取怎样的行动呢？这时，我的手机响了。

“你好，我是林晓玲。很感谢你那天救了我，我想请你吃顿饭表示感谢。可是，那天吊着我的绳子断了的时候，我的腿有些轻微的骨折，所以，走路有点儿不方便。如果可以的话，你能来我家吗？”我听到了一个很温柔的女人的声音。

“哦……你太客气了！好啊，很感谢你的邀请。”我回答道。

……

我们又寒暄了几句，然后才挂断电话。我在想，“死神天使”真的会就此罢休吗？模仿犯会罢休吗？

傍晚6点，我按照和林晓玲约定的时间准时到了她家的门口。我按了门铃，有人出来开门。

“你好，我是心理研究员维拉。”我微笑着说。

“你好，我是林晓玲。欢迎你来。”林晓玲拄着拐，她的腿还在康复中。

我走进她的家，房子虽小，却布置得很精致、温馨。她已经准备好了一桌晚餐，有牛排、意大利面，还有红酒。她微笑着示意我坐在餐桌前。我们在吃晚餐之前聊起了天，也许这样可以减少一些生疏和尴尬。

我一直盯着林晓玲的腿看，想起了那个在千钧一发之际要回答的问题。要是我答错了，林晓玲会不会就不仅仅是伤了一条腿，而是失去一条命呢？

“我的腿……”林晓玲觉得我一直盯着她的腿看很奇怪，她也看了一下自己打着石膏的腿，不明白我为什么盯着看。

“哦……不好意思，只是你受伤的腿……让我想起了那天夜里那么紧张、那么令人害怕的气氛。”我也尴尬地微笑了一下，为了缓解这种尴尬，我喝了一口红酒。

“其实，我有个问题很好奇。”林晓玲可能是为了缓解尴尬气氛，特意朝我笑了笑，意思像是跟我说没关系，请你放松。她也喝了一口红酒，继续说道：“那个‘死神天使’为什么一定要问你关于那四个人的共性？到底是什么意思啊？”

“以逃避生命，来避免失去生命。我想，这个结论可以概括那四个人的共同特征。”我又喝了一口红酒，看到林晓玲困惑的眼神，显然她没明白我所说的话的含义，所以我继续解释给她听。

第一位死者每天工作十六个小时以上，是个不折不扣的工作狂。这种无法停下来的病态状况让他相信，只要不浪费时间，就是战胜了时间。所以他相信，连时间都能战胜的人是什么都可以打败的，甚至是生与死。

第二位死者是个虽然年纪很大但依然身体健康，还积极锻炼的老人。他就像《老人与海》里的老人相信自己一定可以战胜可怕的鲨鱼一样，认为自己是个英雄，而英雄都是不会衰老的，甚至是永生不灭的。年老体衰和死亡那种事情，只能发生在其他人的身上，不会发生在他的身上。

第三位死者是个只有依赖家人和朋友才能活下去的女大学生。她只要和家人发生误会或者是和男朋友分手，就会觉得世界末日已经来临，甚至动不动就会想到自杀。她觉得，只有被人爱，她才是活着的。所以，每当遇到挫折的时候，她就会很消极，用一切无聊的事情来消磨时间，好让她的时间尽可能没有痛苦地流逝掉。

第四位死者是个得了严重的疾病、严重到必须把腿锯掉的人。但是，他酷爱登山和户外活动。没有了腿，他就无法再继续他的爱好了。所以，他不接受截肢，也不配合任何治疗。因为他相信，即使得了同样严重的病，也许别人会被截肢或者死掉，但他不会，他一定会靠他坚强的意志力克服疾病，甚至奇迹般地痊愈。

“原来他们四个都不是正常人，都是某种程度上的疯子。”林晓玲感慨了一下。她喝了一口红酒，像是在深思。“过分地消耗自己而无比疯狂地工作，过分地认为自己不会老去和死去，过分地让自己总是因为挫折而消磨时间，过分地认为自己不必治疗也会痊愈。他们到底是在和什么抗争？”

“他们的内心深处都深深地恐惧死亡，所以用不同的形式来逃避死亡。”我从公文包里拿出了一沓文件，递给林晓玲。那些文件是关于四位死者的心理分析报告。

“你做了这么多关于这四个人的研究？”林晓玲打开文件看起来，发出了感叹。

“第一位死者的女朋友死于一场意外的车祸，第二位死者的老伴儿和儿女死于一场大地震，第三位死者的男朋友因为医疗事故死在手术台上，第四位死者的父亲也是因为得了同样严重的神经系统疾病而自杀。他们生命中最重要的人都在他们猝不及防的时候突然离世。亲人或是最爱的人的离世给他们的心理蒙上了巨大的阴影，也给了他们最沉重的打击和刺激。所以失去亲人和爱人之后，他们就一直生活得有些病态。”我看到，林晓玲的表情随着翻开文件页数的增多而不断发生着变化——她越来越严肃了。

“这第五个人的资料是谁……端木玫？这不是《新闻一周》上正在通缉的那个疯子吗？”林晓玲抬头问我。

“是啊，就是她，她更加病态。但这也难怪，因为她的经历实在是太悲惨了。”我再次喝了一口红酒，然后，我看到对面的林晓玲的嘴角渗出了鲜血。

Chapter 9　死神的新衣

“端木玫的情况和四位死者的情况很像，只不过，她比他们还悲惨。”说着，我建议林晓玲看分析报告上的内容。

端木玫的父母在她八岁那年死于火灾，而且她眼看着自己的父母被活活烧死，幸运的她被人救出之后就变得怪异而沉默；疼爱她的奶奶在她十二岁那年因为晾晒衣服而意外坠楼死去；十七岁那年，她的高中男友因为一次小混混儿的抢劫被匕首刺中心脏而死；二十二岁的时候，她在车祸中失去一条手臂。从那以后，她就彻底疯了。爱好文学的她终于找到了一个最适合她的幻想故事：上帝可以拯救人类，死神可以操控生死。所以，她觉得只有做了上帝或者死神，才能战胜死亡。

“你把他们……都分析得很透彻。可在端木玫的分析报告上，最后一句写着：‘患者的妄想症已经被治愈，她终于不再认为自己是可以操控生死的上帝或死神，也因为这样，她绝望了，她知道自己战胜不了死亡。所以，她自杀了。她从八层楼上跳了下去。’”林晓玲抬起头来看着我，还指着那张端木玫坠楼的照片给我看。

我看到那张照片上，端木玫瞪着空洞而迷惘的眼睛。即使是死，她也死不瞑目，没有闭上那双不甘心的眼睛，仰面朝天地躺在马路上，脑袋下面是一大片血迹。

“是的，她在三年前就已经死了，跳楼自杀。”我看到，林晓玲嘴角流出的血滴在了桌子上。

“那……那你还说，她是‘死神天使’？你……你把两杯红酒……”林晓玲也看到了自己滴在桌子上的鲜血，她应该开始感觉到难以忍受的绞痛了吧？我看着她痛苦的表情猜想。

“我盯着你打石膏的腿看的时候，就是在分散你的注意力，在你也去看你的腿时，我调换了两杯红酒的位置。其实，我并不认为你一定会在酒里下毒，但为了保险起见，我还是调换了两杯酒的位置。”我把我酒杯里剩下的红酒一饮而尽。

“你知……知道……我是……‘死神天使’，你还要……来赴……我的约？”林晓玲腹内的绞痛已经让她无法把话说清楚了。

“第六位、第七位、第八位的死者都是我布的局，那不过是几起伪造的谋杀。找演员、化装师、摄影和摄像的人，再找报社的记者……这些又有什么难度呢？对我来说，最难的是找出四位死者的共同特点和‘死神天使’要谋杀他们的动机。”我站起来，走到林晓玲的身边，继续说道，“既然你快死了，我就长话短说。”

“‘死神天使’拍一张死亡的照片给亲属是想证明死者死得并不痛苦，在举行葬礼的时候送去鲜花和慰问卡也是在安慰死者的亲属。所以，他的目的绝对不是要激怒死者的家人，他甚至很善良地希望死者的家人不要太难过。所以，我特意布置了第六个被害人的谋杀现场，还在报纸上大肆宣扬‘死神天使’如何残忍地用十八张照片来刺激死者的亲属，就是为了刺激‘死神天使’，引他出来，因为我所宣扬的谋杀意图越是背离他的初衷——想安慰死者亲属的想法，他就会越愤怒。

“‘死神天使’把死亡现场布置得很温馨，就是为了满足死者的愿望：休息、长生、有家人陪伴和永远可以登山。所以，他都是尽量在满足死者的愿望，绝对不是拿死者来泄愤。这样，我设计的第七位死者，被很钝的刀一刀刀地砍死，还残忍地拍下录像，显然是在强调‘死神天使’对于死者的过度杀戮和愤恨。从满足死者的愿望到痛恨死者，这简直就是两极的想法，这样便严重违背了‘死神天使’的初衷。

“很可惜的是，即使我那样刺激他，背离他的原有意图，歪曲他谋杀的意义，他还是没有出现，仅仅是打了一个电话来。虽然我并不知道‘死神天使’究竟是男是女，但既然打电话来的是女人，我干脆将计就计，伪造一个‘死神天使’，也就是三年前因患严重妄想症而自杀身亡的端木玫。我把她制造出来，就是为了等待真正的‘死神天使’出现。果然，第九个猎物出现了，就是你——林晓玲。

“你打电话让我去救你的时候，我还真的以为是‘死神天使’抓了你，要和我进行最后的较量。我知道，他一定是想向我证明他谋杀那些人的神圣意义。因为他无法容忍我所宣扬的那么卑劣的谋杀意图，所以才会问我那个问题——四位死者的共同特点究竟是什么，‘死神天使’为什么要杀他们。而我的回答，刚好也是正确的。四个病态的人都极度恐惧死亡，所以用各种病态的方式生活着，用逃避生活的方式来逃避死亡。‘死神天使’不过是成全了他们，让他们尽早从这种病态的生活中解脱出来。

“结束别人对死亡的恐惧感，结束这种折磨，应该也是一种意义吧？”我蹲下来，看着已经倒在地上、面部表情十分痛苦的林晓玲说道。

“是的，是很神圣的意义。林达医生在绑架我的那一天，也是这样说的。但是我告诉他，我并不想死，也不惧怕死亡，他才明白，他对我的诊断是失误的。我告诉他，在他对我进行心理治疗的过程中，我爱上了他，跟他说我十分理解他对死亡的恐惧时，他拜托我一件事，就是让我杀死他。因为两年前他得了癌症，病情也及时得以控制，没想到，才过了两年，癌症就复发了。癌症让他对死亡充满了恐惧。所以我杀了他，就可以结束他对死亡的恐惧了。但是，你不能那么亵渎他谋杀他们的意义。他们只是和他一样，那么恐惧死亡而已。我很痛恨你对于他谋杀他们的诋毁，那天我特意设局让你去救我，就是想知道，你到底有没有分析出那些死者的特点，你到底明不明白他谋杀他们的意义。”林晓玲在快要死的时候，一鼓作气地说出了她想说的话。

“所以，当你知道我从头到尾都知道‘死神天使’谋杀的意义时，你就更加愤怒了。而且当你看到《新闻一周》上通缉了端木玫，你也就放心了，因为警察会抓错凶手；同时，你即使杀了我，也可以把谋杀的罪名嫁祸给伪造的凶手端木玫。也是因为这样，你一定要毒死我？”我看了一眼倒在地上的林晓玲，又看了一眼挂在墙上的大幅艺术照片。在那张照片上，她穿着芭蕾舞裙在翩翩起舞。

“请你……帮……帮我一个忙。请你一定要……要……把我和他……合葬。还有……其实我从头到尾都知道后来的那些死者是你布的局，因为你在报纸上说的那个端木玫就是林达医生的第一个病人，我在他的档案柜里看到过。正是……正是端木玫最后的自杀才给了……林达医生一个启示：只有尽早地死亡，才能不再面对死亡的……恐惧。”林晓玲用尽最后一点儿力气说完了她想说的话，死的时候，她的眼睛还在朝一个地方看去。

我顺着她最后看的地方走去，那是一个冰箱。我打开冰箱的门，看到了一个男人被冰冻的尸体！我认得那双手，那正是林晓玲发给《新闻一周》的谋杀照片。原来，第五位死者才是真正的“死神天使”！这时，我听到林晓玲家的门被打开的声音，是萧维洛老师走了进来。

“看来我来晚了，错过了你们的对话。警察马上就到。”萧老师看到了林晓玲死亡的样子。

“红色衬衫的袖口，是我在第五个谋杀现场发现的那张照片。这让我明白，第九个向我呼救的猎物也曾出现在第五个谋杀现场。”我对萧老师说道。

“你完全可以报警，不必自己来赴约。”萧老师看到了我微笑的样子。

“来之前，我就知道了她的可疑。但我一定要给她一个杀我的机会，才能有一个还击的机会。”我看到了萧维洛老师眼中的愤怒。

尾声

安徒生童话中，有一篇叫作《皇帝的新装》：所有的人都知道皇帝没有穿衣服，还要虚伪地夸赞他身上那不存在的衣服。就像我们所有的人都深深地恐惧死亡，却一直不肯承认一样。我们和那个皇帝又有什么区别？所以，我要做那个说出真话的小孩。我要告诉所有人：我们都想借助逃避生命，来避免面对死亡。

背叛童话

Betrayal of fairy tales

童话故事不会告诉孩子们龙的存在，可孩子们已经知道了龙的存在。童话故事就告诉孩子们龙是可以杀死的。

——G. K. 切斯特顿

我总是做相同的梦，看到一辆车从山路上翻滚下去，顷刻间炸成碎片。然后，就看到一个有魔力的女人站在山上，笑得那么邪恶。我有一只死猫，我一直把它的尸体冷冻着，因为这只死猫一直在提醒着我自己存在的意义。可总在突然的某一刻，我会看到那个有魔力的女人抱着我的那只死猫站在我面前，探询的眼神像是在问："猫死了，你怎么过下去？"半个月以前，我的好友裴安娜在街上被突然塌落的广告牌砸死，鲜血四溅的瞬间，我依然看到那个女人用手指蘸着地上的鲜血，写出了一个英文词"Snow"。我很害怕这个女人，因为她的脸色苍白，眼睛的四周却是鲜红的，仿佛一瞬间就会从她的眼睛里流出血来一样。

《白雪公主》里面讲到恶毒的王后凝视着雪地上的鲜红血滴，若有所思地说："但愿我小女儿的皮肤像这洁白的雪和鲜红的血一样那么艳丽。"为什么，洁白的雪和鲜红的血，这样的组合不是在我的身上，而是在一个非常恐怖的女巫身上？她如影相随的纠缠，让我既恐惧又无法把这个秘密告诉任何人。

Chapter 1　背后的魔力女人

雪伊说出了自己的想法，她慢慢地睁开眼睛，看着坐在她对面的我，她很想知道，我会给她怎样的结论。

“催眠不是可以唤醒一个人的深度记忆吗？可我觉得自己的记忆是那么不真实，不真实到仿佛那记忆不是我自己的。”雪伊对我说道，而且，她似乎很想知道，来到行为画像研究所，被一位心理学家催眠之后，是否她和父亲的关系就会有所缓和。

“对你来说，真正让你恐惧的，不是车子的掉落、猫的尸体和朋友的死亡，而是那个出现在这些情境下的有魔力的女人。但是你知道吗？你让我担忧的也正是这点。你害怕的不是真实的事物，而是一个虚幻的影像。我还需要更多的时间，来了解你的世界。”我呷了一口咖啡，悠闲的状态让本来很紧张的雪伊变得放松了一些。

“你真是一个谜一样的人物，对我来说，你也是一个传奇。”雪伊从催眠床上站起来，走到我的对面，在夕阳透进窗子的光线里，她看到了气定神闲又仿佛永远若有所思的我。

“所以你来找我，不是把我当成心理医生吧？”我这样问，是因为看到了雪伊的手里拿着一张邀请卡。

“你很聪明！我们杜家的新别墅刚刚建好，今晚要办一个派对，我是特意来给你送请帖的，希望你能来。我会向我的大学同学们介绍你——一位具有传奇色彩的女心理研究员。”雪伊微笑着离开了我的办公室。

我在杜雪伊离开的那一刻就收回了自己的笑容，并且皱起眉头，看着自己的心理分析记录上写的一段话：即使如此害怕女巫的幻影，她的世界里也依然时常浮现出车子的爆炸、死猫和朋友死亡的情景。这足以说明，在她的世界里，死亡代表着特殊的意义——而这意义又是异于常人的。

我觉得这可能真的是一个棘手的个案。要不是萧维洛老师的朋友杜建浦极力希望我帮一帮他的女儿杜雪伊，我也许并不想介入杜家那么复杂的环境。不过，为了萧维洛老师，我还是会尽全力去解开杜雪伊背后的谜团。想到这里，我又扫了一眼桌上放着的介绍行为画像研究所的那段说辞，不知不觉地露出了微笑：作为亚洲知名的行为科学研究中心，萧维洛老师带领的研究小组接纳的都是最古怪的人物和最奇特的案例……

Chapter 2 隐藏的黑影

月朗星稀的晚上，偶尔吹来的风清爽怡人。杜家新建好的别墅在这样的夜晚像童话中的梦幻屋一样神奇美丽。我身着一袭黑色的晚礼服，正要走进杜家大门的时候，看到了一个熟悉的身影。没错，那个人就是萧维洛老师。虽然那些我们一起研究又一起解开的各种谜案历历在目，但此刻，我觉得他看到我的时候，眼神里依然有一丝揣测和犹疑。

“萧老师，我知道，你对我还是没有完全放心。”我对走过来的萧老师说道，“虽然你不能完全肯定，我的心里究竟隐藏着一个天使，还是一个恶魔，但请你相信，我真的是很有诚意想帮助你老朋友的女儿。所以在进入杜家之前，我要拜托你的第一件事就是不要暴露我的身份。因为这一次，我要做个‘隐形人’。”

是的，这一次，我可是有“任务”在身的。我是被杜雪伊请来调查一件有点儿摸不着头脑的事的：杜雪伊一直怀疑她的后母林若染要杀死她——但这种怀疑并没有什么根据，只是她的一种感觉。她需要我帮她做的，就是找到这个“没有根据”的根据。接下来，我会以杜雪伊学姐的身份入住杜家一段时间，以查明杜雪伊那种没有确切原因的恐惧感究竟来自何处。

“好吧，我的嘴上有拉链。不过有个条件，一会儿进去之后，你要陪我跳一个舞。”萧维洛老师微笑着说道。

就在这时，我突然很警觉地朝四周看了看，在别人看来，我的表情仿佛如临大敌。我告诉萧老师：“我好像……看到了一个人影。”但萧老师看着我的表情却是“莫名其妙”。“我没有神经质。人类不都有第六感吗？即使你的后脑没长眼睛，但是有人在背后注视你的时候，你依然可以感觉得到。”我又突然转身朝自己身后看了看，可惜我什么也没看到。

此刻，我想起了雪伊说过的话：她如影相随的纠缠，让我既恐惧又无法把这个秘密告诉任何人。“我们进去吧。”萧老师稍微皱了一下眉头，拉起了我的手。

杜家的派对办得可真是热闹，杜建浦的各界朋友、杜雪伊的同学们几乎都来捧场了。明亮而华丽的大厅里摆满了各种美食，回响着优雅动听的音乐。萧老师一走进杜家的别墅，雪伊就迎上来，分别拥抱了我们两个。“你们两个认识吗？”雪伊问道，她是明知故问，这样的掩饰只不过是不希望旁人知道我们都是心理学研究者。

“哦，我们是初次见面。但在门口看到那么漂亮的女孩，我当然不会放过认识的机会了。”萧老师很巧妙地撇清了我俩的关系。

我看了一眼站在我面前的雪伊：一身洁白的蕾丝长裙，乌黑柔顺的长发，白皙如雪的皮肤，还有粉嫩的双唇和明亮的眼睛……美得就像童话世界里的公主!

“雪伊，这两位是你的朋友吧？”一个穿着银色西装、风度翩翩的年轻人走了过来，带着礼貌而友好的微笑。

“我来介绍，这是我的男朋友纪钟铭。”雪伊很礼貌地给我们引见。纪钟铭还随手给萧老师递上了自己的名片，虽然脸上带着笑容，但我能感觉到纪钟铭那一丝微妙的表情变化里夹杂着探究和嫉妒。萧老师看了看名片：纪钟铭，新盛医院血液科主治医师。但是，萧老师没有把自己的名片给纪钟铭。他可不想让他知道，我们接近杜雪伊，其实是要诊断她的病情。

我看出了纪钟铭对萧老师那一丝戒备的意味，马上拿出自己的名片递了过去。

“你是个时装设计师？怪不得今天的晚礼服这么有品位。”纪钟铭看了一下名片，然后很礼貌地收了起来。在一旁的萧老师一直憋着笑，他肯定在想我掩饰身份的技巧还真不赖，而且事先做足了功夫。

Chapter 3　气氛诡异的家庭

当我住进杜家之后，我最大的感觉就是，这个家庭像是由三个人强行拼凑在一起的。父亲杜建浦永远都在忙着自己的生意，女儿杜雪伊总是把自己关在房间里，后母林若染也好像根本无法走进父女俩的生活一样。最重要的是，偌大的杜家新别墅竟没有一个用人，这么大的房子只住了三个人，就像是电影《蝴蝶梦》中曼德利庄园里的古堡一样幽森。尤其是那个林若染，我来的这两天，一到夜晚总是看到她一个人坐在空荡荡的客厅沙发上，对着落地窗外的月光一脸若有所思的表情，真猜不透她到底在想些什么。

住进杜家第三天的深夜，我正在客房里看资料，透过虚掩的房门隐约听到客厅里有说话声。我悄悄地走出门向客厅靠近，躲在墙角听着。

“你现在就过来吧！他们都睡了，应该不会被发现。”是林若染在打电话，虽然声音压低了，但我还是能听得见。借着从身旁窗户透进来的月光，我看了一眼手表，时间是凌晨2点5分。这大半夜的，她让谁过来呢？我心里想着。突然，我看到落地窗映在墙上的影子里，有一个黑影一闪而过！我又看了看林若染，林若染似乎没有看到那黑影，她还是一个人愣愣地站在原地。

不多时，林若染看了一眼自己的手机后就跑了出去。到大门那儿给一个人开了门，还把他带了进来，然后他们两个朝着别墅走去。我偷偷地跟着他们，借助院子里的微弱灯光，我认出来那个来访的年轻人是室内设计师夏尔。我想起了林若染在我刚来的那一天对我说过的话：“这栋别墅其实还没有修建完，所以除了自己的房间和客厅之外，其他的地方最好不要去，施工中还是有危险的。”然后，我在她桌上的文件夹里，看到了承接杜家设计项目的工作室的情况和设计师简介。

明明看起来都修建了，到底是什么地方还在修建，这么秘密呢？我决定跟着这两个人一探究竟。我发现他俩绕到了别墅的后院，在一堵画着图案的墙壁上不知道弄了什么东西，那堵墙壁居然打开了！他们进去之后，墙壁就自动关上了。

“哇！他们难道是‘阿里巴巴’吗？这世界还真是神奇！”我也来到了那堵墙壁前，可我找了半天也没找到可以打开这堵墙壁的机关。没办法，我只好返回了别墅的前院。我站在前院的时候，看到别墅西侧三楼的一个房间亮了一下灯，有两个人蹲在阳台上不知道在干什么，而且灯光在一瞬间就灭了。半个多小时后，我看到林太太和夏尔又从别墅后院的墙壁里走了出来，之后，夏尔就从前院的大门离开了。

原来这栋别墅是个秘密城堡！别墅的西侧一直用很大的帆布罩着，到底有什么玄机呢？刚才灯光只亮了一下也没看清楚。我心里感叹着。当我走回别墅里自己的客房时，我看到和我在同一楼层的楼梯口位置，雪伊的房间里似乎有微弱的灯光从门缝透了出来。我蹑手蹑脚地走到雪伊房间的门口，趴在门上听里面的动静。

“你知道吗？没有人是真正可信的，国王、王后、仆人、小矮人，甚至是王子。我看见她死的时候，就觉得那是上天给她的惩罚。广告牌砸死她的时候，她的血都喷到我的脸上了。可那热乎乎的血在我的脸上流淌时，我居然感到很欣慰。我还给她的尸体拍了照。可是，当我看到她尸体旁站着的那个有魔力的女人时，真是吓死了……”我正听得专注，门突然打开了！

“咦，你怎么在我的门口？”雪伊出来了，穿着长长的白色睡裙，一头乌黑的披肩长发，一张白皙的脸。那一刻，我觉得她就像个鬼。

“啊！其实我是想来告诉你一件奇怪的事，关于你后母林若染的，我刚才看见她和设计师夏尔去西侧三楼的房间了。”我把发现的事告诉了雪伊。然后，我又朝雪伊的房间里瞥了一眼，可是，我没有看到任何人。我心里想着：刚才她的那一大段话是在跟谁说呢?

“谢谢你。时间不早了，你也早点儿休息吧。”雪伊的语气客气了很多，然后转身关上了房门。

Chapter 4　奇妙的死亡

转天上午，杜家发生了一件恐怖的事。我觉得恐怖，并不是因为死亡这件事本身恐怖，而是设计师夏尔的死法恐怖：他从杜家别墅三楼的阳台上摔了下来，刚好摔到地上的立式水泥搅拌机上。其实搅拌机的敞口也不是很锋利，可能是夏尔摔下来的力量太大了，他被搅拌机的敞口砍成了三截儿，脖子和腰都有被砍断的切口。

“原来，人从三楼摔下来就足以摔死了。自杀也不需要楼层太高，只要楼底下有一台水泥搅拌机。”我打电话给萧维洛老师，因为我实在需要和一个人交流一下我此刻的心得。

“你想说的，不仅仅是这个死法吧？”萧维洛老师故意这样问。

“好吧。我找你是想告诉你，我觉得雪伊和她的家庭都有点儿诡异。”我挂断电话之后还在想：检查现场的法证人员已经初步证实，夏尔站立的那个阳台因为铁栏杆松动导致其倚靠时跌了下去。但栏杆松动到底是施工的技术问题，还是人为的原因呢？昨天夜里，夏尔不是和林若染偷偷去过那个阳台吗？如果是他们故意弄松了栏杆，没理由自己把自己设计致死吧？更何况还是那么惨烈的死法。我一边思考，一边偷偷瞥了一眼林若染的表情，那是焦灼的，却是隐藏在平静之下的焦灼。

“谢谢你。”突然有人从背后拍了一下我的肩头，吓了我一跳。

“啊？”我回过头时，看到一脸平静的雪伊。

“雇用你的第一笔酬劳，我已经打到你的账户上了，你可以用手机银行查看一下。”雪伊一边说，一边看着警方抬出去的夏尔的尸体。她还要配合警方做现场的讯问笔录，所以离开了。

“可是你知道，我来帮你，并不是为赚钱的。”我看着雪伊的背影，觉得她的话有些莫名其妙。为什么死了人这么大的事，她却第一时间跑过来跟我说酬劳的事呢？

“我得想办法了解雪伊夜间的行为，比如她为什么自言自语。”萧老师笑呵呵地看着我坐在他的对面，不紧不慢地讲完了在杜家的见闻。

“在雪伊的房间里安装监控探头吧。假如我是个女人，我早就这么做了。可我总不能为了观察她的行为而背上偷窥的罪名吧。这种事更适合你来做。”萧老师提出了建议。

“什么叫‘这种事’？你现在不是正在鼓励我做‘这种事’吗！”我强调自己所运用的都是必要的技巧，“录下一个病人的日常行为，通过他的日常行为分析他的病因，也是我们心理分析人员辅以的一种技术手段。所以，安装监控探头也不算是见不得光。”

说完，我就托着下巴，思考接下来的对策。我想起了弗洛伊德的一句话：也许有一天，我们会将一切零碎的知识变成一种能力，变成治疗的能力，利用精神分析的方法来治疗妄想这一难题。我当初给雪伊的初步诊断倾向于关系妄想症，但我还需要进一步的证据来确定我的想法，如果能够录下雪伊的行为，那就是最好的行为证据。

“裴安娜和夏尔都死了，这绝对不是偶然和意外。”萧老师的表情也严肃起来。我在想：也许雪伊认为林若染想要杀死她的想法并不是完全没有道理。

Chapter 5　她想杀死我

回到杜家后，我很快就在一个夜里，借着雪伊去参加大学举办暑假出游活动的机会，溜进了她的房间。我也很快地找到了一个适合安装监控探头的伪装物：一个放在雪伊梳妆台上的白雪公主模样的娃娃，娃娃的两只眼睛上刚好可以安装非常微小的监控探头。搞定之后，我开始“搜查”雪伊的房间。我在雪伊的抽屉里找到了两张照片：一张是裴安娜的死亡现场照片，一张是夏尔的死亡现场照片。她为什么要留着他们血肉模糊的尸体照片呢？

我看着照片的时候，眼角瞥到梳妆台旁边有一台小冰箱，大概只有半米高。我蹲下来，打开了冰箱的门，发现冰箱里什么食品也没有，只有一只被冷冻的猫，而且冰箱的大小也仅仅能放下一只猫。“这猫可真漂亮！”我把猫拿了出来。猫的尸体已经冻得像块冰坨子，全身灰蓝色的皮毛微微地泛着银色的光，眼睛为浅绿色，身材非常纤瘦。“俄罗斯蓝猫，这可是猫中的贵族啊。”我又把猫塞了回去。

就在我站起来的时候，我的身体撞到了桌角，一本书“啪”的一声从梳妆台上掉了下来。我把书拾起来，看到是一本1992年版的彩色童话故事书《白雪公主》。书显然已经很旧了，但看得出来，保存得很好。“看来雪伊还保留着小时候的故事书。”我把书放回梳妆台的时候，发现靠近梳妆台的窗子后面闪过了一个人影！那在窗帘后面一闪即过的人影让我的后脖颈有点儿发凉，因为我看到了一张非常可怕的脸！

“那是人的脸吗？”我真是被吓到了。艳红的眼皮，血红的嘴唇，脸上全是翻开的一道道东西，既像是人的肉，又像是面具的凸起，我觉得是自己产生幻觉了。我想起来，我已经是第三次在杜家的别墅里觉得有人影掠过了。我鼓足勇气，拿着匕首，猛地拉开了窗帘。我没看到窗外有人，正当我打算从窗户里跳出去一探究竟的时候，我在窗户上看到了一个英文单词“Snow”。我跑到屋外又趴在窗子上看，那的确是鲜红鲜红的“Snow”字样，而且是用红色的指甲油写出来的。

之后的三天，我都没有再感觉到或者是看到黑影出现。只是那天以后，窗子上的“Snow”字样也被人莫名其妙地擦掉了。

监控探头里出现的雪伊坐在梳妆台前，对着梳妆台上的镜子说话：“后母想给我一个惊喜，说什么阳台布置成了童话书里城堡的样子，可她给我的最大惊喜应该是夏尔摔死这件事吧。本来是要害死我的陷阱，如今却变成了害死自己的陷阱。我看到他摔下去的那个样子，还真是开心呢。猫咪，你说，那个可恶的后母还要害我们多少次……”

雪伊一只手抱着冷冻的猫，一只手拿着夏尔死亡现场的照片，然后对着镜子一直自言自语，那镜子里的表情时而狰狞，时而平静，时而欢乐。我在监控探头里看到的便是这样的情景。

第二天一早，雪伊来敲我的门。她一进来便笑呵呵地说：“我需要你帮我做一件事，跟我来吧。”雪伊把我带到了客厅，我在客厅见到了杜建浦和林若染。雪伊盯了林若染一会儿，眼神里充满了恨意。她对父亲杜建浦说：“那天夜里夏尔和林姨曾经去过三楼的阳台，刚好被我的学姐看到了，她去洗手间的时候在窗子里看到了他们两个人。”然后雪伊就用“你需要为我做证”那样的眼神看着我。我终于明白了今早她为什么带我来客厅，也明白她给我一大笔钱的用意了：证明她的后母林若染一直想害死她。

“哦……我确实看到了……”我看到了林若染看我的眼神里的那种寒冷和敌意，我想，我没必要给出一个太确切的答案，“但那天很黑，隔得又远，我也不能完全确定究竟是……谁。”

“林姨一直都想害死我！她从来都把我当成眼中钉！爸爸，

你不要被她那副贤妻良母的样子给欺骗了！她就是那个有魔力的女人！她就是狠毒的女人！”雪伊简直有点儿歇斯底里，她用手指着林若染，大吼道。

听了我和雪伊的话，杜建浦若有所思地看了一眼林若染，然后缓缓地说道：“看来，需要采取行动了。”林若染的表情却是一脸的忧虑和无奈，还有隐藏的愤怒。

Chapter 6　住进疗养院

就在雪伊歇斯底里地指责林若染一直想杀死她半个小时以后，我看到杜家别墅的前院里开进了一辆车，很快就从车上跳下来几个人，他们都穿着蓝色的护士服。在大家还没反应过来是怎么回事的时候，那几个人就走进了杜家的客厅，其中有两个男护士抓住了雪伊的胳膊，一下子就把她给架了起来。

“爸爸，这是怎么回事？他们是谁？”雪伊大喊着，因为她看到杜建浦此刻很平静地看着她，女儿被挟制了，他却丝毫没有要去帮忙的意图。

“对不起，雪伊。你先去疗养院住一阵子吧，好好休息一段时间，把病治好。”杜建浦站起来，走到女儿面前，摸了摸女儿的脸表示安慰和疼爱。

“这一切都是你做的吗？狠毒的女人，是你挑拨爸爸把我送进疗养院，我永远都不会放过你的！”雪伊恶狠狠地盯着林若染，然后又是一顿歇斯底里的大骂。但即使百般挣扎，她还是被两个有力气的男护士给架出去了。

我错愕地看着眼前发生的一切，问杜建浦："杜伯伯，你不跟着去办一下手续吗？"

杜建浦说道："不用了，我已经和医院打好招呼，把一切都安排妥当了。拜托你跟着去安抚她一下吧！"

被抓到车子里的雪伊，一路上都愤愤不平。她对我说："杜家别墅始终都有一个可怕的黑影，那就是林若染的真实样貌！她就是个相貌恐怖的女巫。她总是在诅咒我，还用鲜红的指甲油写'Snow'，她每写一次，都是在诅咒我一次！"雪伊的描述也让我想起了那天夜里我在雪伊房间的窗外看到的那张恐怖的脸，还有用指甲油写成的"Snow"字样。

雪伊被送入近郊的一家宁康疗养院，我和护士一起安排好了雪伊住院的事，直到雪伊在病房里休息，我才离开。不过，在我离开前，雪伊叮嘱我帮她拿一些东西：梳妆台上的镜子、《白雪公主》童话书、冰箱里的猫尸体，还有她抽屉里的档案袋。我答应雪伊回杜家帮她取。离开疗养院后，我到杜家拿上东西就去找萧维洛老师了。

我回到了行为画像研究所，把这两天发生的事告诉了萧老师。萧老师正在不紧不慢地吃着一碗意大利面。

"我给雪伊催眠的时候，她说过，猫提醒着她自身存在的意义。所以，猫应该是促使她有如此变动的刺激源。正好她让我帮她拿东西，我先把猫留在这儿，希望萧老师尽快找法医检验一下。如果知道猫是怎么死的，就会知道雪伊为什么会有这样的变化了。"萧老师一边吃着意大利面，一边和我一起看着我从杜家带回的监控录像。他看到了录像里雪伊的反常行为，边吃边思考。

白雪公主、后母、镜子、猫、谋杀、死亡……一直对着镜子说话，是《白雪公主》故事中狠毒的后母经常做的事，现在却换成了白雪公主自己在做。《白雪公主》的故事应该是雪伊妄想的根源，在她的妄想体系中，她应该是搭建了一个扭曲的白雪公主的世界。猫，是每一次提醒她那个扭曲世界存在的刺激源；但猫不会是唯一的刺激源，还有魔力女人的黑影，还有裴安娜和夏尔的尸体照片……他们两个的尸体照片又在扭曲的童话故事里扮演了什么角色？我在脑子里形成了一个分析的逻辑思路。

“白雪公主、后母、镜子、猫、谋杀、死亡……关系妄想类型。”萧老师一边嚼着嘴里的意大利面，一边念叨。

产生关系妄想的人相信他周围环境里发生的一切和他不相干的事儿都和他有关。比如娱乐新闻里的八卦、报纸上的文章、别人的聊天，甚至是别人的一个眼神和动作，他都觉得是针对他的。总之，就是你还不知道发生了什么事，他那边就先发生了，可能会大骂你一顿，又或者怀恨在心，要杀死你。我想，萧老师的“关系妄想”的结论是正确的，而且应该适用于杜雪伊。

Chapter 7　猫咪死亡的线索

夏离站在实验室里看着猫的尸体，她一边缝合刚才解剖的刀口，一边感叹：“我一向都是剖人的肚子，可这次‘托你的福’，我竟然有机会剖开一只猫的肚子。”当然，她此刻说话的对象正是委托她解剖猫的萧维洛老师。

“猫的体内含有一种高毒性的氨基甲酸酯类杀虫剂的成分，这应该是杀死猫的原因。而且，在猫的体内，我还发现了一种咖啡饮料的成分。”夏离把检测报告拿给萧老师看。

“所以说，猫是喝了含有毒药的咖啡饮料才被毒死的。可猫咪怎么可能喝咖啡呢，除非是……人喝的咖啡。那猫咪很可能是误食了人类的饮料才中毒致死。猫是雪伊的，这么看来，是有人要毒死雪伊，可猫咪抢先一步误食了饮料，成了雪伊的替死鬼！”我推测着，也终于明白为什么雪伊一直说：我一直把它的尸体冷冻着，因为它的尸体提醒着我自己存在的意义。

“我这个实习法医被你利用完了，你是不是应该报答我一下啊？”夏离看着萧老师。他总找一些专家来行为画像研究所义务帮忙，我也想知道，能给人家什么好处。

“变态行为揭秘的讲座，免费给你十张入场券。”萧老师笑呵呵地说道。

“嗤！”我有点儿无语了，“不过，我还有一件更重要的事要做。我要先去找杜建浦，我必须及时地告诉他，他的女儿曾经被人企图毒害，而且始终陷于危险之中。”看来雪伊并不是完全生活在妄想之中，她的不安是有根据的。我皱起了眉头，甚至有一点儿自责，我应该再早点儿发现使雪伊产生恐惧的刺激源。

“我和你一起去吧。毕竟是我给猫做的解剖，说的话也更具权威性。”夏离看着我，她的眼神十分诚恳。

当萧老师、夏离还有我到达约见杜建浦的咖啡馆之后，四个人正襟危坐着，表情都很严肃。萧老师把法医夏离检验猫咪的报告拿给杜建浦看，杜建浦的脸色很难看。

“其实我是帮助雪伊的心理研究员，住进你们家也是为了帮雪伊查清楚是否有人想害她。您的第二任妻子林若染就是雪伊一直怀疑的对象，我们过去一直认为那是雪伊的妄想。”我交出了实底，目的也是想证明雪伊的担忧不是无中生有。

“不会的，我太太不会害雪伊的！自从雪伊的母亲在五年前去世后，若染就一直对雪伊很好，很关心她。当我发现雪伊的精神状况不是太稳定要把她送入疗养院的时候，若染还极力反对把雪伊送入那样的地方，她怕雪伊受不了……”杜建浦的态度很坚决，他似乎根本就不相信，也不接受林若染企图杀死雪伊这件事。

“现在确实有证据显示有人要害死雪伊，你为什么就不能理智一些？裴安娜死的时候，雪伊就在她身旁，广告牌掉下来砸死了裴安娜，但真正想要砸死的人可能并不是她！我那天确实在夜里看到了林太太和夏尔在三楼的阳台上，然后夏尔就死了，那个阳台的栏杆真的可能是有人做了手脚，企图设计害死的人也可能不是夏尔！”我有些激动，因为我无法理解为什么一个男人会被一个女人如此迷惑，迷惑到连真相都不想看清就盲目地相信。

“不要再说了！我后天还有家分公司要开业，所以我要去准备开业活动的事。我很忙，先走了——还有你，心理研究员小姐，请你最好离开杜家，也请你不要再诋毁我的太太。”杜建浦走了，留下表情失望的我们。

“对了，建浦，雪伊房间里梳妆台上的镜子很好看，那是你特意为她定做的吗？”萧老师突然拉住了杜建浦的胳膊，问了这么一个莫名其妙的问题。

“什么？那镜子是为我太太定制的，只不过后来雪伊喜欢，她就从我太太的房间里找人抬到她的房间去了。这孩子即使这么无礼，我太太依然很惯着她、宽容她……算了，我不需要再解释什么了。”杜建浦抽出胳膊，头也不回地走了。

Chapter 8　连续的死亡

杜建浦离开的时候，咖啡馆里有人窃窃私语地议论着什么。萧老师从议论者的手中抢过手机看了起来，原来坐在邻座的人看网上新闻的时候，刚好看到了关于杜氏家族新开的分公司将有一个隆重的开业仪式的报道，可人们关注的并不是这个，而是狗仔队爆料的关于城中大亨杜建浦的女儿杜雪伊患有精神病被送入疗养院的传闻。

“以后不要总是相信这种八卦新闻，你们的日子都过得很无聊吗？”萧老师把手机还给议论者，就回到了自己的座位上。他也明白杜建浦为什么那么生气地离开了。他那么要面子的人，怎么可能容忍别人知道他的女儿疯了，自己的妻子还可能是要害死自己女儿的坏女人。

“雪伊也会出席后天的剪彩仪式，仪式上还有车的特技表演和放飞鸽子的环节。”萧老师看到了新闻报道的信息。

“为了向公众证明自己的女儿没有疯、自己的家庭很和睦，杜建浦一定会让雪伊出席的。应该不会出什么事吧……不行，我要去疗养院找她！”我放下咖啡就直接冲到了门口，开车向宁康疗养院的方向驶去。

当我到达宁康疗养院的时候，遇到了同样来这里打算接走雪伊的纪钟铭。纪钟铭看我的时候，他那种故意掩饰的敌意还是从表情里透露了出来。

“维拉，你也是来看我的吗？”雪伊看到我的时候，显得很开心。

“雪伊，你很喜欢《白雪公主》这个故事吧？那你应该知道，白雪公主好几次差点儿死了，都是因为后母的诡计。所以白雪公主要更加小心地生活，你也一样要小心生活。”我是在提醒雪伊她所面临的危险。

“猫被毒死的事我早就知道了。虽然不知道猫咪中了什么毒，但它喝了打翻的咖啡后就死了。我说后母要害我，你们一开始以为我疯了，不相信我。白雪公主的故事从我懂事那天起，妈妈就一直讲给我听，一遍又一遍，我已经可以倒背如流了。恶毒的后母和白雪公主之间永远都是你死我活的！”雪伊的表情变得严肃起来，她的眼神里闪过了一种冰冷和决绝。

我若有所思地看着雪伊的表情，然后把雪伊收拾好的行李递给纪钟铭：“你要好好保护她，尤其是在她回家后的日子和后天的剪彩仪式上。”“谢谢。你还真是周到。”纪钟铭接过了我手中的行李，他的那种不友好依然表现在话语里。

我们三个人在宁康疗养院的大门口分开了，在分开之前，雪伊特意在我的耳边小声说道：“钟铭早就相信后母会害死我这件事了，他会保护我的。唯一不相信我的一直都是你们，甚至包括我父亲在内。”

时间很快到了剪彩仪式的那一天。就在我们担心雪伊是否会遇到危险的时候，却有另外一则新闻出乎意料：原本定于今天上午10点在杜氏家族分公司开业仪式上表演特技飞车的特技演员蓝奇，今早因车祸身亡，导致最有噱头的特技表演环节被取消。杜家最近接二连三地遇到死亡事件，不禁让大众揣测杜家可能是遇到了“厄运之年”，很多风水师也纷纷评论……

“杜氏家族还真是容易引起轰动啊，一个特技演员死亡的消息也能让经济版、家庭版甚至奇闻版的记者都竞相报道。”我看着新闻感叹道。但我明白，这次发生的死亡绝非意外。杜家的重重迷雾现在更加扑朔迷离了。

Chapter 9　重新建构的世界

在行为画像研究所里，我再次和萧老师讨论着我最新的发现。

“我本来打算一直暗中跟着雪伊，如果她遇到什么危险的话，至少我也可以帮得上忙。不过，我发现了另外一件事。”我坐在萧老师的对面，拿出了今天拍下的跟踪照片。

根据照片上显示的内容，雪伊早上就约了特技演员蓝奇，两人还一起吃了早餐，之后又一起从吃早餐的饭店去电影厂取特技车。但蓝奇从吃早餐的饭店里出来时就不太对劲，他的身体一直摇摇晃晃的，直到过马路时被一辆突然转弯的车给撞倒。

“蓝奇刚去吃早餐的时候看起来还很清醒，精力也很充沛，可是吃过早餐之后，整个人看起来就迷迷糊糊的了。以他这样的状态即使不是在过马路时被车撞倒，也会在表演特技飞车的时候出事故。作为一个特技演员，他绝对不可能让自己遇到那样的危险。”萧老师拿着照片，也看出了端倪。

“你看这张，当蓝奇被撞得口吐鲜血的时候，雪伊正在用手机拍下死亡现场的照片。这已经是她第三次用手机拍下死亡现场的照片了。”我说道。

“这么看来，蓝奇的死跟雪伊有关系。”萧老师再次得出了结论。这时候，他的手机响了起来，打电话过来的正是夏离。

夏离打电话过来透露的消息也不是好消息，因为他们法医组在死者蓝奇的体内发现了苯巴比妥的药物成分。中了这种药物毒的话，会导致神志模糊、动作不协调和感觉障碍。所以，蓝奇之所以看到车也躲不开，正是因为服食了这种药物的缘故。这个结论说明，蓝奇的死并不是意外，而是有人要蓄意谋杀他。

“苯巴比妥是催眠药的主要成分，如果药量控制不好就会产生很严重的毒副作用。这种药也会用在精神病人身上，来帮助他们安抚情绪保证睡眠。雪伊所在的那家宁康疗养院也有这种药……”我发现所有的线索现在都指向雪伊。

“蓄意害死蓝奇的人是雪伊，这正是你来找我的原因吧！”萧老师说道，然后他看到我在一张纸上写满了线索。

“我在重新构建雪伊的幻想世界。上一次，你不是和我提过她可能患有很严重的关系妄想症吗？只是那时候，我们还没有足够的线索找到她的刺激源，也没有构建出她的幻想世界。但是现在，我已经可以掌握那个扭曲的世界了。”我一边说，一边打开了先前录下的对雪伊的监控录像，还有我写在分析记录上的几点要素。

“关系妄想的形成机制是外投射。某些人的关系妄想之所以被一般人看作妄想，就是因为一般人无法了解或者是看到关系妄想产生时存在的错位意义连接。”萧老师也跟着分析道。

“譬如说一个很老实的人曾经偷过一次东西，很多年以后，他又遇到了有人偷东西的场景，如果那个场景里的人一直在骂偷东西的人可耻，那个老实人就会认为骂的人一直都在骂他。虽然骂的人根本不是他，但是骂的话把他多年隐藏起来的对于偷东西的内疚感一下子激活了，那个老实人就会觉得全世界的人都知道他偷过东西，而且全世界的人所说的话都是在针对他。”这应该就是典型的关系妄想的例子。

“刺激源就是骂人的话，搭错的连接就是他多年前偷东西的事和现在有人对别人偷东西的指责。”萧老师来了个总结。

“有些暴力型的连环杀手在小的时候杀死一条狗，然后掏出狗的内脏，这个过程让他很兴奋，他就会错误地把‘快乐的感觉’和‘杀死生物又掏出内脏’连接在一起。这就是搭错了线，也是疯狂妄想的根源。”我这些年来也研究过很多暴力型心理异常者的个案。

“那对于雪伊来说，刺激源就是被毒死的猫，可她把什么搭错线了呢？”萧老师提出了一个我们必须分析的问题。

“我是这样认为的。”我拿出了我所记录的分析要素，开始进入病人的幻想世界了。

“因为《白雪公主》这本童话从小到大都伴随着雪伊的成长，所以她认定童话世界里发生的事情也会发生在现实世界里。她死去的母亲便是童话里去世的王后，她的后母林若染就是国王再娶的那位狠毒的新王后。她深信不疑的就是，新王后一定会想尽一切办法来害她，就像童话里的新王后三番五次地用有毒的围巾、梳子和苹果来害白雪公主一样。”

“即使是这样，也不至于把雪伊变成一个妄想症患者吧？很多人都读过《白雪公主》，很多人也都有后母啊。”萧老师继续追问，他想知道我的根据是什么。

“雪伊的幻想世界不仅限于此，她还把白雪公主的故事扭曲和延伸了。”我让萧老师看那段录下的雪伊反常行为的视频。

母亲的死亡给了雪伊很大的打击，对于一个十五岁的孩子来说，那几乎是无法承受的。所以，她的梦里总是梦见她的妈妈从山崖上掉下来和车子爆炸的场景。从那时候起，白雪公主的故事就开始扭曲了。她爸爸很快娶了新的老婆，林若染就在雪伊的世界里不得不扮演了新王后的角色。几年前，猫在无意中误食了含有毒药的咖啡而死，这件事就是雪伊妄想世界的刺激源，让她相信，她的后母要害死她。所以，她才说猫的尸体提醒着自己存在的意义。雪伊从那时起就生活在极度不安的感觉中，甚至一直在病态地搜寻后母要杀死她的证据。可惜的是，她没有找到。于是，前段时间她才找我去收集这样的证据。

“可你好像并没有提供什么实质性的能证明林若染会杀死她的证据给她。”萧老师提醒道。

“对于一个妄想症患者来说，也许她并不需要实质性的证据，她只需要她的妄想作为依托。”萧老师看着视频里雪伊对着镜子说话的那个画面，继续分析道，“本来属于林若染的镜子被雪伊强行要了过来，因为她觉得她拥有了新王后的魔镜，她就拥有了新王后的魔力。但是，雪伊还保留着裴安娜、夏尔还有蓝奇的尸体照片，就很难让人理解了。”

“镜子？怪不得你那天要问杜建浦那么奇怪的关于镜子的问题。”我终于明白，萧老师问的每一个莫名其妙的问题其实都是有目的的。

我在分析记录上又列出了一系列角色：白雪公主、去世的王后、新王后、国王、要杀她最后却放了她的仆人、七个小矮人和王子。“这么看来，还没有对上号的角色就是仆人和七个小矮人了！”

“我懂了！仆人只有一个，但是小矮人有七个！裴安娜、夏尔、蓝奇，他们三个应该是扮演了小矮人的角色！”萧老师分析着，但他很快又迷惑了，“小矮人一直都在关心和救助白雪公主，所以白雪公主没理由去杀死对她好的小矮人啊。”

“雪伊已经把整个白雪公主的故事都扭曲了！从她一定要把后母林若染的镜子抢来的那一刻起，她就在颠覆白雪公主的故事。从她的角度看来，小矮人也是不可信任的，甚至是必须死的。这么看来，我扮演的就是仆人的角色，我的角色也很危险。”我倒吸了一口凉气。

“虽然蓝奇的死使所有的证据都指向雪伊，但裴安娜和夏尔的死还没有定论。雪伊只是怀疑后母利用裴安娜和夏尔来杀死自己而已。你得去继续探查一下关于那两个人死亡的消息。”萧老师叮嘱我。当我正要起身告辞时，电话响了，打来的人是杜建浦。他焦急地向我询问雪伊的去向，因为雪伊失踪了。

Chapter 10　无法理解的恐惧

在雪伊的妄想世界里，还会有第四个、第五个、第六个、第七个小矮人出现，她会认为小矮人也是来害她的坏人。这样下去，很有可能还会出现其他被害人。雪伊也变成了一个极度危险的，随时可能按照她幻想的世界中的规则去杀人的人。我知道，我必须尽快找到使雪伊彻底扭曲《白雪公主》这个故事的根源。我去了雪伊曾经住过的宁康疗养院，想和那里的医生交流一下雪伊的情况。

“病人的精神疾病很多时候来自他们的身体疾病，所以我很想看看雪伊的检查报告。”我对疗养院的主治医生说道。

“其实我们只是按照杜先生的嘱托，让雪伊暂时住在这里。我只是给她做了初步诊断，至于更深层次的检查和治疗还没开始。而且，很奇怪的一点是，她宁死也不让我们给她做身体检查。”主治医生说道。

“维拉小姐，如果你想知道关于雪伊身体的事，我可以告诉你。”说话的人正是雪伊的男朋友纪钟铭。

我和纪钟铭去了他工作的医院。作为血液科的医生，同时也是雪伊的主治医生，纪钟铭一直替雪伊保守着一个秘密。在两个月前，雪伊被检查出患有白血病，除非她能尽快找到合适的骨髓移植，否则她的生命不会超过八个月。

“这么严重的事情，你为什么要替她瞒着所有的人？”我甚至感到了愤怒。

“她不希望父亲担心。你知道，她母亲五年前已经死于车祸，如果她再离开的话，她父亲可能承受不了。而且作为爱她的男朋友和她的主治医师，我一定会尽全力帮她的。”纪钟铭拿出雪伊的病例档案给我看。

“我也接触过一些因为得了绝症而导致心理崩溃的病人，终于明白雪伊为什么会产生那么严重的妄想症状了。”我站起身来决定告辞的时候，纪钟铭又说道：“如果你有关于雪伊的任何消息，请你马上报警，她现在是个很危险的人。”

我离开纪钟铭的医院之后，再次回到了行为画像研究所，我需要向萧老师汇报一下我的发现。

“先前我一直想不通雪伊为什么对白雪公主那个故事的理解那么扭曲，也不理解为什么她要杀死蓝奇。现在我想通了一些问题。雪伊在两个月前被证实得了白血病，如果找不到合适的骨髓，她最多只能活八个月。生母的死亡，还有她的绝症，这些都导致了她对死亡产生了深深的恐惧。”我说出了我的想法。

“某些人在得知自己身患绝症的时候，内心就会建立起强大的防御机制，而这个防御机制的作用就是可以避免让他知道‘生命是有限的’这个简单的事实。人会滋生出一种扭曲的想法，他会认为自己是与众不同的，而自己是绝对不会死掉的。”萧老师说的这个想法来自我们曾经共同研究过的一个关于“死亡与精神崩溃”的课题。“那他为什么不会死掉呢？他又不是上帝、不是神，也不是超人。”萧老师再次兴奋地提出了曾经我们假设的前提。

“对！他们就是认为自己如果变成了某种神，或者拥有了某种奇特的力量，就不会像其他平凡的人一样死掉。所以在他们的幻想世界里，他们会变成魔王，变成英雄，这样就可以满足他们战胜死亡的妄想，因为只有变成神或者是魔才能控制生死。”我解释的时候，两只眼睛一直闪烁着兴奋的光彩。

“雪伊觉得如果自己拥有了那面新王后的魔镜，就拥有了某种魔力，她就成了可以控制生死的人。而她如果可以轻易地杀掉别人，她就觉得自己拥有了强大的控制力。”萧老师的思路总是与众不同。

“所以她杀的人越多，她对死亡的恐惧感就会越少。这就是为什么在她的童话故事里，七个小矮人也是可以被杀死的。”我为自己终于找到了雪伊病症的根源而欣喜。

“裴安娜、夏尔，还有蓝奇，我记得他们三个都见过她的后母林若染。雪伊该不会是认为他们三个都和林若染有关系吧？她一定是那么认为的！”萧老师突然感到一种逻辑被扭曲的恐怖性。

“在她的幻想世界里，小矮人是协助新王后杀死她的叛徒，所以小矮人也要死。她给了自己一个杀死小矮人的绝佳理由，而她的杀戮可以缓解她对死亡的恐惧感。”我长舒了一口气，因为这是一个相当复杂难懂的逻辑。不过，这个逻辑和“死神天使谋杀案”的连环杀手如出一辙。

Chapter 11　接近真相

我这些天一直在跟踪林若染，因为我很想确认她是否有利用裴安娜和夏尔杀死雪伊的动机。不过，令我感到奇怪的是，林若染这段时间竟然也在雇用私人侦探进行调查，她已经几次进出私人侦探所了。而且，这些天，林若染还去了几次建筑装潢公司。

这天，我正在整理跟踪林若染的照片时，突然手机响了，找我的人正是林若染。出乎我意料的是，她竟然主动要求见我一面。我按照约定来到了一家咖啡屋。

“其实，我一直都知道你在调查我。”林若染一边说，一边拿出了一沓照片给我。当我看到照片时，终于明白，我在跟踪林若染的时候，其实也有人在跟踪我。

“既然林夫人已经发现了，那我就有话直说了。你继女雪伊一直怀疑你要杀死她，所以让我来调查你。”我单刀直入。

“裴安娜是雪伊的好朋友，只是她偶尔来家里找雪伊的时候，和我很聊得来。夏尔是我请来为雪伊设计童话城堡的设计师。我跟他们的接触就只有这么多。广告牌的掉落和阳台铁栏杆的松动的确不是意外，是有人故意设计的。但设计的人绝对不是我！我也在找私人侦探查找线索。”林若染喝了一口咖啡，语气坚定而坦然。

“广告牌掉下来砸死裴安娜的时候，你和雪伊都在裴安娜的身边；夏尔从阳台上摔下去的时候，也是你和雪伊在他身边。这是我查到的线索。如果不是你设计要杀死雪伊，那反过来就是雪伊设计要杀死你。只是不巧的是，两次计划都没有达到目的。”我也咄咄逼人。

“那你是相信一个患有严重妄想症的病人的话，还是相信一个理智十分清醒的人所说的话呢？”林若染的眼神似乎在挑衅。当然，这句话的确让我无法回答。因为我也在问自己：一个产生幻觉的人和一个神志清醒的人，到底谁才是凶手？

离开了咖啡屋，我接到失踪了两天的雪伊给我打来的电话，雪伊希望我去杜家见她。当我如约赶到杜家的时候，雪伊正在自己的房间里不紧不慢地涂着指甲油。那颜色鲜红的指甲油一滴滴地从她的指甲上流下来，可雪伊完全不在意她那已经被涂抹得不堪的指甲。

“雪伊，这两天你跑到哪儿去了？大家都很着急地在找你呢。”我当然能感觉到雪伊的情况越来越诡异，但我还是装出一副什么都不知道的样子。

“我只是报了一个短途旅行团到附近玩玩而已。你最近查到关于我后母林若染的线索了吗？我找你来，就是想问你这个。”

雪伊斜眼看着我，眼神里充满探究和审视。

“查到一些，但还不充分。”说着，我看到雪伊从抽屉里拿出一张支票。

“这是给你的酬劳，以后不要再出现在我的生活里了。”雪伊把支票递给了我，但她好像突然想起了什么似的，又从自己梳妆台的小冰箱里拿出了一个又红又大的苹果。她把支票和苹果同时递给了我，“我们好聚好散。苹果是我旅游的时候从树上摘的，又大又甜又新鲜，送给你吃。”

“谢谢。”我接过支票和苹果，看到雪伊的眼神，我感到很不舒服。离开杜家之后，我跑去找萧老师。

“雪伊涂的那种颜色鲜红的指甲油很特别，我记得那天夜里黑影在窗户上涂的‘Snow’字样的指甲油也是那种颜色！雪伊和黑影之间……”我说话的时候，眼角扫到了萧老师桌子上的一大摞心理异常者的档案。其中一个因为烧伤而毁容的病人的档案引起了我的注意。

病人因为火灾和毁容而心理崩溃，他时常觉得自己的脸不是自己的，而是一个恶魔强行给他戴上的面具……

“那天夜里，我从窗子里看到的恐怖的脸，我还以为是戴了面具，那不是面具，那是被毁容的脸！雪伊说，她妈妈的车从山路上摔了下去，车子还爆炸了。那她妈妈在车里一定会被烧伤的！爆炸——毁容……难道她妈妈并没有死？”我突然有所领悟。

“我这两天也分析出一些因素涉及雪伊的母亲，所以我上午打电话给杜建浦，询问他前妻的情况。他说，雪伊的母亲临死前只见了她的学生纪钟铭一个人。她还特别叮嘱不要让任何人看到她死时的容貌，也不要开追悼会，更不要让大家瞻仰遗容。建浦说，因为雪伊的母亲生前很美，又很爱美，可能是自尊心的问题而不想让人看到她烧伤的脸。”萧老师也觉得事有蹊跷。

“如果雪伊的母亲真的没死的话，那她失踪的那两天是不是去见母亲了呢？毕竟指甲油是在那儿之后带回来的。”我做出了推测。

“有人一遍又一遍地讲白雪公主的故事——扭曲的童话——被毒死的猫——窗子上的红色‘Snow’字样——徘徊在杜家附近的黑影。我想，这几个因素都是导致雪伊产生扭曲妄想的刺激源。猫真的不是唯一的刺激源。”我又在分析记录上写下了线索。“讲故事的人、黑影——另外一个刺激源可能是雪伊的母亲！”我继续说道。

“我明白了！母亲——死猫——白血病。这三个因素就是刺激源！白雪公主的童话故事就是妄想体系！”萧老师因为发现了诊断病情的依据而高兴！因为太兴奋，他把我放在桌子上的提包给弄掉了。提包掉落在地上的时候，从里面滚出了一个苹果。

“这苹果？”萧老师把苹果捡了起来。

“雪伊送给我的。她把我从她的生活里赶出来了！”我两手摊开来，耸了一下肩膀。

“还是不要吃的好，毕竟白雪公主中了毒苹果的计。”萧老师随手把苹果放进了自己的抽屉里。

这时候，萧老师收到了一条短信，是一条邀请的短信：小女杜雪伊于本月20日和纪钟铭先生举办结婚仪式，望到时观礼。

“纪钟铭要和雪伊结婚了？而且是在一周以后。”萧老师觉得事情有点儿奇怪，纪钟铭明明知道雪伊有白血病，而且雪伊的精神状况也不太稳定。

“纪钟铭？雪伊的母亲临死前唯一见过的人？”我也觉得不可思议。

Chapter 12　血染的婚礼

就在萧老师和我对雪伊与纪钟铭举行婚礼的消息感到费解的三天后，另一个让我们震惊的消息出现了：杜建浦和林若染在赶去影楼和他们的女儿与未来女婿拍照的时候出了严重的交通事故。一辆疾驰的车子故意向他们的车子撞过去，杜建浦当时就被撞死，林若染则被撞成了重伤，一直处于昏迷状态。但是，更让人意想不到的事情还在后面。肇事逃逸的人在两天后就被抓获了，而这个人竟是已“死亡”整整五年的杜建浦的前妻叶羽翎，报警抓她的人正是她当年的学生纪钟铭。

“这世界是不是太疯狂了？短短几天之内杜家就发生了那么大的变故，他们居然还有心情举办婚礼？”我此刻正穿着白色的礼服站在观礼的人群中，彩带和花瓣撒下来的时刻，我看着新娘和新郎那开心的脸，简直无法理解这个世界的荒谬。

“我也觉得不可思议。不过，我申请了一个探视杜夫人的机会，至少在她被处决之前，我可以知道发生过什么事。我只想帮助建浦和雪伊。”萧老师也西装笔挺地站在观礼的人群中。

所有的欢笑声、祝贺声交织在一起，就在彩带飞舞、香槟喷出的时候，婚礼已进行到新郎和新娘交换戒指的环节。

“新娘，你爱新郎吗？”司仪问道。

“爱！”雪伊微笑着从理应放戒指的小圆桌上拿东西，可是，她拿起的并不是戒指，而是准备切婚礼蛋糕的那把又长又尖的刀。她突然用这把刀狠狠地刺入新郎纪钟铭的心脏，那速度快得让人根本反应不过来。此刻，纪钟铭的笑容还凝结在脸上，就已经感觉到了自己胸口的剧烈刺痛。

“雪伊……你……你为什么……”纪钟铭看着自己胸口上插着的刀，瞪着难以置信的眼睛，那一脸的幸福笑容，顷刻间就被惊恐所代替。

雪伊没有说什么，只是穿着溅满了鲜血的白色婚纱，带着微笑一步步地走下进行结婚仪式的礼台。大家这才发现，她的手里还攥着一个又红又大的苹果，就像是一个和这个世界完全无关的人一样，旁若无人地一口口地咬着手里的红苹果。当她从礼台经过长长的红地毯到达粉色拱门的时候，她的嘴角渗出了鲜血，然后一下子倒在地上，再也没起来。

Chapter 13　**浮出水面的真相**

萧老师和我百思不得其解地来到了监狱，我们申请探视杜建浦的前妻叶羽翎的要求被批准了。当我们走进监狱，真切地看到叶羽翎时，我们为她的容貌感到震惊：外翻的鲜红的眼皮，没有鼻子，嘴唇也只剩下了一半，脸上都是一道道因为烧伤而形成的弯曲的疤痕。

“看到我的脸，让你们害怕了吧？”叶羽翎打破了尴尬的局面。

“很遗憾。”萧老师觉得自己只能说这句话，他还注意到了叶羽翎因为烧伤而变形的手。

“作为行内有名的医学教授，我一直以为我是一个幸福的女人，有爱我的丈夫，还有美丽的女儿。直到五年前，我明知道自己的驾驶技术有问题，还执意把车子开到山路上去，我的一切就此毁了。幸运的是，现代医学的昌明让我大难不死，捡回了一条命，但我的脸毁了。我不希望一向美丽骄傲的我被别人看到而落得如此下场，所以拜托当时参与急救的我的学生纪钟铭散布我已经死亡的消息，还叮嘱他千万不能让人看到我的脸。”当叶羽翎那干枯又可怕的眼睛盯着我们时，我还是感到了不安。

“雪伊说在别墅附近看到的黑影，应该就是您吧？”我想证实这个问题。

“我很爱美，即使我的脸变成这样，我也要化妆。我不能让我的女儿看到我这个样子。我一直以为那是一场意外，可没想到，那场意外竟然是杜建浦设计的！他知道我一遇到从对面开过来的车就会手忙脚乱，所以那辆与我擦肩而过导致我操作失当的车就是他开过来的。但我太爱他、太相信他了，我甚至都不曾想过那是一个诡计。直到几天前，纪钟铭告诉了我真相，我才决定要撞死那个我最爱也最恨的男人。”叶羽翎扭曲的脸上竟然流着眼泪。

“那林夫人呢？她是无辜的，你为什么也要撞死她？”我问道。

“雪伊遇到了危险，还被她父亲关进了疗养院。所以我那天去找她，告诉她，我还没有死。雪伊说，她的后母一直想要杀死她，所以，我肯定不会放过林若染。”叶羽翎烧伤的手一直微微地颤抖着。

“可是雪伊有妄想症，她所认为的事只是她的幻觉。”我很无奈地说道。

“可雪伊确实遇到了危险。她身边总有人莫名其妙地死掉。后来，纪钟铭告诉我，三番五次要害人的人既不是雪伊，也不是林若染，而是杜建浦。他之所以设计那些意外，是因为他想杀死林若染，就像当年想杀死我一样。这样既不用背上鬼混的骂名，又可以把我们干净利落地处理掉。不巧的是，上天没让他得逞，三次设计，三次都失败，死的都是可怜的替死鬼。”叶羽翎说到“替死鬼”三个字，甚至微笑了一下。

“纪钟铭？他知道一切？”萧老师再次觉得费解。

“他是个最卑鄙的人！在我消失的这五年里，我把所有的医术都传授给了他，还帮他开创了医学事业。所以，他上升得很快。但他没有把他在五年前就知道的杜建浦设计害我的事告诉我。也许是造化弄人，偏偏是他无意中在富商的聚会中听到了杜建浦借朋友的车开去山路的事。可他一直隐瞒着这个真相，直到他举报我之后来找我，才告诉我，其实他早就知道了。而且正是因为知道了杜建浦会为了摆脱旧爱另寻新欢而杀人，他才故意找人跟踪杜建浦，拍下他鬼混的照片，还匿名邮寄给杜建浦，好让杜建浦误会林若染找人拍他，只是为了离婚时揭穿他的丑闻。”叶羽翎说出了令人吃惊的内幕。

“正是因为这样，杜建浦才彻底下了决心要设计杀死林若染，他在乎的不是钱，而是名誉。”我说道。此刻，我终于明白为什么当我们向杜建浦指出林若染要杀雪伊时，他那么维护林若染了：因为他知道那真的不是林若染做的，而且他还要故意装出他很爱、很信任林若染的样子。还有，他极力要求我离开他的家，也是不希望有人查出他的杀人计划；他把女儿雪伊送入疗养院，也是不希望雪伊影响了他的杀人行动。

“砸死裴安娜的广告牌本来应该是砸死林若染的，但裴安娜看中了一个假模特儿身上的衣服走过去的时候，倒霉的她刚好做了替死鬼。她的死让雪伊警觉起来，让她相信林若染想害她。所以，当这位心理研究员小姐告诉她，设计师夏尔和林若染去过别墅三楼阳台的时候，她就让夏尔先去阳台，结果夏尔果然摔死了。其实那个铁栏杆是杜建浦故意弄松动的，本来是要摔死林若染的，她又逃过了一劫。还有蓝奇，那天的特技表演如果真的上演的话，车子会出问题，而且飞出去之后，首先被撞死的人肯定是坐在看台中间位置的林若染。可惜的是，他在那之前就死了，是雪伊在他的早餐里下了药。”叶羽翎说得很清楚，因为她知道，我和萧老师很想知道事情的全部真相。

“因为雪伊一定会认为特技车表演出了事故死的人是自己，她认为那是林若染要害死她的诡计，她怎么能知道那是她父亲杜建浦要害死她后母林若染的诡计呢？她又怎么知道特技车有问题呢？”我说出了心中的疑问。

“纪钟铭告诉她的，还说林若染会用那样的方式杀死她。纪钟铭一直在暗中找人监视杜建浦，他知道杜建浦所有的杀人诡计，还暗中拍下了照片作为证据。但他拿着证据是为了挑拨雪伊和林若染的关系，也是为了用证据要挟杜建浦同意他娶雪伊这件事。他还特意在与雪伊结婚前，跑来告诉我当年杜建浦害我的事。坦白地说，林若染这几年对雪伊不错，把她撞成重伤，我也有些内疚。”叶羽翎说出了幕后的另外一个凶手。

“这样你撞死了杜建浦和林若染，纪钟铭举报你，你就会因为故意杀人而被判处死刑。你们三个人都死了，雪伊就是杜氏企业的唯一继承人。他和雪伊结了婚，雪伊又患了绝症不久于人世，那杜家的一切就都是他的了！”萧老师真是不愿相信，这个世界上还有如此恶毒的人。

“对于这么恶毒的人，你一定不会善罢甘休吧？”我问叶羽翎。

“当然不会！”叶羽翎缓慢而阴森地笑了。

Chapter 14　背叛童话

“那她到底是怎样对付纪钟铭的呢？”法医夏离简直是迫不及待地想知道答案。此时，她正和我们在医院的重症病房外等着探望林若染，因为林若染还没有从昏迷中苏醒过来。

“雪伊也在婚礼前去监狱探视了她的母亲，叶羽翎后来知道了她的女儿患有妄想症，就在字条上给女儿杜雪伊写了几句话。”萧老师把叶羽翎在监狱里给他的字条拿给夏离看。

就像妈妈从小到大给你讲的那样，白雪公主的世界里充满了邪恶。如果妈妈离开了，你爸爸给你找了后母，她一定会像童话里的新王后一样嫉妒你，并狠毒地对待你。你一定要抢夺她的魔镜，你一定要和她斗争，不是你死就是她亡。不要相信任何一个人，仆人、小矮人、王子……无论是谁。即使小矮人也是被新王后收买之后去害死你的人。王子也是个邪恶的叛徒，对于他也不要信任。记住，能帮你的人，只有你自己。妈妈再告诉你一件事：新王后，也就是你的后母，她是个恶毒的女人，她施了魔法，把她和王子的灵魂调换了。所以，你要在婚礼上杀死变成了王子的女人，把财产留给变成了女人的王子。然后，吃掉女人为你准备的毒苹果，当你死了以后，童话故事就会回到王子遇见你的那一刻，真正的王子会在抬着水晶棺材时把你的毒苹果从喉咙里拿出来。那时你就会复活，你们就会开心快乐地永远生活在一起！

“哦，天哪！真是好邪恶的童话啊。”夏离感慨道。

“我想，我们终于找到雪伊把《白雪公主》的故事扭曲的根源了吧？而且，叶羽翎知道女儿雪伊放在冰箱里的苹果有毒，因为那毒苹果是给我这个仆人准备的。多亏你那天没让我吃。叶羽翎不想把女儿独自留在这个冷酷的世界里，所以让她吃毒苹果死掉。她又觉得自己对不起林若染，才让女儿把遗产留给林若染。”我又看了一遍那些字，真是字字都触目惊心。

“我后来查到，猫的中毒只是偶然事件，那一批咖啡饮料里都有杀虫剂的成分，是饮料厂的失误。他们和消费者的官司直到现在也没打完，雪伊真的错怪了林若染。谁能想到，白雪公主这个故事的结局竟然是一向被认为可恶的后母得到了所有的遗产呢！”夏离不禁感叹道。

这时，护士叫我们进去看望苏醒的林若染。不过，林若染并不像受了那么严重的伤，因为她的头上连一条绷带都没有。

“叶羽翎的车从左面撞来，所以坐在右面的我不会有大碍。至于猫喝的咖啡饮料，我买的可不是饮料厂出现失误的那一批。心理研究员小姐，你一定好奇我为什么每天夜里都坐在客厅里向窗外看，因为杜建浦几乎每晚都会带女人回他在建的秘密城堡里鬼混，他设计的密室只是为了不让人知道他的秘密。还有，你在雪伊的房间进行的秘密监控和搜查，我可都知道。纪钟铭知道的真相，我也知道。杜家的整栋别墅都在我的监控系统里，所有的事情都有侦探向我汇报，还有什么秘密能瞒过我呢？”林若染悠然地拿着一个又红又大的苹果，狠狠地咬了下去。

我们看到，林若染的手里握着一本已经泛黄、旧得不成样子的彩色童话书《白雪公主》。

肢体的预言

Limb prophecy

也许，人的肢体有一种预言：谁吞噬它们，谁就战胜了这个世界，变得与众不同。

请快来救救我！如若再耽搁，我整个人都要被他吃掉了！我的脚没有了，我的手没有了，我的小腿没有了，我的胳膊没有了！我还不想死！

8月25日，我看到了一封莫名其妙的e-mail。这封邮件非常简短，看起来更像是一封求救的邮件。它就那样赫然出现在行为画像研究所对外公开的电子邮箱里。我完全不知道，那究竟是一个恶作剧，还是心理扭曲者的幻想，抑或是一个真实的事件。

但是，我还是找人查了那封邮件的IP地址，它竟然是来自美国旧金山的一名精神科医生安东尼的家。我在想，万一邮件上所写的求救是事实，我又置之不理的话，会不会真的有一个人被活活地吃掉？

Chapter 1　不存在的人

到底是个连环杀手，还是个精神病，都只是猜测，卡林杰可能就喜欢搞乱别人的思维，然后控制他们。凯瑟琳博士的论文给了我很大启发，她对于某些介于精神病和正常人之间的杀人狂有着独到的见解。最近，我刚好在研究一个很令人伤脑筋的主题——“精神病人和杀人狂之间的界限”。而这个研究项目也给了我一个绝佳的理由，去美国找那位名叫安东尼的精神科医生。

“你一定要去确认那封求救邮件的真伪吗？”我坐在萧维洛老师的办公室里，手里捏着机票，等着他的“推荐函”。

“接到那封求救信之后，我马上给旧金山的警方打了电话。可惜的是，警方说，偶尔会有疯子盗取安东尼医生家里的IP地址发一些说胡话的邮件。所以，他们根本不相信那有可能是一次真实的求救。”我喝了一口萧老师泡好的咖啡，看到他一副了解我的样子。

“我就知道，你一定会去的，说什么也阻止不了你。你的好奇心是支撑你活下去的动力——尤其是对那些又恐怖又疯狂又变态的人或事情的好奇心。”萧老师从抽屉里拿出了推荐我去美国旧金山的史丹尼精神病疗养院做访问学者的信。

“心理学和精神病学本来就有很多交叉的地方。了解更多疯子的想法，一向是我的心愿，你知道的。”我微笑着拿过萧老师的推荐函，心情澎湃地想起了我在网上查到的关于这家精神病院收留的各种疯子的情况。

有的人认为自己的爱人被一个具有同样外貌的人取代了，有的人认为自己身边所有的人其实都是同一个人的伪装，有的人一定要把自己的脸抓烂、手指咬掉，有的人始终无法睡着然后慢慢死去，有的人不停地以各种理由伤害自己只为一次次住进医院，有的人不停地杀掉别人只为重新拼凑自己的灵魂……

像这样一家医院，有这么多五花八门又恐怖至极的精神病人，我怎么能抗拒得了他们的“魅力”呢？不管求救的邮件是真是假，就算是为了研究人类的“奇妙行为”，我也不虚此行。

经过十几个小时的飞行，我终于来到了目的地：旧金山的史丹尼精神病疗养院。拿着萧老师的推荐函，我进入医院后第一个拜访的人就是安东尼医生。

“你真的相信，有一个人在我家发出了求救信，说他会被人吃掉吗？你是认为我是吃掉他的人？”安东尼医生还对警方告诉他的关于我报警的事耿耿于怀，要不然，他不会一见到我就开始谈论这件事。

“我只不过是想和贵医院合作研究那些介于精神病人和杀人狂之间的人。据资料和数据显示，贵医院还真‘收藏’了不少这样的病人。安东尼医生也是研究这些病人的权威，总不至于为了这点儿小事就这么斤斤计较吧？”我故意开玩笑地这样说道。

坦白地说，我真的觉得站在我面前的安东尼医生实在不像一个会吃掉别人的人。因为他三十多岁，高大英俊，风度翩翩，表情柔和，感觉极具亲和力。

“相信我，那封邮件上所说的人是一个不存在的人。疯子开玩笑，肯定有疯子的目的。但如果你相信的话，你岂不是也变成疯子了吗？”安东尼医生既澄清了自己的清白，又讽刺了我的“积极”。

Chapter 2　中国的第一起连环杀人案

这家医院的环境很优美，尤其是漫步花园的时候，你很难想象，那些看起来再正常不过的、在你周围悠闲散步的人，其实都是十分严重的精神病患者。

安东尼医生在我身边介绍着医院的情况。在他说的时候，我环顾了一下四周的环境。这时，我注意到一个没有双耳的漂亮女人。她正坐在轮椅上，双手被绑着，抬头望着天。

“她的耳朵……好像是齐刷刷地被割掉的？”我问身边的安东尼医生。

“身体畸形恐惧症。她觉得自己的耳朵实在太丑了，于是自己用刀割掉了。如果她的家人没有及时发现并把她送到医院的话，她可能会继续切掉自己的鼻子或者嘴巴什么的。”安东尼医生说得轻描淡写，似乎对于病人的这种疯狂举动，他已经见怪不怪了。

“可以把您治疗过的那些经典又‘惊悚’的病人档案让我学习一下吗？并不一定是有过杀人行为的，自毁和自残的也可以。”我提出这个请求的时候眼睛，一直盯着那个漂亮的却没有耳朵的女人。

“那好吧，你的研究品位还真是挺独特。”安东尼医生耸了一下肩膀。其实他应该明白，有时候研究疯狂之人的人，其实比被研究的人更加疯狂。

很幸运，我终于拿到了安东尼医生提供的一些经典个案。坐在史丹尼医院的借阅室里，我顿时觉得心情大好，但我并没有忘记那封求救的邮件。

幻肢痛、吃人者、妄想症、杀人狂……那些档案里没有一个人不是令人难以想象的。不过，当我翻到一个名为“纪巧珍”的病人档案时，我的大脑立刻就开始搜索起这个名字来！没错，我之所以深深记得这个名字，是因为这个名字的拥有者是中国有记录在案的第一起连环杀人案的唯一幸存者。

1955年到1956年间，一个男人诱骗了五个小女孩到他家附近的山上，用钢针穿过小女孩的鼻孔，然后用剃刀将小女孩割喉杀死，再把她们腹部和腿部的肉吃掉。他这么做，只是因为土郎中说人血可以治病，他就真的去那样实践了。杀小女孩再吃掉可以滋阴补阳，这是多么荒谬的杀人理由！在那个时代，没有人能接受这种离奇的想法。不过，这个男人在经过鉴定之后，被认为精神正常，他最终被执行了枪决。而在那个案子中，唯一的幸存者就是第六个小女孩，名叫“纪巧珍”。她在被杀害前，被埋伏在附近的公安人员给救了。之后，资料上只是显示这个小女孩移民去了美国。

掐指算来，当年的那个“小女孩”现在应该已经六十多岁了，她就是安东尼医生档案上显示的这个名为“纪巧珍”的人。她确实引起了我极大的好奇心，毕竟她是中国有记录以来的连环杀人食人案的唯一幸存者。档案上显示，她是因为看到自己的孙子在家里被人砍掉左臂后倒在血泊中的情景，受到惊吓，回想起自己当年目睹的杀人狂杀死其他小女孩并且肢解小女孩的情景，从而导致了精神崩溃。

我开始每晚都做噩梦，我总能看到一个男人拿着菜刀把小女孩的胳膊和大腿剁掉的情景。我每晚都做相同的噩梦，等醒来后，就再也无法入睡，无论吃多少安眠药都不管用。我已经被折磨得快要崩溃了，甚至时常会准备好手枪、匕首这类东西，等待着和我梦中的杀人者决一死战。如果他再来抓我一次，我一定会杀死他！可我觉得这是我的幻觉，总这样下去，说不定哪天我会去杀死无辜的人，只因为他在我的幻想里，就是那个要伤害我的杀人者。

我看了一段纪巧珍老太太向医生说出来的心声。我除了关心她因为受惊吓而被开启的旧时恐怖回忆，我还关心她记录中提到的孙子。她的孙子为什么在家里被人砍掉了左臂？是报仇，遇到了杀人狂，还是其他原因？带着这个疑问，我看了档案上病人登记的地址，打算亲自拜访一下这位传奇人物。

Chapter 3　失踪的没有左臂的孙子

纪巧珍一家几口住在一栋典型的美国式二层小别墅里，她们在那栋近郊的小别墅里还保持着中国传统的三代同堂的居住模式。我敲了门，表明身份之后，一个白发苍苍的老太太打开了门，请我进去。

“很冒昧今天来打扰您，其实我这次的访问研究还有很多事要做。但是，自从看到您的档案之后，我就再也抑制不住想要拜访您的冲动，所以，我还是来了。您孙子他……”我正要提那件她孙子的左臂被砍掉的事。

“铭仁失踪了！已经一个多星期了。我们也报了警，可是依然没有一点儿线索。”纪老太太显出一副焦虑和担心的样子。

“失踪？”不知道为什么，当我听到“失踪”两个字的时候，我一下子想到了那封求救的电邮，虽然把这两件事联系在一起并没有什么客观根据。

“他的左臂伤得很严重，医生说因为救治时间耽搁得太久，延误了时机，所以他的左臂再也无法接上了。这孩子究竟去哪儿了？他的伤会要了他的命的。”纪老太太竟然着急地哭了起来，也不顾是在和我讲述失踪这件事。

“恕我冒昧，我很想知道，您孙子左臂的伤究竟是因为什么……”我有点儿不忍心在老太太面前再说残忍的字眼儿去刺激她。

“唉……其实……他的左臂是被他自己给砍下来的！虽然我们对外宣称是有坏人闯入家里造成的，但法医和法证人员都通过检查得出结论，铭仁的左臂的确是他自己用电锯锯下来的！这孩子肯定是疯了！”纪老太太此时老泪纵横。

肢体残缺妄想症！病人坚持认为只有失去某一部分肢体，自己才是完美的，否则自己就是有缺陷的。具有这种妄想的病人和正常人对于“残缺与完美”的定义刚好相反。这种病症，我在安东尼医生之前写的医学论文上见到过。

难道纪老太太的孙子铭仁也患有这种病症吗？否则一个正常人怎么可能无缘无故地用电锯把自己的整条胳膊生生地给锯下来

呢？不过，也可能有另外的原因，我还是要再确定一下。

“您的孙子行为很是怪异，在他锯掉自己的胳膊之后，家里人没有带他去看精神科吗？”我问道。

“他坚持认为自己不是精神失常。事实上，除了非要锯掉自己的胳膊之外，他的一切行为和想法与其他人没什么两样，很正常。而且他威胁我们，如果带他去精神科，我们就将再也见不到他了。”纪老太太看起来简直快崩溃了。

“那结果是……你们到底有没有带他去精神科？”我还是想知道这个答案。

“没有！我们虽然没有带他去医院，但我们把医生请到家里给他的精神状况做诊断。他当时很激动，觉得我们出卖了他。”纪老太太说道。

“所以，你们就真的再也见不到他了。”我想，铭仁的失踪肯定和见了精神科医生有关。

纪老太太还拿了那位精神科医生的名片给我，那位医生就是安东尼。怪不得在安东尼给我的怪异病人档案中，没有铭仁的档案，因为铭仁根本就不是去医院就医的病人。

从安东尼医生家里发出的那封求救的电邮来看，铭仁曾经接触过安东尼医生，是他自己锯下的胳膊，手、脚、腿和胳膊不断被吃掉。我总觉得这几点之间是有关联的，可铭仁失踪后警方也展开过调查，他们没理由不去询问他的主治医生安东尼啊。但安东尼医生的生活并未因为铭仁的失踪而有什么变化。客观上来说，自那次问诊之后，他很可能再没有接触过铭仁，而铭仁的失踪也可能的确和他无关。

拜访完纪巧珍，我回到了史丹尼医院。当我去安东尼医生的办公室找他时，发现他正在整理一些关于吃人者的资料。看来，他的确是一位不错的项目研究合作者，因为他之所以整理食人魔的资料，正是应我的请求而做的。

“史丹尼医院曾经接触过三个被法庭移交过来的需要进行精神鉴定的犯人。他们的共同特征都是在连环杀人之后，又吃掉了被害者的躯体。可真正被确诊为精神病的只有一个犯人。所以，我最想知道的是，在精神病人和杀人狂之间区分的界限到底是什么？”我打开了我的录音笔，等待着作为这方面权威的安东尼的答复。

“其实精神失常现在只是一个法律术语，是指犯人不知道自己行为的对与错。所以，区别的界限就是，在他杀人和食人的时候，是否可以判断自己这种行为的对与错，关键的依据就是那时他脑中所展开的妄想图景。”安东尼医生给了一个较为专业却并不十分明确的答案。但是，我觉得自己明白了。

譬如一个少女把自己母亲的肚子剖开，想验证里面是否有恶魔的存在，那么，她就一定是精神病而不是杀人狂；一个“吃人者”故意诱骗一个人到自己家，然后杀掉那个人，并切割他的肢体来吃，最后告诉医生，他这么做是因为有个声音告诉他，人肉可以让他更健康，那么，他就是个杀人狂而不是精神病。

Chapter 4　肢体的困惑

在这个世界上，确实有一些人对自己的身体充满困惑，虽然他们的困惑同样也让正常人感到困惑。为了解开这些困惑，我向安东尼医生提出了访问精神病人的申请。与其说，我是在了解那些精神病人，还不如说，我在通过那些精神病人来更多地了解安东尼医生。

眼睛混浊，就像人死之后眼角膜的自溶。皮肤暗淡发黄，老化得非常厉害。这就是我访问的第一个病人，这个女人的实际年龄才二十六岁，但可以毫不夸张地说，她看起来像五十多岁。我坐在她的单人病房里，并没有觉得不安全，毕竟她不是具有攻击性的病人。在她的病房里，我只是觉得无比压抑，就像死亡的气息一直笼罩着这个房间里一样。

“我的全身都在腐烂，心脏、肺、肠子……通通都在腐烂。我想，我身体里的大部分器官已经完全不存在了！不信你可以摸摸，这皮肤里面是空的。而且我觉得，其实我早已经死了。”这个像活死人的女人要求我摸摸她的身体。于是，我真的伸出手来摸了摸她的肚子。我的手按了下去，她的肚子好似腐烂一般柔软，能听到体内血液和脓包被挤压的声音。那感觉还真是神奇！就好像她肚子里的各个器官都消失了一样。

不过，我再次看了一遍史丹尼医院对她所做的身体检查结果：心电图、脑电图、X光片之类的检查报告，只有这样才能把她奇怪的心理感受和身体状况联系在一起。所有的检查结果都显示，她的身体一切正常，各器官也运作良好。

“其实，我很想剖开自己的肚子，看看那些器官是不是真的完全不见了。医生说，我感觉到的都是我的错觉，但是我真的很想试试。”那女人的手是被衣袖绑着的，我终于明白她穿约束衣的原因了——防止她用刀子割开自己的肚子。

结束了对这个女人的访问，我在我的记录本上很清晰地写下了“科塔尔综合征”，又称“行尸综合征”。其特征表现为：大脑中负责认知面部的区域与和认知有关的感情区域断开所致。患者有一种自己正走向死亡的幻觉，并认为自身的躯体和器官不复存在。即使正在和别人说话，也不认为自己是活着的。

终于走出那个“活死人”女患者的病房，我有种被解脱的感觉，原来这样的精神病人并不比扭曲的杀人狂令人觉得轻松。我看了看手里文件夹的另一份档案，接下来要访问的是在医院的花园里见过的那个割掉自己双耳的漂亮女人。

这间病房被布置得很雅致，至少当我走进去的时候，我觉得环境很温馨。有粉红色的桌布，还有紫色的康乃馨。我看了看我要访问的这个女人的档案，确切地说，她是个才十九岁的女孩，曾经是个红极一时的嫩模。她虽然只有十九岁，却做了几十次大大小小的整容手术，整得最多的地方还是她的脸。

“你觉得你的耳朵经过第三次的形状矫正之后，还是不能令你满意，所以你就干脆自己动手了，是吗？切下耳朵的那一刻，应该很痛吧？”我向眼前这个金发碧眼的美少女问道。

“事实上，一点儿也不疼，因为我注射了麻醉剂。我本来是要把我的鼻子也割下来的，可惜的是，被冲进房间的老妈给阻止了。”美少女说得很坦然，甚至有点儿怨恨她老妈的碍事。

我看着她的脸，又对照她没有整容前的样子，虽然她从过去到现在都很漂亮，但很可怕的是：她经过了几十次的整容之后，已经和过去判若两人，再也寻不到她从前的一点儿影子了。

“如果不是他们整天绑着我，我会把我难看的胖下巴、肥嘟嘟的小腿和宽出了一寸的腰，全部都削下去！”美少女看着自己被约束衣固定住的双手，感到愤愤不平。

我继续在我的记录本上写下：身体畸形恐惧症，患者对于身体的任何一部分均可能产生不满，强烈地认为自己身体的某部分不好看，并夸大这些“缺陷”，认为无法接受整形手术，严重者甚至会自己动手来整形。

我走出了美少女的病房，长长地舒了一口气。我想，有时候人的精神疾病远远比人的心理疾病还要可怕。我的下一批访问者是和纪巧珍的孙子铭仁患有同类病症的病人，就是患有“肢体残缺妄想症”的病人。可是，护士给我的答复是，史丹尼医院的确在三年前曾经收过那样的病人，但病人最后因为负担不起住院费离开了医院。

“你知道吗？那个可怜的家伙，最终还是用电锯把自己的一条腿和一条胳膊锯了下来！他只是不能把自己的身体锯成两截，否则他一定会那么做的！出院还不到一天，他就那么干了，结果当然是因为失血过多又没得到及时救治而死。”是一个年轻的男护士告诉我这些的。我觉得，这家医院的护士们对那些本来“耸人听闻”的个案都感到“稀松平常”了。这真是一件可悲的事。

“那么，自从那个病人离开之后，你有没有见过类似的病人来医院就诊呢？”我问那位男护士。

“好像是没有了。哦，对，有个二十岁出头的男孩，我记得他，因为他是华裔，所以我有点儿印象。他有一次来医院找安东尼医生，当时还向我问过安东尼医生的办公室在哪里。”男护士回忆着。

“那你又是怎么知道他的情况和三年前的那个人相似呢？”我当然想知道他的根据。

“其实我不能肯定，我只是听他小声嘟囔着要把自己的胳膊献给安东尼医生。当时我确实看到他提着一个很大的黑色袋子。不过，你知道，这个医院里来的很多人都是妄想狂，虽然他真的少了一条胳膊，但我也不能确定那袋子里是真的装着他的胳膊，还是这只是他妄想出来的。”男护士似乎觉得自己说得有点儿多了，说完就急忙离开了。

“谢谢你。”我笑着对他说。但是我想，他所说的这些已经帮我很多了。

Chapter 5 “活死人”之死

来到史丹尼医院访问的第五天，本来一切都风平浪静的医院，突然被一个可怕的事件给扰乱了：那个“活死人”终于找到机会剖开了自己，验证自己的肝、胃、大肠和小肠这些器官是不是还在体内。只可惜，这个验证的代价是死亡。

警方封锁了“活死人”解剖自己的现场，那是一个很少有人会去的曾经作为贮存医疗器械的仓库。当我到达现场的时候，那个仓库完全可以用“鲜血淋漓”来形容。

“估计那个病人从住院部的大楼里走出来的时候，就已经剖开自己的身体了，从沿路的血迹就能看出这一点，而且她的部分器官也掉落出来，真是太惨了！”现场的法医介绍着情况，但是从他皱着的眉头来看，他显然还有很多疑虑。

在法医将要离开案发现场的时候，我依然觉得这件事情有点儿蹊跷。我叫住了他：“你好，法医先生，能等一下吗？”同时，我拿出了名片，介绍了自己的身份。

“真的是病人用刀把自己的身体剖开的吗？”我问了一个看

似愚蠢、可对我研究这个病人的情况来说很有用的问题。

“事实上，以病人的力气只能剖开自己的腹部，但是她的刀口是从胸膛一直延续到小腹。如果不借他人之手，不会有那么长的刀口，这确实有点儿令人疑惑。我还需要通过进一步解剖来确定。”法医倒是很诚恳地回答了我的问题。

看着警方抬走了那具恐怖的尸体，还有法医离开时的背影，我的内心有了些许不安，仿佛又听到了那封电邮里的声音：请快来救救我！如若再耽搁，我整个人都要被他吃掉了！

“莫非是他来了？”我听到也站在案发现场的安东尼医生嘴里小声嘟囔着的这句话。他医治的病人发生了这么大的事，他当然会出现在警察调查的地方，但他的过分冷静和若有所思显得有点儿“不合时宜”。事实上，这样惨烈的事，即使是对于一个见多识广的精神科医生来说，也一样具有震撼性，不可能如此镇定，这显得很反常。也许别人感觉不到，但作为行为心理学研究者的我有这样的感觉。

“不知道是不是错觉，为什么我觉得她的死，好像是在你的意料之中？”我问安东尼医生。

“看来你还在怀疑我。我想有必要给你看点儿东西。这样既可以消除你对我的怀疑，也对我们这次合作研究的内容有所帮助。”安东尼医生带我进了他的办公室。

他拿给我看的是一份他在两年多前接待过的一个病人的病例。那个病人极度崇拜“吃人者”，而且一直有想要尝试吃人肉的念头，他几乎无法控制自己想要那样尝试的冲动。他很为那样的冲动而苦恼，觉得自己迟早有一天会干出那样的事情来。

“我想，很有可能是这个病人。他在史丹尼医院住过一段时间，说是希望我们可以‘关着他’‘阻止他’。不过，半年前他就离开医院了。毕竟，在他住院期间，我们并没有发现他确实有食人的迹象，没有理由阻止他离开医院。”安东尼医生说道。

“所以，你怀疑‘活死人’有可能是被那个‘吃人者’给害了？”我问得直截了当。

“他毕竟在这家医院住过一阵子，在花园散步的时候，他是可以遇见他们的。他也有可能知道其他病人在想什么。”安东尼医生说出了他的推测。

Chapter 6 到处都有吃人者

迪夫，三十三岁，患有严重的吃人妄想症。我看着安东尼医生给我的档案，拨通了法医的电话。我想，他会有耐心接待我的。

“对不起，冒昧打扰。我可能真是有点儿敏感，而且这似乎也不关我的事。但我还是很想知道那位‘活死人’的验尸结果。”我在电话里说道。

“确实存在另外一个人。虽然那个人下足了功夫，几乎没有留下任何证据，但‘活死人’绝对不能完全剖开自己。而且我们在现场还发现了一些鞋印，据判断，那些鞋印应该是属于一个中等身材的男人的。”法医对我没有隐瞒，很诚恳地说道。

“看来，您在案发现场遇到我时，就知道我在怀疑什么了。

很感谢您能提供这些信息。”我挂断电话之后，开始看一大摞从图书馆和史丹尼医院借来的关于精神科治疗的资料，也许，我要熬一个通宵了。

就在我熬通宵去看资料的这一夜，又一件令人目瞪口呆的“自残案”发生了。那个无论如何都无法对自己的相貌和身材满意的美少女，竟然在医院的洗手间里削掉了自己大腿上的肉，而且还是两条大腿。不过，这个终于可以让她满意的“整形”代价依然是死亡。

“她终于还是自己动手了。”这是安东尼医生在看到案发现场时说出的一句话。他依然还是那么平静。

我打了一个哈欠，因为熬了通宵之后，我在清晨的6点5分来到了医院的洗手间里。可这一次，通知我来这里的人居然是先前的那位法医。

“你猜猜，这一次，她大腿上的肉是自己削下去的，还是借别人之手削了一部分？我们在现场居然找不到她割下来的那部分大腿的肉。”法医问我，他似乎很喜欢和我讨论这种案情。

“尸体鉴定可不是我的专长，我要等您的验尸报告。不过，我有一种感觉，就是——这个女孩死得有些蹊跷。虽然她一向都疯狂地想要给自己‘整容’一下，但我觉得，她似乎是被人害死的。”我盯着美少女被抬出去的尸体说道。

“依然还是有中等身材的男人脚印，也许你的直觉是对的。”法医托着下巴，若有所思又满怀期待地看了我一眼。我朝他点了点头，意思是说，我一定会找到答案的。

半夜洗手间里的削大腿疑案的确没有什么目击证人，当警方勘验完毕离开案发现场时，我也跟着大家一起离开了。我只想先睡一会儿再说，因为我实在太困了。

“我看到凶手了。”突然一个女人的声音闯入了我的耳朵。我回过头去，看到了一个神秘兮兮的披着长发的欧洲女人。“相信我，这个医院里有‘吃人者’，这是千真万确的事。昨天夜里，我看到‘食人魔’把那少女削下来的大腿肉拿走了。”

“‘吃人者’？来过这医院？”我皱着眉头，问那个看起来神经兮兮的女人。

“就是他！”这个女人指着一个走过来的护士，“哦，对，还有你！”这女人又用手指着我。

“她是不是又说看见‘吃人者’了？”说话的正是刚刚路过这里的护士——那位很好心地为我提供过一些信息的男护士，他把我拉到一旁说：“她有妄想症，在她的眼里，看到的所有人都是‘吃人者’。”

“谢谢，我明白。”我微笑着对男护士说。然后，我想起了昨天夜里看过的资料：人身变换症，这类患者认为身边许许多多的人其实都是同一个人的伪装，这也属于错觉认知综合征的一种。资料上显示，最近登记的女病人应该就是站在我眼前的这位。我记得她是因为资料里有她的照片，她的头发染成了罕见的草绿色。

Chapter 7　迪夫的空房子

因为在史丹尼医院接二连三地发生怪事，安东尼医生不得不把患有“吃人妄想症”的迪夫的档案交给了警方。在警方调查这个可能的吃人者时，我也加入了。当然，我好奇的不是谁是凶手，而是奇特的病人本身。

“这房子似乎有两年多没有人住过了，一直空着。自从我搬到这儿来，就没见过房主。”警方按了好久的门铃也没人开门，于是问了旁边的邻居。

因为实在是不知道那位叫作“迪夫”的男子在哪儿，所以警方只能破门而入。那房子里面落满了灰尘，显然是很久没有人回来居住的迹象。

人肉的味道就像小牛肉，尤其是大腿部分的肉，煎了之后真是松嫩可口。如果再配上一瓶红酒，听着动人的音乐，那感觉真是好极了！

我打开了迪夫放在桌上的一本日记，其中一段就是这样写的。于是，我继续翻阅他的日记，里面充满了他对于“食人”这件事的亲身体验。从如何诱骗一个人回自己的家，到如何杀死一个人，再到如何肢解，如何保存尸体，以及如何烹调尸体。如果单从这本日记上判断，他应该杀过不少于八个人。

于是，我又继续环顾这间没人住的空屋。书架上摆了很多关于食人历史的考古学和民俗学书籍，以及专门介绍食人连环杀手的剪报。另外就是一些小说家所写的关于食人的小说，还有另类艺术家和变态们介绍的食人食谱……厨房里有各种形状、大小不一的刀具，在墙壁上挂满了一排；储物室里有一台很大的冰柜，不过看起来好久没有用过的样子；浴室里的浴缸型号也比普通的浴缸大一些……

因为看见我蹲在浴缸前，法证人员也走过来，他问我：

“你在看什么？”我说：“你不觉得这个浴缸刚好可以用来存放尸体吗？”于是他拿出了棉签，在浴缸里面擦了一下，又点了药水。这个测试的结果显示：浴缸里确实有人类的血液。“其实我们在客厅的地板上、厨房的砧板上都发现了人的血迹。”法证人员的言下之意是，在浴室里发现血迹已不足为奇了。

“看来，这里百分之百是一个作案现场了。”我在心里感叹了一下，然后又留意了这位“准食人魔”的房间布置：白色的地板、蓝色的墙壁、灰色的桌布和窗帘……全部都是偏冷色调的布置。

“我能把这本日记扫描一下带回去研究吗？说不定我的研究可以帮上忙。”我向刚才和我在浴室里相遇的那位法证人员请求道。我顺便还拿出了手机，让他看里面的照片和资料：无非是在证明我之前协助警方抓到过多少心理异常的变态凶犯。“其实这本日记应该被人扫描过了，你看，每一页上都有折痕。”那位法证人员应该是答应了我的请求。

我对着迪夫的空屋用手机拍了几张照片，一边拍，一边想象他如何在自己的房里杀人、吃人。“他究竟是一个什么样的人，怎么会有这样的嗜好？”我内心一直盘旋着这个问题。

“这家伙要靠领政府的救济金才能活下去，这所房子也是他唯一的财产——他奶奶留给他的栖身之所，否则他连住的地方都没有，可能要睡大街了。”另一个似乎了解迪夫多一些的邻居正在向警方提供资料。

一个如此贫穷的人需要靠吃人肉过下去吗？这个世界还真是疯狂！这是我离开迪夫的房子时最大的感慨。

Chapter 8 吃人者在想什么

一个自卑而压抑的人，活到了二十五岁，人生依然没有任何成就。如果想要引人注目、得到被关注的快乐，除了杀人就是被别人杀死。这个世界最荒谬也最残酷的事实是：有时候，真的只有死亡，而且还必须是非常耸人听闻的死亡才能引起人们短暂的关注和议论。迪夫或许也是这样想的吧？他和其他连环杀手没有实质上的区别，他们都自恋到以为自己是世界的王者，可惜的是，在现实里，他们只是毫不起眼的沧海一粟。

所以，开膛手杰克、十二宫杀手，还有更多企图向警方挑战的"平凡人物"，都通过杀人这种方式成为人们记忆中永恒的"经典"。如若不然，谁会去把他们记录在册，拍他们的电影，几十年来讨论他们，还让好多人对他们"顶礼膜拜"。

我在电脑上一页页地看着扫描回来的迪夫的日记，他把杀人的过程写得十分详尽，甚至把烹调的方法和吃人肉时的感受都写得十分逼真！对，我用了"十分逼真"这个词来形容他的日记，因为我不认为那是真实的过程，那些过程都只是他的想象而已！为了证明那本日记上的内容只是想象，我查找和翻阅了大量吃人者的案例，包括吃女伴的小佐、吃嘴唇的艾伦、吃自己大腿的塔克……他们的种种经历和感受都被重组之后出现在迪夫的日记上。

迪夫一次又一次地角色扮演，他只是不断地把自己想象成各种“吃人者”，那些被记录在册、又令人们闻之色变的“吃人者”，一次又一次地被迪夫借用来，变成自己，然后写他成了他们那一时刻的心情。就在这时，我听到有人在敲我酒店房间的门。打开门，我看到了安东尼医生，他表情和蔼，眼中却……藏有一丝窥探。

我热情地请他进来。他看到了我桌上的电脑里正显示着的迪夫的扫描版日记。他不动声色，坐在沙发上，我冲了一杯咖啡给他。

“迪夫不可能是‘吃人者’，他只不过是一个吃人的妄想症患者。妄想自己吃了人，跟自己真的吃了人是有很大区别的。”我端起咖啡喝着，此刻，我就坐在安东尼医生的对面。

“你太笃定了吧？一个有着严重变态心理倾向的人，可是什么都做得出来的！”安东尼也喝着咖啡，但他的眼神里充满了挑战的意味。

“作为他的主治医生，不知道你有没有发现一个问题：迪夫的家里没有一点点红色的迹象。这种状况也太罕见了吧？谁的家里会没有一点儿红色呢？桌布、窗帘、摆着的小玩意儿、书的封皮、我们用的杯子还有牙刷……但是，迪夫的家里奇迹般地找不到一点儿红色。血液恐惧症最严重的程度就是哪怕看到接近血液的红色都无法忍受。因为红色会让他联想到血液，联想到血液，他就会马上昏厥。”我特意走到电脑前，展示着一张张我从迪夫的家里拍回来的照片。

“一个对血液如此恐惧的人又怎么可能杀人肢解呢？但这并不代表他不能吃人肉。毕竟，人肉熟了之后，和诸如猪牛羊肉的区别并不是很明显，最重要的是——那上面可是看不到血液的。”安东尼医生想说明，迪夫即使没杀人，也有吃人肉的可能性。

“如果是这样的话，那么是谁替他杀的人、放的血、肢解和烹制的呢？总要有这么一个人吧？就像屠宰场里的屠宰工人。否则我们怎么能吃到上好的肉？”我看着安东尼医生，可他依然镇定。

“维拉，你认为我有秘密？可谁没有秘密呢？想必你也是一个有秘密的人吧。杀了四个人，又把她们的器官组合在自己的身上，难道……这不可怕吗？”说完，他递给我一份病历档案。

我总是看到我认识的四个女孩，她们的身体支离破碎。在她们的残肢中，我寻找着另外一个女孩！那个女孩，和她们四个中的任何一个都很像，可她又和她们好像都不一样！我总在做这样的梦。在梦里，我总是能听见她的笑声，还有她不断地念着她写给我的信。但我真的不知道她究竟是谁。

“这个病人还画出了他在梦里经常见到的那个女孩，而这个画像上的女孩刚好和你很像。还有，这个病人的中文名字叫林邈。”安东尼医生说道。

我拿过了那张画像，看到了我的样子那么清晰地出现在那张画像上！我的心又开始剧烈地跳动起来，觉得快要无法呼吸了！

“他在一年前来到了美国，之后，就开始出现异常情况。他几乎一年多都没有睡过觉了，而且他即使在类似睡觉的状态，也总是做相同的梦。他对于过去的记忆也越来越模糊。他的病症非常奇异，所以到目前为止我们也没有确诊。但我调查过这个病人，知道他身边曾经惨死过四个女孩。”安东尼医生微笑着看着我，仿佛知道我就是杀死那四个女孩的凶手。

“可能，我们真是同一种人。”那一晚，我只说了这一句作为我们交谈的结束语。

Chapter 9　突然的死亡

安东尼医生是在用我的秘密威胁我，虽然我不知道他到底知道多少，但他试图用这个秘密来阻止我继续探知他的秘密。反是这一点，就足以说明他有问题了，对我来说，这是典型的欲盖弥彰。

此时，我的脑子里构思出了这样一个过程：患有严重“肢体残缺妄想症”的铭仁拿着被自己锯下来的左臂献给安东尼医生，因为那条左臂为了手术接活，曾经被医生采取了特殊处理手段，所以左臂是绝对新鲜、没有腐烂的。安东尼医生收下这条上好的手臂之后，他进行了烹调。

可是，仅仅吃到这一点点人肉还不足以令他满足。于是，他诱骗了患有精神疾病的铭仁。将他诱骗到家里之后，就把他绑起来，每天切割一点点肉，用来烹制各种“美食”。而且，这绝对是新鲜的肉质资源。某一日，他不在家，被绑着的铭仁不知道用了什么办法挣脱了捆绑，虽然从房门出不去，但在电脑上发出了求救的信号。

这个过程在我的脑中展现一遍之后，我决定去找中国的第一起连环杀人食人案的唯一幸存者纪巧珍。而且，我必须准备好可以说服她的理由。

两天之后的一个上午，我看到了这样一幕情景：一位医生在医院的花园里散步的时候，被一个突然冲出来的拿着菜刀的老太太砍死了。死的时候，他脖子的动脉处有七处极深的伤口，他的头几乎都要掉下来了。他的身上也中了二十多刀，刀刀致命。在这短暂的过程中，医生临死时听见老太太说："许仁忠，你去死吧！你休想再来迫害我们！"这一切发生得太快，任何人都来不及阻止，医生就死了。这个被砍死的医生就是安东尼医生，那个砍死人的老太太就是纪巧珍。至于她嘴里喊着的那个名字，当然就是中国的第一起连环杀人案的凶手的名字。

安东尼医生死前最后注视着的方向就是我站的地方。我站在一棵树下的方向，不知道他是否真的看见了我，但他那双到死也没有闭上的眼睛一直是盯着这个方向的。我在想，这也许是最好的解决方式，否则即使找到足够的证据去他的家，恐怕也不会找到血迹，更别说铭仁的尸体了。哪怕是一点儿残渣，他都不会留下。

纪巧珍老太太被带走了。她满脸都是鲜血，但杀完安东尼医生以后，她反而显得平静了。几天之后，她的精神鉴定结果出来了：因为孙子锯下左臂的情景，触发了她曾经被"吃人者"绑架和将要杀死的记忆，从而导致了她严重的"创伤后压力心理障碍"，只不过，到现在为止都没有找到"应激源"。

不过，这位老者在杀死安东尼医生的时候是否处于精神错乱的状态，到目前为止还没有定论。警方还在进一步调查中。

我特意买了一份当地的报纸，没想到媒体迅速地报道了这个案子。"这又是一个在'精神病人和杀人狂之间的界限'的主题下需要研究的案例了。"我微笑着感叹道。

不过，安东尼医生是被迪夫诱惑的天使，还是他本来就是一个恶魔，看来不会有答案了。对我来说，最重要的是他死了。

一个星期以后，也是我来史丹尼医院做项目研究接近尾声的时候，我接到了那位颇为欣赏我的法医的电话，他告诉了我一些警方对于安东尼医生之死的后续调查内容。坦白地说，他们的调查结果还真是让我感到震惊，我应该给那个调查结果来一句总结：如有雷同，纯属不幸。

Chapter 10　消失的铭仁

警方在安东尼医生家里找到了铭仁的血迹，但是并没有找到铭仁的尸体，哪怕连一个尸块都没有。不过，经过法证人员的验证，在安东尼医生家里的厨具和餐具上找到了曾经烹调过人肉的迹象。这是安东尼医生被砍死的第二天在他家里发现的。

“你一直都怀疑铭仁被安东尼医生绑架，并且被切割了身体，坦白地说，我也对这一点好奇。所以，借由调查死者的这个机会，我说服了警方去安东尼医生家里调查。”那位法医在电话里是这样告诉我的。

“为了满足自己的好奇心，我算不算也欠了你一个人情？不过，铭仁的确是把自己的左臂献给了安东尼医生，从那以后，那条左臂就再没有被找到过，这也是一个事实。所以，你提供给警方的搜查安东尼医生家里的根据是十分充分的。”我这样回答了那位法医，而且，我需要那位法医再帮我通融一件事。

我去了安东尼医生的家，作为被封锁的调查现场，我是通过那位法医与警方协商，才得以去安东尼医生家查明一些事的。

他的家宽敞而温馨，如果要想象有人被绑架在这里，还被一天天地肢解切割，恐怕是和这样的环境极不相符的。而且，铭仁如果真的死了，难道被吃得连一点儿残渣都没有了？这个人究竟是怎么消失的？想到这里，我又想到了患有“吃人妄想症”的迪夫，在他的身边不是也存在一个帮助他肢解尸体的人吗？我一直认为，那个人就是安东尼医生。

我翻开了安东尼医生的问诊记录，一页页地看着，在做满了密密麻麻批注的记录本上，体现出的是一名专业的精神科医生认真的工作态度。回到家也要研究问诊记录，想必他是遇到什么难题了，所以一直在琢磨。看来，那个“活死人”，还有爱美到给自己“整容”的病人都是他研究的重点。但这能不能说明，他就是诱导她们切割自己的肚子和切割自己大腿肉的人呢？

我觉得，我被一种邪恶的欲望控制了，自从他给了我第一块人肉起，那种香醇的味道就诱惑了我。在吃那块肉的时候，我终于感到自己是如此与众不同，仿佛拥有了控制宇宙众生的感觉一样。从此以后，我卑微的生命不再卑微，平凡的人生也不再平凡。（迪夫）

他已经完全被一种另类的欲念给摆布了，我好想探索他的世界，好想明白那种“香醇”为什么使他觉得自己战胜了宇宙。那种神奇的感觉，究竟是怎样的呢？（安东尼）

问诊记录上迪夫的内心感受和安东尼医生的批注，让我开始明白两件事：有人诱导了迪夫，之后迪夫又诱导了安东尼医生。

如果从犯罪行为来分析，在他们的种种关系中，很可能存在一个主犯，那才是引导一切的厉害人物；还有一个从犯，是永远跟随他、服从他的人。

国内外都发生过精神科医生被患者诱导成精神错乱的案例，也有心理医生被患者诱导得心理失衡甚至自杀的案例。莫非安东尼医生也变成了一个被患者诱导成为精神错乱者的医生？

“有时候，你也分不清楚，自己是个连环杀人狂，还是一个去阻止连环杀人狂的人吧？就像安东尼医生，他也分不清楚，他究竟是一个分析食人妄想症的人，还是一个患有食人妄想症的人。”我听到了一个声音，这个声音出现在安静的安东尼医生的家里，让我感到震惊。我从一堆文件中抬起头来的时候，看到了一个没有左臂的男孩。

“铭仁？”我用难以置信的眼神看着他，“你怎么能进这个房子？”

“谢谢你，帮我们杀了安东尼医生。”铭仁说完这句话后就转身离开了，留下了充满疑惑的我。

“我们？”听到这个词，我的记忆开始倒带，搜索我来史丹尼医院之前和之后的一切信息。

Chapter 11　肢体的预言

第二天一早，我来史丹尼医院和所有的工作人员告别，感谢他们这段时间以来给我的支持和帮助。穿过医院的花园，就在我马上要离开史丹尼医院的时候，看到了动不动就对所有人说“你是食人魔”的那个病人。

“你真的看到凶手了？他是中等身材？”我问那女人，“你看，那个人是不是和这个人很像？”

女人很惊恐地看着我的眼睛，她的目光告诉我，她终于找到了！

在临别之际，我又看到了那位曾经热心帮助我的男护士。我看到，他正陪着一个双手被绑住的病人，他推着病人的轮椅。

“那个女人又告诉你，她看见‘食人魔’的事了？”男护士一脸的诡笑。

“我记得，是你告诉过我，有个病人把自己锯下来的左臂献给了安东尼医生。而且，每当那个患有‘人身变换症’的女患者说胡话的时候，刚巧都是你来提醒我。我微笑着问他。

我无意中听到你是被一封求救的邮件吸引来的。男护士笑呵呵的，他似乎对我的想法心知肚明。

“最令人气愤的是，写邮件的人还没有死，而且活得好好的。我也在怀疑邮件是不是他写的，为什么要写给我们的行为画像研究所？安东尼医生又怎么会知道我的事？后来，我想起来了，四年前我刚到美国的时候，曾经听过行为科学教授史密斯的讲座。那时候，总爱坐在大教室角落里的人就是你吧？伯格先生。”我一连串的问题自有我的意图。

“我也是研究行为科学和心理学的高才生，在这里做护士，还真是把我埋没了。”男护士开始变得放肆而又高傲。

“的确如此。”我只说了这一句，就离开了史丹尼医院。

当我回到中国的行为画像研究所时，我在网上看到一则新闻：女病人杀死男护士，声称男护士是“吃人者”。

“你在史丹尼医院又遇到了什么事？”萧维洛老师对我的微笑有点不安。

“其实，有时候，我们很难界定杀人犯和精神病人之间的区别。”我说新闻上告之女病人杀死男护士的时间是我和伯格结束对话之后。——正是我和伯格结束对话告别后不久。

我打开了手里的一份档案：芭芭拉·史翠珊，25岁，人身变换症患者。一年前跟男友一起被具有食人癖好的连环杀手绑架，因为亲眼目睹男友被“吃人者”吃掉的情景而导致精神错乱。案发后，她就一直声称自己看到了“吃人者”。

“吃人者有点像男护士”萧维洛老师又开始对我的资料好奇了。

“只是两个人的鼻子和下巴的形状有点儿相似。”但我知道，正是这一点，才是我成功引导芭芭拉杀死伯格的有利因素。

也许我很邪恶，用病人除掉了发现我的秘密的安东尼医生。但我也没有伯格邪恶，他可是利用了精神病人的各种幻想来达到获取人肉和烹食人肉的目的。芭芭拉杀死他也没什么不对，毕竟他是一个不折不扣的“连环杀人犯”。

也许，人的肢体有一种预言：谁吃掉它们，谁就战胜了这个世界，变得与众不同。

想到这里，我不禁微笑了。

爱与邪恶

Love and evil

爱能征服一切。——奥维德

警方的法医确认，包裹里的肉片全部都是人肉，并且来自同一个人。加在一起总共有两千多片，又薄又均匀，而且，不是机器切的，是人工切的，刀工相当不错。

果然不出我所料，人的大脑部分已经被凶手吃掉了。锅和碗碟都有重新刷过的痕迹，说明他想暴露的只有两千多片人肉这个耸人听闻的事实。因为他想保持优雅的姿态。他不屑于让公众知道，他是一个食人狂魔。他只希望让公众想象，他是如何一刀刀地将尸体切碎的。他已经成功引起了公众的极度恐慌，还给自己贴上了“切割狂魔”的标签。

我还深深地记得两年前在柬埔寨的金边，那个喜欢把人切碎的尼尔是如何巧设计谋、偷梁换柱成功逃脱的。他是个冷静到令人恐惧的杀人狂魔，也是个聪明到令人无奈的伪装者。那张从一开始就提醒我，他才是连环杀手的字条，我始终带在身边：

你身边有一个连环杀手，他是一个极度危险的人物。

他最后留给我的那封信上说的最后一句话，我也牢牢记得：

维拉，我会等着你的。说不定，我们有一天，又会在一个奇怪的地方以一个奇怪的理由相遇。

原因很简单，我一直在等待着一个机会，可以和他巅峰对决，分出胜负。

Chapter 1　木屋下的尸体

邵凌素，身为资产超过十亿美元、经营着全亚洲最大的连锁艺术画廊的邵氏家族的独生女，同时也是亚洲范围内小有名气的绘画艺术家。就是这样一个女子，居然死心塌地地爱上了一个已经在监狱里关押了十年的囚犯。而且，这个囚犯还是一个当着自己孩子的面杀死妻子并当场肢解，而被判终身监禁的疯狂之徒。

在过去的十年里，她始终没有间断过对这个杀妻囚犯的探望，直到杀妻囚犯终于获得假释的机会。他出狱之后，邵凌素和他举行了婚礼，上演了“不可思议的爱情”的戏码。这个囚犯，就是颇有艺术才华的雕塑家兼家具设计师飞鸟森。不得不承认，飞鸟森是一个很有魅力的男人，虽然他的魅力很难让大众欣赏。

当然，这样震惊世人的新闻，作为行为心理学家，我也会去关注。我关注的焦点并不是他们不可思议的爱情，而是飞鸟森一生的传奇经历和他杀妻分尸的行为。可让我意想不到的是，就在我关注飞鸟森和邵凌素的新闻时，故事中的女主角竟然亲自来找我了，还是因为一个非常棘手的案件。

我翻看着一张张令人触目惊心的照片：木屋的地板下埋着十二具男人的尸骸，而且尸体个个都被砍了脑袋。经过法医鉴定，这些死者的死亡时间至少在十年以上。

美国得克萨斯城的郊区有一个人口稀少的小镇，小镇里的一间残旧的木屋变成了引起轰动的焦点。被大众如此关注的原因就是照片上的那些森森白骨了。一时间，“木屋杀人魔”的报道铺天盖地，警方也将嫌疑犯的身份锁定在日本雕塑家飞鸟森身上。最诡异的是，那些尸体的头颅全部不翼而飞，警方到现在也没有找到那些头颅。

“当着自己孩子的面肢解妻子的飞鸟森，现在居然又被怀疑杀死了十几个男人并砍了他们的头。这么看来，他的邪恶不仅仅是杀妻了。”我看着照片和资料，自言自语。

“他绝对没有杀死这些人！我相信那绝对不是他干的！”我眼前的邵凌素一头乌黑长发，尽管已是三十岁出头的年纪，却依然葆有一种典型的东方女艺术家的美丽和气质。

“你为什么一定要相信一个被所有人都认定是邪恶的杀戮狂徒的人呢？还有，你们为什么一定要找我来协助调查此案呢？”我抬起头，直视着眼前这个十分坚决而又笃定的女人。

“因为自从被警方拘留之后，他就再也没说过一句话。他只提了一个要求，那就是他指明要把你带到美国去见他，他才肯配合警方的调查。”说话的人就是和邵凌素一起来中国的行为画像研究所找我的华人律师方清杨。

“虽然如此，但我为什么要丢下手头的一大堆工作，跑去美国和你们一起分析这么棘手的案子呢？警方的法医在尸骨残留的衣服上找到了属于嫌疑犯飞鸟森的毛发、衣物纤维和属于他的DNA，这足以说明那些死者在死之前曾经和飞鸟森发生过激烈的打斗，或者至少有过挣扎行为。这已经是板上钉钉的事。更何况，我也很难相信那么邪恶的人不是凶手。”我的姿态在明显地表达：我不愿意协助他们。

“还记得两年前在柬埔寨的金边被警察击毙的雷克斯吗？那个被指控为杀死众多女人，又把女人的尸体肢解，还埋在自己屋子地板下的那个逃犯？他是我最好的朋友。我一直相信他是无辜的。想必这一点，你也是相信的吧？”方清杨目光恳切，甚至还带有一丝悲伤。

“雷克斯？啊！”方清杨的话让我沉默了，我想起了他写给我的最后一封信：

我想对你说一个秘密，那就是，我根本不是十一起连环杀人案的凶手，真正的凶手是我弟弟。……我想尽一切办法，甚至以企图自杀为办法，争取一个逃出去的机会。我只希望亲自抓到弟弟，为自己洗脱罪名，也亲手结束他的罪恶。所以，我需要你的帮助，你是唯一能帮助我、拯救我的人。

“雷克斯真的是无辜的，但他被警方当成连环杀人犯，终生关进监狱，最后还要含冤而死。就像飞鸟森一样，他们都是无辜的。你真的想看到又一个人遭此无辜吗？”方清杨的眼睛里甚至含着泪水。

“好，我和你们去美国。”看着方清杨的眼泪，我的表情只透露着三个字：对不起。

Chapter 2　我就是那个父亲

在美国警方的看守所里看到飞鸟森的时候，我似乎明白邵凌素为什么会不顾家族的反对，也不顾天下人的看法而义无反顾地爱上他了。因为这个快半百的男人，依然有着一种令人说不清楚的吸引力：面容俊秀、姿态儒雅、眼神平和，理性的气息和感性的眼神完美地结合在同一个人身上。

“你好，我是维拉，行为心理学研究员。”我坐在飞鸟森的对面，介绍自己。

“你好，维拉，我认识你。在我儿子雷克斯写给我的信上，他不止一次地提到过你。”飞鸟森终于开口说话了，他甚至是面带微笑的。

“雷克斯是你的儿子？那也就意味着一直消失无踪的尼尔也是你的儿子？”我惊诧地看着眼前这个男人，终于明白他为什么指明一定要我来帮他了。

“我知道尼尔做了什么事，就像现在警方指控我做的事一样。多谢你那几年对雷克斯的鼓励和帮助。他相信你，所以，我也相信你。”飞鸟森目光坚定。

“多谢。那我们开始吧！”我简短地说了一句。然后，我听到飞鸟森讲述了一段令人难以置信的往事。

飞鸟森是一个在美国的贫民窟长大的不良少年。二十岁的时候就背上了三十五项罪名，盗窃、伤害他人、酗酒、对各种毒品照单全收，从小到大就在感化院和监狱之间来回进出，直到遇到了他心中的女神安琪儿。十九岁的安琪儿不顾别人异样的目光，跟被人们定义为“最邪恶的少年”的飞鸟森结了婚。一年之后，他们的大儿子雷克斯出生。本来改头换面又勤俭持家的飞鸟森故态复萌，每天酗酒，钻进自己简陋的工作室，天天不回家。在那之后，有个跟飞鸟森吵过架的年轻人被砍掉头颅。虽然当时没有明确的证据可以给飞鸟森定罪，但大家都认为那件事其实就是他做的。再之后，安琪儿和飞鸟森大吵一架后离开了他，连她的儿子都没有带走。

“跟你吵架的人被人砍掉了头颅，和这次木屋埋尸案的杀人手法是一样的。”我看着飞鸟森说道。

“怀疑。我再次看到了怀疑的眼神，就像当年的安琪儿一样。”飞鸟森平静的表情变得不再平静，而是流露出悲戚，还有愤怒。

“所以，安琪儿也是认为你杀了和你吵架的那个年轻人，才离开你的。”我进一步说道。

“是的。她离开了我和雷克斯，不知去向。”飞鸟森沮丧的表情让我意识到，他一想起往事依然痛苦。

“之后，你离开了居住的那个小镇，去了另外一个州。然后，遇到了你的第二任妻子安妮。十二年以后，你把安妮杀死了。而且在整个杀妻案审理过程中，你始终对你的杀妻理由保持缄默。外界猜测，可能是因为你的妻子背叛了你。那么，你到底为什么要杀死安妮呢？”我很想知道飞鸟森那时到底在想什么。

“孩子们只需要知道他们有一个穷凶极恶的父亲就够了。”飞鸟森给了我这样一个答案。

“可是，让你绝对想不到的是，你当年的杀妻案带来的影响，成了你今天最大的危机。大家会毫不犹豫地相信，你就是杀死木屋下面埋葬的那些男人的凶手。因为十几年前，你的沉默就等同于默认了你杀死你妻子是因为你发现她背叛了你。”我皱起眉头，感到了处理这件事的难度。我看了一眼我收集的剪报，上面的一段写道：

飞鸟森痛恨自己的妻子与别的男人来往。每当他怀疑谁的时候，那人便会变成这种怀疑的牺牲品：失去头颅，被埋在地板下面。于是，他的儿子也变成了那样的魔鬼：杀死女人，将其肢解之后埋在房子的地板下。到了最后，竟然变本加厉。他的儿子不仅肢解女人，干脆还把女人切割成几千片，吃掉人家的内脏和脑子，完全地继承了他魔鬼父亲的基因。这真是个不折不扣的魔鬼之家。

“我也不知道那间木屋下面为什么有十二具男人的尸体，而且为什么里面还有我的衣物纤维和DNA。我甚至都不知道还有那样一间木屋！但我相信后来雷克斯在狱中写信告诉我的事，他说，他没有杀死那些女人。”飞鸟森继续说道，“雷克斯出逃的时候，曾写过一封邮件给我。那时，我已经出狱了。他在邮件上说，你是唯一可以帮他的人。所以这一次，我才一定要找你。”

我心里想着：雷克斯当初的杀人案和现在飞鸟森被指控的杀人案，都是将死者的尸体埋在房子的地板下面。这两个连环杀人案一定有着某种程度的关联。所以，我一定要再回到那两个案发现场去，找到它们背后的玄机。

Chapter 3　两个恐怖屋

一间残旧的灰色木屋孤零零地立在那里，附近连邻居都没有。我真的无法想象，有人买下这样的木屋有什么意义。我看到警方在木屋附近围起来的警戒线，知道这就是木屋埋尸的案发现场了。

“最初木屋这边有一个小的农场，木屋是看管农场人的住所。后来农场废弃了，木屋这边就很少有人来了。所以，直到有开发商对这片地区重新改造、要拆掉木屋时，才发现里面埋着尸体。”方清杨律师和我一起来这里，因为没有他的陪同，我不能进入木屋。

我推开木屋“咿呀”作响的门，闻到一股奇怪的味道，就像有什么东西发霉了一样。木屋的地板都翘起来了，这显然是开发商在拆屋时造成的。我蹲下来，看着掀起的地板，想象过去有人一块块地掀起地板，再把尸体放进去的情景。把尸体一具具地埋下去，对于连环杀手来说，应该很有成就感。就像一个吝啬鬼非常享受去银行一笔笔地存钱的感觉一样。这个凶手的本性应该相当邪恶，他一直在享受一种嗜杀成性的快乐。

我站起来，从包里拿出一本画册，那本画册是飞鸟森出狱后，邵凌素帮他筹办个人作品艺术展的纪念画册。在那里面，我看到飞鸟森的一件名为《斩首》的雕塑作品：雄健有力的男性躯体，偏偏少了头颅。而木屋埋尸案的男性死者们也被人砍下了头颅，和飞鸟森的那件作品如出一辙。

“死者的头颅找到了吗？”我问方清杨律师。

“还没有。其实我很想知道，凶手为什么要用砍头这种方法？作为心理学家，你又怎么看待这种杀人手法？”方清杨问我。

“法医看到死者脖颈处的骨头形成平滑的切面，说明凶手手起刀落，斩首的方法干净利落。即使是在中国的古代，‘刀法’这么利索的刽子手也不多见。而斩首这种方式通常能体现出一种权力和一种强大的控制欲。所以凶手这么做，也是在享受一种强大的控制欲。”这是我给方清杨的回答。

“也许是仇恨，砍掉头颅，发泄愤怒。”方律师给出了另一种可能性。

“那凶手就不仅仅是斩首了。过度杀戮是一种泄愤的方式，凶手会选择用暴力殴打、折磨和肢解等方式。但法医给出的结论也很明确：死者的躯体上没有其他被伤害的痕迹，凶手的杀人手法只是集中在斩首上。”我否定了另外一种可能性。这么看来，如果不是因为泄愤而杀人，那么飞鸟森痛恨妻子背叛自己和别的男人在一起这个理由就显得站不住脚了。

离开这间木屋，我们上了汽车。我和方清杨的下一个目的地就是当年雷克斯杀人藏尸的住所。方清杨边开车边对我说：“雷克斯在入狱以前，把一些东西交给我保管。他那时候就在研究一些奇怪的人，还收集了大量血腥而又残忍的新闻剪报和图片。他的那些东西，今天我也带来了。”

“好，我会研究一下。”说着，我想起了几年前我去监狱里探访雷克斯时，他是那么富有才华又执着的人，可这样的人以连环杀手的身份被警方击毙，真是令人感到悲哀。想着想着，可能由于未倒时差的关系吧，我迷迷糊糊地睡着了。

也不知车开了多久，一阵刹车的摇晃把我弄醒了。我们终于到了当年雷克斯被警方发现藏尸的住所。同样是有些老旧的独立小别墅，深棕色的外观和附近没有邻居的情景，让我不得不想到那间我们不久前看过的木屋。别墅的门是锁着的。我们站了一会儿，就见一辆车开过来，停车后走下来一位老人。

“当年那个叫尼尔的年轻人说要向我租下这个房子的时候，我还挺高兴。毕竟这个旧房子地点偏僻，交通又不便。谁知道，一年以后，警方竟然发现里面有好多女人的尸体。现在这房子再也卖不出去了。”看来老人就是这个房子的房东，他是过来给我们送钥匙的。

“看来，美国人也有所谓的对于‘凶宅’的迷信。”我看着老人开车离开的身影，对身边的方清杨律师说道。

“地处偏僻，又埋了十一具被肢解的女人尸体，谁还敢住在这里啊！”方律师用钥匙打开门，我们两个走了进去。

我看到屋子里的地板有被掀开的迹象，显然是后来又恢复了原样。看来，房东认定这房子既租不出去也卖不出去，所以连新地板都懒得花钱换了，就按原样“恢复”了回去。我可以看出尸体曾经被埋下的间隔。然后，我又拿出当初雷克斯的案件中警方拍下的案发现场的图片。当然，这些图片也是方清杨提供给我的。

看了好半天，我发现了两个杀人屋的共同特征：凶手都是把尸体集中埋在了客厅的地板下，而且尸体埋放的方向、尸体之间的距离，还有埋尸的手法几乎都是一样的。

“刚才房东说过，是尼尔最先找到这个房子然后租下来的。我相信，当雷克斯住进来的时候，其实尼尔早已杀完人并把尸体埋好了。只不过雷克斯没有想到，自己就这样当了替罪羊。”方清杨有点儿感慨。

“如果是尼尔在这个小别墅里杀人藏尸，他的埋尸手法又和木屋里的埋尸手法几乎一样，这就千真万确地证明尼尔和木屋埋尸案有巨大的关联。但十几年前，尼尔还只是一个十岁左右的小孩子，怎么可能杀死十二个身体强健的男人呢？”我皱着眉头思考：“而且，杀人手法也从斩首变成了肢解。”

Chapter 4　关于失踪的往事

从两个犯罪现场回来后，我做了一个这样的假定：如果飞鸟森不是杀死十二个男人的凶手，十多年前尼尔又是一个只有十岁左右的孩子，不可能有能力杀死那十二个男人，雷克斯也不是凶手，那么，他们一家人中就只有安妮了。而一个人之所以成为连环杀手，有时候家庭的因素是起着绝对作用的！我打算把分析的焦点转向安妮。

作为继母，安妮始终对我还好。但我们之间的关系是非常疏远的。她总是显得神秘兮兮的，而且我觉得她对待我和对待她自己的儿子尼尔是完全不同的。她有时候带着尼尔出去，或者当尼尔在家的时候，她会突然打个电话把他叫出去。当尼尔再回来的时候，表情就十分不对劲了。我总觉得，安妮和尼尔之间有什么秘密瞒着我。

我翻开雷克斯留下的笔记，他是在试图分析尼尔的成长和性格成因。他的想法似乎给了我某种提示：外界总是认为雷克斯的罪恶是因为受到他父亲飞鸟森的影响，却忽视了他的继母安妮究竟是一个怎样的人。难道单凭她是被肢解的受害人这一点，就要抹杀她在孩子们的成长过程中所起到的作用吗？

我在我的记录本上列出这样一些因素：飞鸟森名为《斩首》的作品——跟飞鸟森吵架的年轻人被砍掉头颅——飞鸟森的第一任妻子安琪儿的离家出走——飞鸟森杀死第二任妻子安妮——雷克斯因被指控杀死众多女人而入狱——尼尔成了柬埔寨金边出现的“切割狂魔”——雷克斯被尼尔陷害后被警方击毙——美国的小镇再次出现木屋埋尸案。

跟飞鸟森吵架的年轻人究竟死于谁手？安琪儿又在哪里？飞鸟森杀死安妮的真正原因究竟是什么？为什么尼尔最初的埋尸手法和现在的木屋案的埋尸手法一样？我想，如果能找到这些问题的答案，我就能找到真正的凶手，并能搞清整件事情的来龙去脉了。

我不知道我的母亲在哪里，但我相信，她不是一个轻易就抛夫弃子的人。我找过私人侦探，也多方打听，好多年过去了，但我得到的结果除了失望就是沮丧。而且，更奇怪的是，似乎一切调查结果都指向一个事实，那就是：我的母亲安琪儿失踪了。从她离开我和我父亲那时候开始，就没有人再见到过她了。我也开始怀疑大家的传闻了，我母亲是被我父亲杀死的。但我不敢那样想。

我继续翻看着雷克斯的笔记，看来他之前也怀疑过他母亲的离家出走，他也一直在试图寻找他的母亲。难道安琪儿真的是被飞鸟森杀死的？

我又在所有电子档案馆里查看了几年前我研究过的一些关于雷克斯的资料，当时我把他当成连环杀手来研究，还特意调取了关于他父亲飞鸟森的杀妻案资料。我重新翻开飞鸟森杀妻案对于死者安妮的一些背景资料的调查报告。

安妮先是住在犹他小镇，后来就搬去了肯亚镇。她在那里邂逅了飞鸟森，随后两个人结婚。原来，安妮也曾在犹他镇住过，那不正是飞鸟森和安琪儿结婚的小镇吗？

带着关于尼尔的很多疑问，还有父亲杀妻的疑问，我努力回想继母安妮的情况。虽然她出生在一个非常幸福的中产家庭，但我一次都没见过她和她的父母家人来往。她有一次在尼尔被狗咬伤之后，恶狠狠地将那只狗摔死了。她无意中提过她小时候虐待动物的事，还曾放火烧过狗屋。她的样子看起来很得意，像是在炫耀。她还对恐怖分子的活动颇感兴趣。在我们小时候，她总是关注恐怖分子的杀戮事件，凡是有此类消息的新闻报纸都买得非常积极。现在我终于明白了，她是一个十分善于伪装的人。

雷克斯的笔记显然透露了他对继母安妮的一些怀疑。我也开始重新构建安妮的特征：从小虐待动物——迷恋恐怖事件——善于伪装。这显然是邪恶心理的展露，有一类杀人狂在小时候就有这样的特征。天哪！原来，安妮是一个具有邪恶心理特征的人。

我在网上查了一些雷克斯的笔记里透露的关于安妮痴迷于看恐怖事件新闻报道的那个阶段的新闻。“恐怖分子利用斩首人质的形式向政府施加压力，企图扩大他们的控制力和影响力。”“斩首这种方式很快成为恐怖分子向公众显示权威和让公众产生恐惧的更加有力的方式。”我看了1995年到2000年的多条关于恐怖分子的报道，原来，那个阶段的恐怖事件多半是围绕“斩首人质”这个主题展开的。

飞鸟森名为《斩首》的雕像——跟飞鸟森吵架的年轻人被砍头致死——安妮对于恐怖分子用斩首方式处治人质的迷恋——安妮也曾出现在跟飞鸟森吵架的年轻人死亡的犹他镇——安琪儿的失踪。

我的脑子里产生了一个大胆的假设。于是，我打算第二天去见飞鸟森。

Chapter 5 可能存在的邪恶

我见到飞鸟森的时候，把当年他杀妻一案的案发现场照片拿给他看。他看到那些被他砍剁成块的尸体时，很抗拒地马上推开了照片。

“为什么给我看这些？！”飞鸟森显得很愤怒。

“这是你儿子雷克斯在你入狱之后收集的资料。他其实始终没有放弃追查你杀死你妻子的真正理由！请你说出来吧！这会对你现在的案子大有帮助，你就当了结你儿子当年的一个心愿。”我恳求道。

“那天我和安妮又吵了起来，就在我那间简陋的工作室里。她还用一把很大的砍刀把我新创作好的雕像的头一下子砍掉了。

我当时很愤怒，就去打她。之后她说……”飞鸟森的表情极其痛苦，他用两只手抱着自己的头。

我砍掉这座雕像的脑袋又怎么样！那个该死的和你吵架的人的脑袋也是被我砍掉的！我还看到你和你的安琪儿大吵了一架，她根本不相信你！哈哈……像你这种少年犯罪、吸毒成瘾的家伙，谁会相信啊！我告诉你，你的安琪儿根本就不爱你，否则她就不会像其他人那样看你。我干脆把她也杀了，你永远也找不到她的！尸体都没了，全溶化掉了！哈哈……

“啊……啊……”飞鸟森回忆起当年杀死安妮前的那一刻，安妮对他说过的话。“我的头好疼，像炸开一样！”过了好半天，飞鸟森的情绪才稳定下来，他的头痛也缓解了一些。

“是安妮杀了那个和你吵架的人？之后还杀了安琪儿？”我急切地问道。

“我和安妮吵架的时候，我吸了很多可卡因，我根本就控制不了自己的状态。我不知道当时听到的是事实，还是因为我们吵得太激烈再加上毒品的作用使我产生了幻觉。我只知道我很愤怒，我觉得安妮毁了我的人生。”飞鸟森眉头紧锁。

“所以，你就用那把大刀砍死了安妮，还砍了一下又一下，直到她的整个身体被砍得支离破碎。你根本就没注意到你的孩子们听到吵架的声音，从客厅跑到你的工作室去劝架。就这样，你当着他们的面把安妮肢解了。”我终于明白飞鸟森杀妻的理由了。

“我没说杀妻的理由，是因为我不知道我当时听到的是事实还是幻觉。就算是事实，我也没有任何证据。如果是幻觉，那就更糟了。而且，如果真的是事实，那雷克斯就会知道自己的母亲被人杀死了，尼尔也会知道自己的亲生母亲是个可怕的杀人犯。孩子们不能承受自己的母亲被父亲砍死的事实，等父亲进了监狱之后，更无法承受自己的母亲是个恶魔的事实。所以我始终没有说出我杀妻的真正理由。”飞鸟森沮丧地垂下了头。

“孩子们只需要知道他们有一个穷凶极恶的父亲就够了。”我还记得前几天飞鸟森对我说过的话。突然，我被什么东西感动了。

在吸食了毒品后，由眶额皮层和前扣带皮层提供的“自上而下”的控制力量和由边缘地带如杏仁体和脑岛等引发的“自下而上”的过度驱动之间的平衡，会被毒品彻底毁掉。这会导致一个人产生严重的情绪失控。可惜的是，这样的研究结果也是最近几年才有的。在飞鸟森杀妻一案发生的时候，肯定不会有人过多地去分析他当时吸毒的状态。

“那把刀还在吗？我是说，你用来杀死安妮的那把砍刀。”我突然想起一个重要的因素：凶器。因为我清楚地记得木屋埋尸案中那些死者颈部的平滑切面。“对啊，作为证物，应该是被当时的法证人员收起来了。”我突然有了信心。

Chapter 6　作案手法的升级

安妮本身就是一个十分邪恶而又凶狠的人，她为了得到飞鸟森，就杀死了当年和飞鸟森吵架的人，这样引起了飞鸟森和前妻安琪儿的误会与争吵。在安琪儿负气出走之后，她又杀死了飞鸟森深爱的安琪儿，然后装作邂逅的样子走入飞鸟森的生活。两人结婚之后，在一次剧烈的争吵之后，安妮说出了深藏内心的秘密。飞鸟森觉得自己的幸福被安妮毁掉了，于是在毒品的作用下，他疯了一样地杀死了她。这是我推测出来的一个版本，但我要为这个推测找出证据。

“因为当时飞鸟森杀妻一案已经完满了结，而且那个案子又过了十几年之久，所以警方的证物室在两年前的一次大清理中，已把那批证物都销毁了。那把凶刀根本找不到了。”这是方清杨律师告知我的消息。

“那座被砍掉头颅的雕像应该还在，邵凌素的展览馆里应该还有那座雕像。因为雕像的头是被安妮一气之下用大砍刀砍掉的，那么只需要让法证人员比对一下雕像上的砍痕和木屋里发现的尸体颈部的砍痕，就能推测出那是不是同一把凶器造成的。”我提示方清杨。

挂断了方清杨的电话，我脑子里出现了一个思路：如果雕像的头真的是被安妮砍掉的，那么木屋里那些被害者的头也可能是被安妮砍掉的。而之后尼尔杀死那些女人的埋尸方法又和木屋里的埋尸方法相同，尼尔会不会是在模仿母亲安妮在木屋埋尸呢？因为在雷克斯的笔记里也提过，她们母子之间总像有什么秘密一样，她会随时把尼尔叫出去，不知道在做什么。难道安妮杀人的事尼尔早就知道，而且他还亲眼目睹了母亲埋尸的过程？或者，那些尸体根本就是尼尔埋的？！

我打开方清杨律师给我的木屋埋尸案的最新资料。我留意到有些已经核实身份的男性死者的体貌特征：相貌英俊，很会讨女人喜欢。他们都是在接到一个神秘的约会邀请之后失踪的，而且他们除了独居，就是在小镇上暂住的男人。所以即使失踪了，也没有人会特别留意，大家会以为他们离开此地又去了别的什么地方。

我进入行为画像研究所的档案库，打开当年雷克斯被定罪的那个连环杀人案的资料。雷克斯是被尼尔陷害的，杀死那十一个女人的凶手其实是尼尔。我看了那十一个女受害人的资料，她们个个都是相貌美丽又姿态诱人的女人。像她们那样的女人，身边都不乏男人追求，她们似乎也很善于引诱男人。凶手作案的手法是潜入那些独居的女人家里，把她们杀死、肢解，然后再埋到小别墅的地板下。

既然凶手是在被害人家里将其肢解的，为什么又费事地把支离破碎的尸体运回小别墅去埋呢？凶手完全可以找一个更方便的地方埋啊！譬如树林、旷野、河滩……总之，随便哪个地方都比埋在自己住的地方来得安全。除非他有一种强迫心理控制着自己，必须把尸体埋到自己住的地方！

还有一个重要的因素，为什么女人的尸体上都有雷克斯的衣物纤维、毛发和DNA？和现在的木屋埋尸案一样：男受害人的尸体上也有飞鸟森的衣物纤维和DNA。正是这种不可抗拒的证物，使他们两人被定了罪。如果雷克斯是被弟弟嫁祸了，那飞鸟森又是被谁嫁祸了呢？莫非是安妮？我可以这样假设：安妮杀死那些男人，又设计了陷阱，以保证即使哪天东窗事发，也有替死鬼飞鸟森来顶罪。而尼尔也学会了这一招，他在不断杀死女人的同时，也设计了陷阱，即使被害人被发现，也有他哥哥做替死鬼。那安妮作为母亲，究竟教会了自己的儿子什么啊！这是何等的邪恶！

我把几个案子按照时间的顺序进行了合理的排列：十二年前的木屋埋尸案——五年前雷克斯的连环杀人案——两年前柬埔

寨金边的“切割狂魔”案。然后，我又整理了受害人的被害方式：砍掉死者的头颅——肢解死者的躯体——切割死者的躯体，然后吃掉人脑和内脏。再接下来是对被害人的选择：充满魅力但轻浮的男人——妖娆又善于引诱男人的女人——充满神秘气息的绘画艺术家。

凶手的作案手法在不断升级，而且选择的被害人也在逐步改变。这个过程一定有什么原因，我要找到那些原因。

Chapter 7 杀你的理由

几天后，我从方清杨那里得到了消息：飞鸟森创作的那座雕像被砍下头颅的痕迹和木屋埋尸案中男性死者们被砍下头颅的痕迹经过比对之后，可以证实出自同一把凶器。带着这个消息，我和方清杨去见了飞鸟森。

“即使能够证明当初安妮砍掉雕像的砍刀是杀死木屋里那些男性死者的凶器，也不能证明凶手就是安妮。控方一定会指出，我们没有证据能够证明砍刀是属于安妮的，或者雕像的头确实是被她砍下来的。这反而成了指证飞鸟森是凶手的有力证据。”方清杨律师十分无奈地说道。

“但这一点儿对我来说，十分有用。至少我可以相信安妮就是那个带有邪恶因子的女人。而且当年飞鸟森虽然吸了毒，但他听到的绝不是幻觉，而是事实。安妮的确杀了那个和飞鸟森吵架的年轻人，也正是用同一把凶器杀死了那些男人。”我说出了我的分析进展。

“你相信我没有杀死那些男人？真的是安妮杀了那些男人吗？可她为什么要那样做呢？”飞鸟森显得也有些激动。

“这正是我今天来找你的原因。我想知道，在你和安妮结婚之后的那十年里，你们之间的感情究竟怎么样。我要了解你们的婚姻生活。”我很恳切地问道。

“我最爱的人始终是离开我的安琪儿。也许当时和安妮在一起，只是在慰藉我失去安琪儿的那种痛苦吧。虽说安妮也表现得温柔善良，对雷克斯似乎也不错，但我也许并不是真的爱她。所以，我总是找各种理由躲进工作室，说是想利用雕塑和家具设计多赚点儿钱，其实我只是在逃避……”飞鸟森叹了一口气，他对那段婚姻生活看来并不满意。

我静静地看着眼前的飞鸟森，心想，当初安妮杀了与他吵架的人，又杀了安琪儿，只为了获得他的爱，她一定是很爱飞鸟森的。可付出巨大代价换来的婚姻只是一具空壳，在名存实亡的婚姻里，安妮一定非常痛苦。

“在你们的日常生活中，你关注过她每天在做什么吗？或者她有没有外遇之类的举动？”我把话挑明了。

“这么说来，那时候好像真的有点儿问题。我记得镇上的人看到我，会有很奇怪的举动，比如说嘲笑、讽刺我被戴了绿帽子……但我没有在意过。这么说来，我对安妮还真是十分冷漠，即使她真的和别的男人在一起了，我似乎也没有什么心情去关心。”飞鸟森的表情里甚至有一点儿懊悔。

“这就是问题所在了。”我想，最可能的情况就是：安妮因为这段既无爱又无性的婚姻而非常痛苦，她一次又一次引诱其他男人和自己在一起，但自己的丈夫都没有在意过。这无异于给她的伤口上继续撒盐，她开始变本加厉地杀那些男人，因为她对于男人有一种痛恨。说不定每次砍掉那些男人的头颅的时候，她都在幻想着砍掉飞鸟森的头颅。一个喜欢用斩首的方式杀死别人的女人，她的内心就像一个恐怖分子一样：迷恋于对别人的控制。可惜的是，她偏偏控制不了她最爱的人。正是这样的无法控制、这样的恨，才让她在引诱男人与杀死男人之间寻找到发泄的出口。而最后，她还没忘了把飞鸟森的衣物、毛发和DNA这些东西放在尸体上，作为陷害飞鸟森的证据。因为她觉得那是飞鸟森欠她的。邪恶的人总是可以给自己找到伤害别人的理由。

“我还想知道一个问题。安妮对你前妻的儿子雷克斯与她亲生的儿子尼尔究竟有什么不同？”我问飞鸟森。

“她和雷克斯之间是有距离的，但表面上两人的确是相安无事。但她对尼尔就不一样了，毕竟是亲生母亲，她和尼尔很亲近，但尼尔好像很怕他母亲似的。不过那时候，我确实是疏忽了这些，我只是每天待在工作室里。”飞鸟森说着。

安妮应该是对自己的儿子尼尔有很强大的控制力。尼尔知道母亲不断勾引男人又杀死男人的举动，也看过自己的母亲埋尸，甚至还参与其中，所以才导致他日后的作案手法和他母亲是一样的。这样一来就顺理成章了！怪不得尼尔选择杀掉的女子和他母亲的选择特征很相像。还不到十岁的尼尔一定无法理解母亲不断勾引男人的行为，所以他会对善于勾引男人的女人抱有无法改变的偏见。所以，尼尔选择被害对象的可能性只有两种：他只是单纯地模仿母亲杀人，或者，他因痛恨母亲的不检点而把那些女人当成了母亲的化身。而我，更倾向于第二个观点。

Chapter 8　我曾遇到的你

晚上，我按响了邵凌素家的门铃，那是她和飞鸟森在美国的家。她竟然为了他移民到美国，一住就是十几年。因为邵凌素要对我这些天的工作表示答谢，所以她向我发出了盛情的邀请。另外，我也很想看看传说中的“邪恶雕塑家飞鸟森”和“最富有的艺术才女”建立起来的家到底是怎样的。

“维拉，我知道这些天，你因为我丈夫的案子很辛苦，所以就想请你来家里吃顿饭。”邵凌素微笑着走过来，手里还拿着一瓶红酒。

“呵呵。其实，我也想找个机会和你聊聊。你为什么会爱上一个比你大十几岁、被关在监狱里的囚犯，而且还是所有人都认定的恶魔？如果飞鸟森真的杀了他的第一任妻子和第二任妻子，你难道从来都不害怕吗？”我确实很想知道她的想法，虽然她的想法和案子无关。

“虽然大家都认定他是个不可救药的坏人，但我觉得，他的本性是善良的，他的内心是十分渴望爱的。他从小到大的生活环境很恶劣，但依然没有阻止他成为一位富有才华的艺术家。所以在我眼里，他很执着，又能坚持自己的理想。他是一个有艺术天赋的人，只是命运比一般人坎坷。”邵凌素说起话来柔声细语、面带微笑，她的样子看起来令人心情平静，即使有再多偏见、再多情绪，在她的面前也会变得平和，并且觉得世界很美好。她就是有这样感染力的人。

“所以你爱上了他，而你像天使一样的温柔善良也感动了他。”我看着美好的邵凌素，觉得如果我是男人，恐怕也会爱上这样的女人。

“也曾有另外一个人像你这样说过。他说，我的出现，就像是他生命中的天使。”邵凌素一边说，一边去找她和飞鸟森拍过的那些合影给我看。“他出狱之后，我们去过很多地方，还拍了很多照片。哦，原来这部相机被我丢在柜子角落里了。我好久都没有找到这部相机了。”邵凌素从柜子里拿出一部单反相机来。

“这部相机真的不错！里面还有一张照片呢。”我也凑过去看了起来。不过，当看到相机里面仅存的那张照片时，我惊讶得几乎说不出话来。

“里面竟然还有一张照片，肯定是相机掉落在地上时无意中被碰了按钮之后自动拍下的。”邵凌素也看着照片，“说我像是飞鸟森生命中天使的人，就是照片里的这个年轻人。”

“你……认识他？”我疑惑地看着邵凌素。

直到最后，我也不明白，为什么在那一天的那个时刻，我们发现了那张照片。但我想，那张照片的确可以改变很多东西，也让本来美好的一切都陷入无比诡异和危险的境地。

我没有说出来，照片上的人其实就是尼尔。而且在看到她和尼尔出现在同一张照片上的时候，我对邵凌素的印象也发生了一百八十度的转变。她果然是个诡异的女子，因为在她的眼里，那些神秘而邪恶的男人总是具有无限的魅力。

“其实我想问你，你有没有想过，飞鸟森可能杀了他的第一任妻子安琪儿，还杀了他的第二任妻子安妮。迟早有一天，他也会杀死他的第三任妻子，就是你。”我在离开邵家之前，问了最后一个问题。

“当我还是个十八岁的大学生时，因为做义工而去监狱探访，第一次在监狱里看到飞鸟森的时候，他正在画一幅素描。他画画的样子感动了我，我想，他一定很爱画上的那个女人。所以，我爱上了他。也许，正是因为想要征服他，还要冒着可能被他杀死的危险，我才觉得，我们之间的爱情一定会非常精彩。”这是邵凌素给我的答案。而且，她看着我，露出诡异的一笑。

Chapter 9　寻找的替身

飞鸟森的案子终于进入了庭审的阶段。控辩双方唇枪舌剑，争辩得非常激烈。这个案子从最初就被大众媒体关注，成了街头巷尾热议的话题；在庭审期间，更是有很多媒体想要采访飞鸟森这个传奇人物，但飞鸟森始终拒绝一切媒体的骚扰。

事实上，想要证明飞鸟森并不是木屋埋尸案的凶手，我们这一方的证据和理据都不是十分充分，形势对我们来说是十分不利的。方清杨也感到十分吃力。大家似乎都预感到了一个结局：飞鸟森会再次被定罪。

第一阶段的庭审结束之后，飞鸟森居然破天荒地接受了一家报纸的采访。那是一家影响力很大又专挑另类新闻和另类人物进行报道的报纸。那篇采访很快在第二天发出，连我看了那个访问都大吃一惊。

在我的一生中，我最爱的始终是我的第一任妻子安琪儿。后来的第二任妻子安妮，还有第三任妻子邵凌素，都只不过是她的替身。我在寻找我心中的天使，当天使离开我之后，我的心也死了。也许你们所有人都认为我很邪恶，但我是真的爱过那个女人。我知道，我很可能再次获罪，我已经不在乎了。我也不想再欺骗任何人。可为什么所有的女人都那么不可信呢？安琪儿因为“不信任”而离开我，安妮因为“寂寞难耐”而背叛我，邵凌素因为“青春美貌”而背叛我。如果有机会，我不会放过她们！我很想杀死所有背叛我的女人。

“我看飞鸟森是疯了！他这样对媒体说话，无疑是在昭示，他就是邪恶的疯子！大家甚至会怀疑连失踪的安琪儿也是被他杀死的！他甚至连邵凌素都想杀！一个女人为了他苦等十几年，他居然都想杀。陪审团一定会判定，他是个邪恶的杀戮者！”方清杨看到新闻报道气得不得了，他觉得这场官司输定了。

“他说，邵凌素因为‘青春美貌’而背叛他，莫非邵凌素又爱上其他人了？”我捏着那篇报道，想起了我在那部相机里看到的无意中拍下的邵凌素和尼尔的照片。

这时候，方清杨的手机响了起来。他接通了电话，听完电话后，他脸色大变。

“发生什么事了？”我问道。

“飞鸟森今天上午心脏病突发，情况危急，警方把他送到医院，还让他的妻子邵凌素去探望，以防飞鸟森有什么不测，也可以看到最后一面。没想到，他竟然在邵凌素进病房探望他的时候，想要掐死她！”方清杨对这突如其来的变故甚至还不能适应，他简直无法相信那是真的。本来已经看起来温和平静的飞鸟森发起狂来原来真的十分可怕，怪不得当年会用刀把自己的妻子斩成几大块。

“那现在邵凌素怎么样了？”我关切地问道。

“她的脖子上有瘀伤，警方已经把她送到医院了。”方清杨叹了一口气。

“我们也去看看邵凌素吧。”我建议道，并拍了拍方清杨的肩膀以示安慰。

我们到达医院的时候，已经是晚上10点多了。当我们到达邵凌素的病房时，透过门缝，我们看到了非常令人难以置信的一幕：邵凌素正在和一个高大而又英俊的男人拥吻。那个表情很暧昧，那种眼神很诱惑，就连姿态都是引诱的。

“那个老家伙差点儿杀死你，你还敢和我在这里‘热情似火’？”那个男人搂着邵凌素的肩膀。

“他这次要是能定罪的话，这辈子就算是要烂在牢里了。这两年和他的婚姻生活真是乏味，我只不过是一个替身而已。我看，我的‘恶魔爱情梦’也应该醒了。”邵凌素说的时候，嘴角还带有一丝不屑。

“方清杨，我们不要进去了。看来，飞鸟森接受访问时说的都是真的。”我拽住了方清杨的衣角。

“怎么会这样？”方清杨也是一脸困惑。

Chapter 10　爱与邪恶

夜晚，我躺在酒店房间的床上，怎么也睡不着。不安的感觉再次袭上我的心头。这时候，我的手机响了，竟然是邵凌素打来的。可我接起来后，没听见任何人和我讲话，我只是听到了手机里传来奇怪的对话。我猛然从床上坐了起来，然后用最快的速度跑了出去。

“四年前我遇到你的时候，我以为，我遇到了生命中的天使。你是那么美好，又那么善良。你不仅救了出车祸的我，还一直去医院探望我。看到我父亲的专访，我还以为，你背叛他是因为你爱的人是我！可没想到，你和我母亲安妮一样，借着被冷落的名义，到外面四处勾引男人。你在病房里和那个男人接吻的姿态，简直和我母亲勾引男人时一模一样！我真是受够了！

“你们女人为什么都那么无耻、那么凶狠、那么冷漠？小时候，我就被我母亲控制，帮她埋掉那些尸体，还要向所有人隐瞒她杀人的那些事实。可她在其他人面前装得像个天使一样，善良而温暖。谁能知道，她一直在虐待自己的亲生儿子呢？强迫他为她埋尸，强迫他接受用刀砍掉别人的头颅是一种有控制力的表现，强迫他收集那些人头，还说那些人头都是他该死的薄情寡义的爸爸！

“我已经快要受不了了！我不那么做，她就会打我，打我的脑袋，打得直流血。我觉得自己真是太不幸了。为什么我要有那样的母亲？为什么要有那样的父亲？我知道那些男人是我母亲杀死的，但我永远都不会站出来帮我所谓的父亲洗脱罪名。就像我明知道我的哥哥雷克斯是无辜的，埋在地板下的女人都是我杀死的，但我就是要看到无辜的他被关进监狱直到冤死。我要让他知道，邪恶是不能被战胜的！这一点，我也是向我那个邪恶的母亲学到的。她也是在那些男人的尸体上留下了我父亲的痕迹，这完美的嫁祸也是对他的一种惩罚。

“邵凌素，自从遇到你以后，我开始对那种具有艺术气息的女人感兴趣。在柬埔寨的时候，我还杀了一个叫依蓝的女艺术家。我把她切割成了两千多片，那种感觉真的是太过瘾了。其实，我杀了好几个懂艺术的女人，什么雕塑家、绘画家、音乐家……但我一直没有舍得杀你，我以为你和她们不同。可你并没有不同，你和所有女人一样，善于背叛。

“每次杀死那些女人的时候，我都能看到我母亲的脸，那么妖艳、那么邪恶，可为什么这一次，我在你的身上没有看到她的影子？”

我一边飞快地开着车，一边听着电话里的声音。十分钟以后，我赶到了尼尔绑架邵凌素的地方：一座黑漆漆的仓库。当我到达那座仓库的时候，只听到了一声枪响！

“乒”的一声，我看到尼尔倒在地上。

被警方解救的邵凌素一挣脱捆绑自己的绳子，马上就跑到了尼尔倒下的地方。她扶起他的头，尼尔的胸口在不停地往外冒血。

“尼尔，其实我没有和那个男人在一起，自始至终我爱的就只有你父亲一个人。而你，在我心中也是永远的朋友。如果再次遇到受伤的你，我还是会义无反顾地去救你。尼尔，求求你，不要死，你要坚持住。”邵凌素抱着奄奄一息的尼尔，已经泣不成声了。

“呵呵，原来做这一切都只是为了引我现身，为了让我说出当年的真相。”尼尔挣扎着说出最后的话。

“尼尔，我相信你还有爱的能力，你还可以爱别人。就像你的父亲飞鸟森一样，他一直渴望爱。我深深地相信，你们不是邪恶的魔鬼，你们只是受了伤的迷失天使。你们是因为不幸的遭遇才被世人误解为魔鬼的。”邵凌素的眼泪不停地滴落在尼尔的脸上。

“那……那……你……能不能在我死之前，吻我一下？”尼尔大口大口地喘着粗气。

“好。尼尔，你在我心里，也是永远的天使。”邵凌素说完这句，就低下头，深深地把自己的双唇贴在了尼尔的唇上。尼尔在得到这一吻后，安静地死在了邵凌素的怀中。

“看来，你安排媒体采访飞鸟森，又安排邵凌素差点儿被飞鸟森杀死，还有她在医院的病房里和男人接吻，一直到给邵凌素安装定位追踪器，都是故意让尼尔因为痛恨而绑架她……现在这一切都如你所愿了。”站在我身边的萧维洛老师看着眼里含泪的我。

“你扮演的那个和邵凌素接吻的男人也很卖力啊。要不是那一幕给前去探望邵凌素的尼尔看见，他也不会气得要去绑架她。”我勉强挤出一个“做得不错”的表情。

“原来这是维拉一早就安排好的戏码，害得我这个律师像个傻瓜一样被耍得团团转。”闻讯赶来的方清杨律师听到了我和萧维洛老师之间的对话。

“飞鸟森的指控可以被撤销，雷克斯当年的冤屈可以被洗清，可怕的连环杀手尼尔也从此永远地消失了。这不是一石三鸟嘛。我想，尼尔其实也很可怜，小时候被他母亲抽打头部，再加上被母亲虐待的精神创伤，才导致他一看到妖娆的女人就仿佛看到自己的母亲而引发恨意和杀念。正是因为这样，让邵凌素故意刺激他，他就会现身，就会说出当年的真相。毕竟，邵凌素在他心中，是他最爱的人。”我想起了那天看到的邵凌素相机里的最后一张照片。也许，要不是因为邵凌素曾经救过尼尔，从而导致尼尔爱上了她，飞鸟森估计永远都无法翻身了。

尾声

几天后，警方在尼尔寓所的地板下发现了十二个男性的头颅。那些砍下的头颅居然一直被尼尔收藏着。也许，就像当初他的母亲安妮认为的那样：斩首代表一种控制力。那些人头就是控制力的最好体现。可尼尔最终又能控制谁呢？至少，他一生都没能控制爱。

飞鸟森终于洗脱了嫌疑，他可以继续和邵凌素过着幸福的生活。那之后，我应邀参加了飞鸟森的一次个人作品展。在作品展上，我看到了邵凌素说的她第一次在监狱里邂逅飞鸟森时，飞鸟森正在画的那幅画，那是关于安琪儿的素描。

“为什么整幅作品就像一个女人被卷入一个旋涡一样呢？”我问陪同我看展览的邵凌素。

“因为那是安琪儿的尸体被溶入浓酸时的情景。”邵凌素说得很平静。

“你说什么？安琪儿是被飞鸟森杀死的？”我简直不敢相信我的耳朵。

“飞鸟森因为情绪激动，认为安琪儿不信任他，认定是他杀了和他吵架的年轻人，所以才错手杀了安琪儿。”邵凌素看着我说道。

“你一直知道这个事实。那你不怕有一天，飞鸟森也会杀了你吗？”我问她。

“不怕。因为我相信，即使他错手杀安琪儿的时候，也是爱她的。他已经用十几年的内疚和痛苦来为他杀死安琪儿的事而忏悔了。我还是相信，爱能征服一切，包括仇恨和邪恶。”邵凌素看着我的眼神非常坚定。

“我也相信。爱，能征服一切。”我微笑着对她说。

另一个自己

Another me in the world

在我的精神世界里，残缺才是一种完美，另一个自己，就是敌人。

——叶欣

日记的最后一页写道：当我拥有了方旋笛的长发、庾蒂的面孔、夏之焕的眼睛、米楚的心脏时，我就可以骄傲地对林邈说：“我才是你在这个世界上拥有的最完美的女孩子！”

我走到镜子前面，看到我的头发、我的皮肤，摸到我的心跳，想到那对眼球，我终于明白了我在梦中见到的人是谁，因为那不是梦境，那是我在逐渐恢复的记忆。我就是那个杀死了林邈身边那四个女孩的凶手。

“把我的头发还给我！”“把我的脸皮还给我！”“把我的眼珠还给我！”“把我的心脏还给我！”她们哀号着、咆哮着。

“不要！不要啊！”我满脸冷汗，大声地喊叫着，像一摊泥一样瘫坐在地板上。我摸到自己的脸上和身上并不是汗水，而是鲜红鲜红的血水！

我再次从噩梦中惊醒。原来，现在看起来如此“完美”的我，是一个比任何人都残缺的人。那些组合在我身上的器官，无时无刻不在提醒着我：我的体内还有另一个我。

Chapter 1　光环下的困惑

我时常分不清楚我到底是谁。站在阳台上的时候，我觉得我就是一个透过步枪上的瞄准镜，要把对面大楼某个房间里的男人脑袋打开花的杀手；走进便利店的时候，我又觉得我是一个面带微笑把商品装到购物袋里的服务员；走进会议室的时候，我又觉得我是一个西装革履十分帅气又精明能干的行政总裁……总之，我脑子里有无数个我，我有点儿分不清，到底哪个是我。就像我分不清楚，当我一觉醒来的时候，自己身处哪个城市一样。

我叫简晗昱，二十三岁，是个偶像级明星，就是大家口中所谓的"生活在光环下的人"。从十六岁到现在，整整七年的时间过去了，我觉得，在这七年中，我从未真正休息过。我唱过好多歌，它们都能很快蹿升到排行榜的前三名；我演过很多角色，他们很快就会成为大家关注的焦点。可我有种想死的感觉。我好累，真的好累……我找不到自己了。

"能介绍一下你自己吗？比如从出生，到成长，再到青春期的事。"我拿着他的简历，这样问道。

"我不想再把我的网站上写出的那一套完美的简历背出来听了。作为一名专业的心理医生，你不是应该试着发现真正的我吗？"简晗昱坐在问诊椅上，一副自信满满的样子，和他刚才的崩溃状态判若两人。

“你错了。我不是专业的心理医生，我是一名人类行为的研究员。而且，通常情况下我研究的都是那些杀人不眨眼，善于肢解尸体，又自得其乐的家伙。你……属于他们当中的一员吗？”我微笑着说道，然后递给他一张名片。

“有趣哦。那你还来做我的心理医生？而且你应该知道，我是多么有影响力的偶像，我的经纪人的一纸起诉书就可以让你彻底丢了饭碗！”简晗昱有一种“一切尽在我掌握”的气势。

“好吧，反正现在是我的假期，我不介意你提供机会让我去法院里转转。不过，可能我朋友的心理诊所就会遇到点儿麻烦。这样吧，我今天帮他代班，如果你觉得和我聊天更有趣，你就不会起诉我了吧？”我打算和偶像明星周旋一番。

于是，我开始给他讲一些我接手调查过的各种变态：喜欢把人切成两千多片的肢解狂魔、房子的地板下埋了两具尸体的鬼魂妄想症患者、喜欢在杀人之前给人写情书的浪漫杀人狂、完全分不清现实和虚幻的杀人医生……

“我觉得，我倒和那个杀人的医生很像，分不清楚自己是谁。难道我也疯了？”简晗昱对我讲的故事显得很有兴趣。只有让他处于这种放松又十分愉悦的状态下，我才能更多地了解关于他的事情。

“你除了会对心理医生说出内心深处真实的想法，还会对你身边的人这样吗？在你的生活里，是否有可以倾吐心事的人？”我想知道他的人际关系情况，这样可以更快地了解他崩溃的原因。

“那你呢？你身边有没有可以说出真实想法的人？或者，有没有可以倾吐秘密的人？”他似笑非笑又类似在试探的表情，就像他又投入某个他扮演的角色中。但他的样子真的很像林邈，很像那个我一直非常想念，却永远都不能再见的人。这是我一见到简晗昱便有的感觉，只是，我一直在按捺我内心的躁动。

“曾经有。我把我的心事，还有秘密，用写信的方式告诉过另外一个人。而且，维持了好多年。”我说出这句话的时候，心里传来一阵刺痛的感觉，我想起了恍如隔世的少年时代。

Chapter 2　痛彻心肺的死亡

香港，一个光怪陆离的城市。在这个城市里的偶像明星，是不是要经受更多年少成名的诱惑？就像简晗昱一样，每天都在扮演着各种角色，或者扮演着他自己。他的经纪人给了我一份关于他这些年来的行为分析报告，都是给他做过心理治疗的医生陆续给出的确诊和评估。报告上显示每隔一两年的时间，他就会发生一次大的人格转变，原因不明，而且治疗的难度极大。所以，作为他的主治医生的张智铭，希望我能在假期时来香港一起研究一下这个奇特的案子。

我站在酒店十一楼的阳台上，看着外面茫茫的夜色，顿时有一种特别迷茫的感觉。我不仅想到了简晗昱的行为报告，还想到了他的脸——一张特别像林邈的脸。那个我深爱了好多年，也深知我杀人秘密的男人，他现在究竟过得好不好？他为什么会去美国的史丹尼医院治疗？因为心乱如麻，我走回了客房，我必须停止这种思考。于是，我打开了酒店的电视机。

这里是来自现场的跟踪报道！今天晚上10点35分，警方接到报案，有一名男子从新港公寓的顶楼坠楼致死。据了解，死者名叫林邈，26岁，生前是一名出色的游戏编程师。自杀还是他杀，警方还未有定论，事件依然在调查中……

“林邈？坠楼致死？”我的心一下子像被摘去了一样，一定不会是他，我这样告诉自己。可是，电视台摄影师的近距离拍摄让我看到，白布下没盖住的手腕上，带着的那条我亲手为林邈编的幸运手链，上面的那块翡翠如意小挂件是我送给林邈的生日礼物！我的眼泪瞬间就倾泻出来。

也不知道过了多久，我终于擦干自己的眼泪。平复了一下情绪之后，我拨通了萧维洛老师的电话。我希望他能够帮我疏通一下关系，因为我要有个合理的理由，参与对林邈坠楼事件的调查。

“你真的要参与？那你隐藏多年的身份很可能就会暴露，这无异于是在送死。”萧维洛老师当然不会答应。

“如果你不帮我的话，我现在可能就会死去。”这是我唯一的想法：如果林邈死了，我也没有了活下去的勇气。但在死之前，我一定要查出林邈到底是怎么死的！

萧老师最后还是帮了我，因为他了解我和林邈之间的关系。如果他不帮我，我真的会死。第二天上午，我接到了香港警方的电话，作为心理和行为科学的专家，我被邀请参与林邈坠楼致死一案的调查。

我总是看到我认识的四个女孩，她们的身体支离破碎。在她们的残肢中，我寻找着另外一个女孩！那个女孩，和她们四个中的任何一个都很像，可她又和她们好像都不一样！我总在做这样的梦。在梦里，我总是能听见她的笑声，还有她不断地念着她写给我的信。但我真的不知道她究竟是谁。

警方把林邈生前的病历记录转交给我，因为这是调查他坠楼一案的重要线索。很显然，林邈坠楼之前的那段时间里，他的精神状态一直有问题。我站在警方的停尸间里，看到了林邈摔得支离破碎的尸体。法医已经为他解剖过了，结论是死于自杀。

“他在一年前来到了美国，之后，就开始出现异常情况。他几乎一年多都没有睡过觉了，而且他即使在类似睡觉的状态，也总是做相同的梦。他对于过去的记忆也越来越模糊。他的病症非常奇异，所以到目前为止我们也没有确诊。但我调查过这个病人，知道他身边曾经惨死过四个女孩。”这是美国的安东尼医生说过的话。我记得，安东尼医生微笑着看着我，仿佛知道我就是杀死那四个女孩的凶手。

林邈，你在寻找的人就是我。是我杀了你身边的四个女孩，还把她们的器官组合在我的身上。这样做的目的，只是为了得到你的爱。你现在找到我了，我就站在你的面前。可你，再也感觉不到我了。就像四年前你在我的墓前为我心碎一样，我也因为你的死而心碎。可惜的是，四年前我是假死；四年后你却真实地消逝了。我在心里默默地和解剖台上的林邈说着话，还要一直抑制着马上就要夺眶而出的泪水。

Chapter 3　你和他如此相像

“其实我已经一年多没有睡过觉了，就算闭上眼睛躺在床上，也像是永远都处于做梦状态一样。我真的觉得，我快要死了！”简晗昱一副痛苦的模样坐在沙发上，他的样子再次让我想起了死去的林邈。

“我现在有更重要的事要调查，不能再处理你的情况了。今天就算是我们最后一次面谈吧。”我看着酒店房间窗外的海景，在接到简晗昱要求见面的电话之后，我并没有拒绝他，可能是因为我还想看看他那张十分像林邈的脸。但我突然反应过来，为什么简晗昱说的情况和林邈的病情十分相似?

“格斯特曼综合征”又叫“致死性家族性失眠症”，这是一种因无法睡眠使患者始终处于做梦状态的疾病。患者的自律神经和运动神经受到伤害，在发病六到十八个月后会死亡。这也是我和法医结合之前的精神科诊断和尸体解剖的结果，共同确认的林邈的病症。正是因为这样，警方才有理由相信，林邈是因为病情的折磨而跳楼自杀的。

“我现在很迷恋电玩游戏的设计，尤其是那种解谜性质的游戏编程。你知道吗?因为我曾经有个女朋友，她一直很喜欢破解推理难题。”简晗昱微笑的样子那么温柔，又那么帅气，就像大学时代的林邈一样。

“推理难题？电玩游戏的编程？”我盯着他那张英俊的脸，

突然觉得，冥冥之中，我正陷入一个诡异的局面。我曾在两年前的一本杂志上，看过记者采访林邈的文章。那时候，作为国内优秀的游戏设计师的林邈向记者表达，他制作解谜游戏的初衷便是因为女朋友，和简晗昱现在的说法完全一样。当然，林邈说的女朋友就是我。可为什么简晗昱会有和林邈一样的病症，还说出了和他一样的话？

我再次仔细地打量了一下简晗昱，从头到脚。让我感到惊讶的是，他不仅有林邈的病症，说话和林邈一样，还有着和林邈一样的穿衣风格：素色的衬衫，深色的牛仔裤，连衣服的牌子都是一样的。难道是林邈死了之后，灵魂转到简晗昱的身上了吗？

我又想起了简晗昱的行为分析报告：每隔一到两年，他就会转换成另外一种人格。那么这一次，他转换的人格和林邈如此相似，会不会这也和林邈的死有关？虽然就这样得出结论实在太草率，并欠缺证据，但我的直觉给了我这样的判断：他和林邈有关。

“你上次问我，有没有可以说真心话的人。现在我回答你，我有。虽然在现实的生活里我不能去见她，但我们经常通电邮。这六年多来，她始终是我精神世界里唯一的朋友。”简晗昱很认真地说出了这句话，这让我再次震惊于他和林邈相似的巧合。

“虽然不曾谋面，但他是你的心灵之友。甚至有时候，你要依赖着他的信才能活下去。他在你心里是如此重要，重要到你可以为他去做任何事……”我想，我不是在和简晗昱对话，我只是想起了过去和林邈通信的那段漫长而美好的时光。

“对，就是这种感觉。我可以为她去做任何事。”简晗昱也没有看着我，他那迷离的眼神，像是陷入了沉思。

我忽然清醒了过来，我意识到，要解开简晗昱和林邈如此相似的谜团，调查出他是否和林邈的死有关，我必须采取一些特殊的手段。于是，我心生一计。我对简晗昱说：“我和我的笔友通了八年的信；你和你的笔友通了八年的信。我们何不交换彼此的信件？就像是交换只有我们才能体会到的乐趣。”

“不行。那太冒险了。我毕竟是偶像明星。”简晗昱这会儿的表情可不像林邈一样温和，而是变得尖刻又锐利。

“那又怎么样？冒险也是一种刺激。有时候，没有刺激，人是活不下去的。”我说的这句话可是发自内心的感慨。然后，我做出了一个非常大胆的举动：我走到简晗昱面前，把他从沙发上拽起来，狠狠地给了他一个吻。

在那个吻之后，简晗昱好半天都没有反应过来，只是傻呆呆地看着我。其实，我这样做并不是因为他是简晗昱，而是因为他在我面前就是林邈。我想，我可能真的疯了。因为林邈的死让我心生绝望，我好想再有一次可以亲吻他的机会。

“你和她真的很像。”简晗昱也慢慢清醒过来，他继续说道，“明天，我会整理好所有的电邮。我们交换信件吧！”他居然奇迹般地答应了。我想，那个吻肯定起到了很大作用。

Chapter 4　没有刺激，我活不下去

两天以后，我在我的电子邮箱里收到了一个压缩邮件，都是简晗昱和那个神秘的笔友之间的邮件。

打开另外一个女人写给简晗昱的信，那感觉很奇妙。从她的邮件里，我感觉到，她是一个十分诡异，有些病态，又很有魅力

的女人。她的魅力体现在，她是一位既能看透世事又有思想深度的女作家。

我喜欢去接近那些病态的人：他们时常看到幻觉，在不真实的世界里寻找活着的意义；他们躁动不安、诚惶诚恐，却没有可以被拯救的途径；他们感到自己不是自己，像迷失的灵魂一样游离于世；他们痛苦、绝望、麻木，但同时也放纵地快乐，不去想明天，像疯了一样以生命为代价去获得激情。总之，他们的病态，让我意识到我不过是出现了小小的问题。我还不至于去死，也不至于大惊小怪于自己的冷漠、麻木和行尸走肉般的生活。我想，生活中如果没有刺激，我就会活不下去。

这是一段多么令人惊心动魄的话。但那个女人写给简晗昱的这段话，居然打动了我。我在网上查了这位女作家的资料：欧映萱，新锐小说家，擅长描写病态社会里的病态人物。

一个光芒四射却有着严重的身份识别障碍的偶像明星和一位不接触病态的人物就会活不下去的新锐小说家，要是他们之间的通信可以写成一部小说，一定是一部非常畅销而又令人讶异的作品。

我最近认识了一个男人，他很英俊，也很温柔。他是来香港找他的前女友的。不过，奇怪的是，他的女朋友其实在三年前已经死了，他还亲自去她的墓前祭拜过。但是，他在冥冥之中有一种感觉，那就是他的女朋友还活着。很多人都说他是因为思念过度而疯了，但他坚信自己的感觉不会错。直到有人对他说，在美国和香港都曾见过一个和他的女朋友长得很像的女人，他就再也不管别人怎么看他，频繁地往返于美国和香港两地。他说，哪怕只有一点点希望，他也要找到她。我被他感动了，即使他是个疯子也好。如果有一天，我死了，能有人这样疯了一样地找寻我，我会死得安心、死得瞑目、死得幸福。

我翻到了其中一封欧映萱写给简晗昱的信。看着看着，我的眼泪竟然默默地流了出来，不知道为什么，我觉得，欧映萱信里所说的那个男人就是林邈，毫无来由地觉得他在寻找的人就是我。我迫不及待地继续翻看欧映萱的信。

我想，他可能是真的有病。他说他最近睡不着觉，晚上即使闭上眼睛，也总是在做梦的状态。他总是感到自己在寻找一个女孩，但那个女孩好像徘徊在另外四个女孩之间，每次他想要抓住她的手时，她就会立刻消失在四个女孩之中。他怀疑自己的脑子出了问题，因为他的记忆力越来越差。他痛苦地告诉我，他可能要忘记那个让他一直找寻的人了。他不断提醒自己，一定要在完全失去记忆之前，找到他想找的人。

“格斯特曼综合征”，无法入眠，脑功能退化，在发病的六到十八个月内会死亡。这是林邈最终被确诊的病。为什么和欧映萱信里描述的那个男人完全一样？我的直觉没有错，她的信里提到的那个男人就是林邈！欧映萱在林邈没有死之前就认识他？那么，她一定了解林邈究竟出了什么事！我一定要去找她问清楚，哪怕只是从她嘴里听到林邈最后那段日子是怎样过来的也好。我就这么思着想着，不知不觉中，泪水已经打湿了我的脸。我摸着自己的脸，仿佛看到庾蒂在大火中被活活烧死时流下的痛苦泪水。

Chapter 5 死前的幻象

新港公寓，B座3单元2501室。我找到了欧映萱的住所，这么容易找到，并不是因为我联系了她的经纪人，而是因为警方告诉我，欧映萱是林邈生前接触最多的人，她可能对他的情况比较了解，了解她也有助于我进一步分析林邈的情况。

在按下2501室的门铃之前，我看到了隔壁2502室有警方在门上贴着的封条——那是林邈生前租住的公寓，他就是在这间屋子里度过了人生中的最后一段时光。我拼命抑制住了自己想要流出的眼泪，然后整理了一下自己的心绪，按下了门铃。

"你好，我是协助警方对林邈一案进行调查的心理研究员。方便的话，我们可以聊几句吗？"我对着打开门的女人说道。说话的时候，我看到那女人有乌黑而靓丽的长发，还有一副十分清秀的脸孔。我知道，她是欧映萱。

"心理研究员？请进吧。"欧映萱若有所思地看了我一眼，她的嘴角带有一抹诡异的笑容。

我走进她的房子，虽然只是两室一厅的居所，却布置得十分精致。大片的纯黑和纯白色的墙壁以极其鲜明的对比色体现出主人的独特性格：善于逃避又追求完美。曾几何时，我走进林邈大学时代独居的公寓时，他也是这样的装修风格。

"你和林邈是什么关系？为什么他死之前接触最多的人是你？"我坐在沙发上，问了一个连我自己都觉得很失礼的、具有攻击性的问题。

“哦，其实这个问题很简单，因为我是他最重要的人——他爱的人。”欧映萱就像是故意狠狠回击我一样，虽然她的脸上带着微笑，但眼神是冰冷的。

“是吗？如果真的重要，那为什么你们没有住在一起，而是分开居住。而且，他还要从天台上跳下去？”听完她说的话，我内心中一种无法抑制的愤怒油然而生。

“我想，他跳下去，可能是因为我。”欧映萱本来还冰冷的眼神突然变得悲戚起来，整个人沮丧地窝在沙发里。平复了一下悲伤的情绪后，她告诉了我一件十分诡异的事：

“我们这座公寓，一共就二十五层。林邈打开他房子的门，旁边就是通往天台的楼梯。那天夜里，他上了天台，还打了电话给我。我在睡梦中被他的电话铃声惊醒，只听他说，他又看到那个场景了：他要寻找的那个女孩站在另外四个女孩中间，向他招手，让他去找她。他说，他在天台上看到了她的笑脸。他说，他真的感到很累，找得很累，他不想再这样继续下去了。然后，他和我说了‘再见’，电话里就没声音了。我知道事情不妙，马上跑去天台找他。可到了天台的时候，我发现他已经跳下去了。”

欧映萱默默地流着眼泪，完全没有了之前的嚣张气焰和故弄玄虚。“我遇到他的时候，他说医生给他的诊断是，他只能活六到十八个月。掐指算来，他跳楼的日子距离医生说的最后期限已很接近了。”

“这么说来，是他的病让他产生了绝望情绪，他不想没有尊严地死去，才选择跳楼自杀？”我强装镇定地询问道。

“应该是那样。”欧映萱点了点头，然后拿出一支烟，点着了火，开始吸起来。

我看着眼前这个女人，虽然她说得很逼真，但不知为什么，我总觉得她在说谎。因为我还记得，她写给简晗昱的信里有这样一段话：

生命快要到尽头的时候，他依然没有找到她。我真不知道，他的执着究竟是从哪里来的，哪儿来的那么大的勇气和耐心：虽然他都记不清他们之间发生的故事了，但他依然执着地寻找着一个近似陌生人的女人，还要为了没有找到她而绝望、而痛苦、而心碎。

“根据他死之前看到的幻象，说不定他的死并不是因为他的病，而是因为他心心念念所寻找的人，即使到了生命的最后一刻也无法找到，他才绝望的吧？”我对欧映萱说出了这句话。

“谁知道他寻找的究竟是一个人，还是一个可怕的魔鬼？一个女孩居然有四个女孩的面孔，但她还不完全是她们。你说，这和魔鬼又有什么区别？”欧映萱把她吸完的烟头狠狠地摁灭在烟灰缸里。

看着欧映萱那副奇怪的姿态，我想，我必须得弄清楚，在林邈活着的那段时间里，她从林邈的身上究竟了解了多少事情。

Chapter 6 多么奇怪的变化

“不过，他死了就死了吧。在我的生活里，他又不是第一个死掉的男人。”这是欧映萱送我离开她家时，对我说的最后一句话。

不是第一个死掉的男人？在她的生活里，莫非还有其他男人死掉了？我回到酒店的房间，一直记得她说的那句话。于是，再次打开了简晗昱发给我的那些邮件。六年多，有三百多封邮件，一一阅读也是很费时间的。

他死于艺术；他死于自虐；他死于激情；而他，死于专情。他们每个人最后都死了，在我漫长的生命中，犹如昙花一现的爱情也随着他们的死亡而告终。那么，我下一个遇到的人会是谁？他会不会有一天也死了？

这是欧映萱最近写给简晗昱的一封邮件。她信里所说的那些人，真的都死了吗？她曾经告诉过我，在她的生活里，林邈不是第一个死掉的男人。看来，欧映萱的背后还有着不被人了解的过去。林邈以及和她说的那些男人的死，会不会都和她有关呢？我突然意识到了一个很严峻的问题。

然后，我又想到了一直与欧映萱通邮件的简晗昱，他上一次见我的种种表现那么像林邈。而且，他过往的心理医生给他的评价是，每隔一到两年他的人格就会转变一次。那么，在林邈之前，他的人格又是怎样的？我打开了那份长长的关于简晗昱的行为分析报告。

2008年，病人对艺术品开始变得比以往更加狂热。用“狂热”这个词来形容他绝不为过。虽然演艺事业繁忙，但他依然让助理买了一大堆关于艺术的书，《意大利文艺复兴史》《绘画鉴赏》《永恒的雕塑》……他甚至读了一些博士的论文。同时，他还请专人为他从世界各地的艺术品拍卖会上花高价购买了普通人很难欣赏的、十分晦涩的艺术作品。但这还不是最奇怪的，最使人无法理解的是，他时刻表现得像个艺术家，穿着的品位、对生活的要求，都发生了天翻地覆的改变。当时，他在接拍一部描写民国时期著名画家林风眠的电影，所以他的经纪人怀疑他因为太入戏而有了情绪问题。

2009年，病人的情况是从一个狂热的艺术分子变成了一个情绪时常失控的躁狂者。他好几次在拍戏的片场因为一点儿小事就大喊大叫，甚至和导演、工作人员大打出手。他疯了一样地摔东西、挥拳头、破口大骂，这副样子被媒体拍下后，严重地影响了他的公众形象。但这还不是最致命的。病人除了很容易躁狂之外，还时不时表现得非常抑郁。他的经纪人甚至好几次发现，他在自己的寓所里有自残的表现：用刀子割自己的手腕，用烟头烫自己的脸，有一次还好几天滴水不进，差点儿饿死自己。病人完全成了一个具有循环性人格障碍的人：躁狂时伤人，抑郁时伤己。

2011年，病人的病情经过治疗较之前有所好转，但他又出现了另外的令人无法理解的特征。他觉得自己看到五线谱的时候就会看到彩虹的颜色；看到英文的剧本和歌词就像看了电影一样，让他的感情有很大起伏；而且他很害怕看到数字，只要一看到某些数字，他就会担心那些数字和他的际遇，甚至是与命运有关。如果在跨年演唱会上，他是排在第三个出场，他就会拒绝参加演出，无论是多么难得的机会；如果在拍戏时，他扮演的球星穿上带有数字“9”的球衣，他就会歇斯底里地要求把那件衣服换掉，否则他就罢演。还有一次，他听到了一段新为他创作的歌曲的旋律，他就觉得整个录音室都是黑色的，他快要窒息而死了。这些情况，严重地影响了他的工作和生活。

看了其他的心理医生对简晗昱病情的描述，我只能感叹一声：多么奇怪的变化啊！尤其是这些变化这么多年来同时都发生在一个人身上的时候！这简直令人匪夷所思。而现在，在2012年，他又开始表现得温文尔雅，喜欢游戏设计，甚至沉迷于推理，还发现自己好多年都无法入睡，就像死去的林邈一样。对于简晗昱的情况和他不断变幻的人格，我只能把这种现象定义为：严重的分离性身份识别障碍。通俗点儿说，就是多重人格分裂。

可为什么他会具有那些不同的人格呢？而且不同的人格还出现在不同的阶段。为了找到这个答案，我又在简晗昱发给我的文件包中，找到了他写给欧映萱的信。同样也是三百多封，看来，我必须熬夜了。

Chapter 7　你究竟是谁?

你说，你遇见他的那一天，他正在咖啡馆看《意大利文艺复兴史》，他独特的气质瞬间就吸引了你。后来，你又看到他在公园的湖边画油画，再次被他沉醉在艺术世界里的那个样子所吸引。我好羡慕他，我很想变成他。这样，我就可以像他那样陪伴你。

你说，你终于可以摆脱上一段恋情的伤痛，可以敞开心扉去接受另外一个人了。所以上天眷顾你，让你遇到了他。他是攥着金钥匙出生的富二代，虽然如此，他却是个聪明无比又极富商业头脑的人。我想，我也应该多学点儿东西，好让自己像他一样具有商业运作的才能。

真可惜，你的第二段恋情也以死亡告终。但很快，你就收起悲伤，投入另外一个人的怀抱。他是个富有激情的人，你说，他的摇滚、他的赛车、他的红发，都是让你雀跃的元素。如果你想要的就是这样的感情，我希望，我也可以带给你那样的激情。

也许，上天在捉弄人，它总是带走你身边最爱的人。现在，就连那个你认为温柔似水又非常专情的游戏设计师也离开你了。你曾经被他对女友的真情所感动，所以你义无反顾地爱上了他。如果有一天，我是他，我也会像他一样，对一个人念念不忘、至死不渝。请你相信我。

这是简晗昱写给欧映萱的信，从信中可以看出，简晗昱了解欧映萱的每一段恋情，也了解她的每一个男朋友。他想变成“他”，他也想像“他”一样学东西，他也希望像“他”一样给她带来激情。这样的愿望分明是在表达简晗昱想变成欧映萱遇到的那些男人。

我把简晗昱的信和心理医生对他行为的描述进行了仔细的对比，发现简晗昱每一到两年转换的人格都和欧映萱所交的男朋友非常相似。莫非……简晗昱所分离出来的多重人格都是欧映萱所交的那些男朋友的化身？那些男人到底是真实存在的，还是……只是他们两人通信时的一种想象？

可能性只有两种：一是简晗昱的多重人格真的是来自现实的世界，他们就是欧映萱的那些男朋友；二是简晗昱和欧映萱患有二联性精神病，他们共同塑造了一个虚幻的世界和那些所谓的男朋友，而那些男朋友则是简晗昱一次又一次地扮演的角色。无论是哪一种，都是一种诡异而又可怕的局面。想到这里，我拨通了简晗昱的电话。

“小叶，当我知道这一切真相的时候，虽然确实痛恨你的罪恶，痛恨你杀死了我身边四个无辜的女孩。可是今天，当你也离去的时候，我站在你的墓前，还是为你的死而痛苦不已。我知道，我再也没有机会向你诉说，你愚蠢的行为不仅毁灭了那些女孩，还杀死了我的爱情。但我自问，在我爱过的人中，最深爱的人还是你啊！从你扑向大地的那一刻，我对你所有的爱，就已经化解了你伤害我所带来的恨意。如果爱我会让你变得那么痛苦和疯狂，我宁愿你永远都不曾遇到我。”简晗昱两眼含着泪水，一步步向我走来，他手里，捧着一束纯白色的百合花。

“你……你在说什么？”在只有我和简晗昱的排练室里，我看到他穿着三年前林邈在我的墓前穿过的那套衣服，手里捧着那天林邈摆在我墓前的白色百合花，还说着和林邈一模一样的话向我走来，我整个人都在颤抖。回忆像开了闸门的洪水一样瞬间向我涌来！

那被车子狠狠地撞了出去，呈抛物线状跌落在马路上浑身鲜血的方旋笛；那在大火中苦苦挣扎、大喊大叫、血肉模糊的庾蒂；那疼痛地冒着冷汗，忍受着自己的眼球被活活挖掉的夏之焕；那被毒死之后，口吐白沫、死不瞑目、用含泪的眼睛瞪着我的米楚……她们在我的眼前，向我缓缓地走来！

长发上一滴一滴流下的鲜血，脸孔上一张一张被揭掉的脸皮，眼眶里被挖掉的眼珠和胸膛里一跳一跳的心脏，她们以最恐怖的鬼魂的样貌浮现在我的眼前。

“把我的头发还给我！”“把我的脸皮还给我！”“把我的眼珠还给我！”“把我的心脏还给我！”她们哀号着、咆哮着。

“不要！不要啊！”我满脸冷汗，大喊出声，毫无招架之力地瘫坐在地板上。我摸到自己的脸上和身上并不是汗水，而是鲜红鲜红的血水！

“你怎么了？我的大心理学家？怎么吓成这个样子？”简晗昱蹲下身来，似笑非笑地看着我，然后说道，“你打电话说要见面，所以我就约你来我的排练室。过两天，我有个惊悚音乐剧要演出，所以一直在练习台词。可没想到，会把你吓成这个样子。”

“你……究竟是谁？”我平息了一下自己无比恐惧的情绪，只说出了这一句话。

Chapter 8 一个接一个地死去

“其实欧映萱并不知道这些年来给她写信的人就是我。我也不希望她知道，我就是那个每周都和她通一封邮件的人。”简晗昱站在排练室的窗前，透过落地窗看着窗外茫茫的夜色。

“如果她知道，这些年来，给她写信的人是一个在舞台上光芒四射的巨星，她会不会感到非常荣幸，至少会感到非常惊讶呢？”我故作镇定地和简晗昱说着话。

“我只希望，在她的世界里，我只是一个不具名的陌生人。但能以另外一种形式，比任何人都接近她。”简晗昱慢慢地转过身来，走到我面前，看着怀里抱着百合花的我。

“因为只有这样的爱，才不会结束，才不会被任何人打败。甚至可以为了爱他，去变成任何一个他爱的人。哪怕……要付出毁灭自己的代价。”我闻了一下百合的清香，对简晗昱笑了笑。

简晗昱轻轻地拥抱了我，他也闻了闻百合的花香。然后，他在我耳边轻轻地说了一声：“你还没有给我看你和他之间写的那些信，你要遵守承诺哦。”

“那你告诉我，你为什么要隐瞒自己的身份，只用‘激情一吻’这个笔名和欧映萱通信？”说完这句话，我在简晗昱的唇上印下了深深的一吻。

“因为那一吻改变了我的人生。让我从此以后，变成了另外一个人。”简晗昱若有所思的眼神表明，他已经陷入一种回忆。

“明天，我会把我所有的信都发给你看。”我看着眼前的简晗昱，终于明白，属于我的危机已经逼近。

香港警方的办事效率很高，回到酒店的房间之后，我就收到了他们发给我的邮件。这些天来，他们按照我的建议，特意调查了从2007年到2012年这几年间跟欧映萱谈过恋爱的男人。这几个男人的资料也发到了我的邮箱。

2007年，欧映萱遇到了她的第一个男朋友黎嘉慕。十九岁的黎嘉慕是一名颇有才华的美术系大二学生。可惜的是，2008年，他死于一场意外。那场意外也很奇怪：他被一家艺术馆堆积的艺术品砸死。黎嘉慕死后，2009年初，欧映萱又认识了商业管理系的高才生梁哲，典型的富二代，高富帅。不过，奇怪的局面再次出现：2009年秋天，梁哲死于胳膊动脉失血过多。梁哲死了之后，2010年，欧映萱又认识了赛车手兼摇滚歌手郑光希，郑光希是一个富有激情又很有魅力的男人。但命运就像是一个可怕的轮回，诡异的事情在2011年再度发生：郑光希死于一场赛车失控事件，车子当场爆炸，郑光希瞬间丧命。接下来，欧映萱就认识了林邈，两人认识了一年左右的时间，直到林邈那天夜里从二十五楼的天台上跳下去。

他们居然都死了？一个接一个地死了！为什么欧映萱身边的男人都会这样离奇地死去？这绝对不是一个巧合。我震惊地看着警方调查之后发来的材料，就像当年我看到林邈写给我的信上写着方旋笛、庾蒂、夏之焕和米楚都死了时那样震惊。难道这世界上还有另外一个我？疯了一样，为爱去杀死所有人？

我把这些死者的资料和简晗昱的行为分析报告，还有他写给欧映萱的信中的片段进行了比对。我终于明白了一件事：简晗昱所转换的那些人格分别就是黎嘉慕、梁哲、郑光希和林邈的，而且那些人格转换的时间也配合得刚刚好。我拿出了一张白纸，把欧映萱遇到那些男人的时间、那些男人死亡的时间和简晗昱的人格特征出现明显改变的时间一一列了出来：2008年，黎嘉慕死了以后，简晗昱开始表现得像一个奇怪的“艺术家”；2009年，梁哲死了之后，简晗昱开始变得难以捉摸，时而狂躁、时而抑郁；2011年，郑光希死了以后，简晗昱就对数字、颜色和音乐有了一种十分错乱的感觉；2012年，林邈死了以后，简晗昱说自己总是无法入睡，永远处于做梦的状态。

他们的死完全改变了他，就好像他们的灵魂一次又一次地转换到他的体内一样。这也未免太神奇了吧！这种神奇简直令人恐惧。他们绝对不是死于意外或者是自杀，是有人杀了他们！这是我分析之后的结论。

Chapter 9　用“病态”证明“活着”的存在感

我拿着黎嘉慕、梁哲、郑光希和林邈的资料去找欧映萱。当我按响2501室的门铃时，她很快地出来开门，手上依然夹着一根烟。

“你上一次说，林邈在你的生活里并不是第一个死掉的男人。所以，我让警方去查了你的其他男人。无一例外，他们全都死了。而且，还死得很有创意。”我把警方调查的资料拿给她看。

窝在沙发里、叼着烟的欧映萱一页页地认真地看了起来，但她的姿态显得“云淡风轻”，就像那些男人和她没有任何关联一样。

“哦……原来，他们是这么死的。其实，对于他们究竟是怎么死的，我知道得并不是太详尽，我只是知道他们死了而已。你今天来，就是要告诉我，他们究竟是怎么死的吗？”欧映萱翻看着那些男人死亡现场的照片。

“石膏像几乎砸碎了黎嘉慕的脑袋；梁哲的大动脉被玻璃割裂之后，血喷出去一米多远；郑光希更惨，他整个人都被炸碎烧焦了；林邈则是跳下二十五楼摔得粉身碎骨。看到这些惨烈的照片，你难道一点儿感觉都没有吗？他们都和你相爱过，又都死得很惨。”我特意总结了一下，又强调了一下。

“我应该有什么感觉？是啊，因为他们的死，我才能意识到我还活着。因为他们的病态，我才能意识到，我还算健康。如果没有他们的对比，我的生命可能就没有什么意义了吧？这就是我唯一的感觉。”欧映萱狠狠地吸完了那支烟的最后一口，把烟蒂摁灭在烟灰缸里。

我看到欧映萱坐着的沙发后面有一张桌子，桌子上摆着一张照片，是她和林邈的合影。然后，我再看她房子里的布局和颜色，总使我有种恍如隔世的感觉。大学的时候，林邈的公寓就是这样布置的，桌子上也有一张我们的合影。

“你知道吗？说不定林邈和你在一起只是在重复他和某个人的某段回忆。”我走到那张桌子前，拿起了那张照片看着，发现那上面的欧映萱亦如我多年前的打扮：长发迷人。

“他总在噩梦中惊醒，又在清醒时哭泣。如果这是他的回忆，我看这不过是一种折磨罢了。”欧映萱一边说，一边站起来走到另外一个房间。我不知道她到底去干什么，但在她离开我视线的这几分钟里，我看到茶几的下方有一张名片：张智铭，康馨心理诊所。欧映萱也有张智铭医生的名片，说不定她也是他的病人。我把名片放下后，看到欧映萱走了出来。她手里拿着两杯红酒。

“鲜红鲜红的酒，就像是鲜红鲜红的血。你可以一边喝，一边看看我的新小说。红酒配上诡异的描写，最合适不过了。”欧映萱把她手里的一杯红酒递给了我。

我遇到了一个魔鬼，这个魔鬼杀死了我身边最重要的四个女孩。她还那么年轻，就变得那么歹毒。我无法想象，她向她们下手时是怎样的心情。我总是看见她如何杀死她们，也总是听见她们是如何在临死前尖叫。她竟然还把她们的器官移到了自己的身上。可那接起来的长发，那移植的脸皮，那移入的心脏和那被收藏的眼球，真的能把她变成她们吗？我看到她，整个人都在战栗，我怕得要死，怕得此生再也不想面对她。她是我一生的噩梦！

我读着欧映萱的小说手稿，内心一直在颤抖。我将那杯红酒一饮而尽，感到一股很浓重的血腥味道充满了口腔。

“林邈说，他曾经喜欢过的那个女人，有一个非常奇异的家庭。而那个女人的妈妈也和我一样，是一位小说家。看吧，他在偶尔清醒的时候，会讲一些那个女人的事给我听。不过真可惜，那个女人死了。只有林邈才认为她没有死。”欧映萱紧紧地盯着我的眼睛，她又露出了那种十分诡异的笑容。

“酒里怎么有股血腥的味道？”我问道。

“哦，那是梁哲的血。他有时候用刀片割开自己的血管，放一些血出来，然后放在我家的冰箱里冷藏起来。你应该习惯这种味道啊！”欧映萱也将自己手里的那杯红酒喝得点滴不剩。

Chapter 10　如此巧妙地死去

离开了欧映萱的住处，我花了几天时间把我和林邈之间的通信整理成电子版，发给了简晗昱。其实，那些信早已被林邈烧掉了，我是凭着记忆再现了那些信件的内容。然后，我打了电话给张智铭医生。我想，我需要争取时间来获得我要的资料。可惜的是，张医生那里并没有欧映萱、黎嘉慕、梁哲的咨询档案。看来，他们并不是他的病人。没办法，我又联系了之前给简晗昱进行过治疗的心理医生。经过了一番努力，我终于弄明白那些令人意想不到又十分诡异的真相了。

一个星期以后，我打电话给简晗昱。不过，在见他之前，我把自己打扮了一番，乌黑的长发，白皙的面孔，黑色的长裙。在看了一眼新闻剪报之后，我满意地微笑着离开了酒店，直奔和简晗昱约见的地点。

我站在高架桥上向下望去，来来往往的车令人有种眩晕的感觉。我发觉有人站在我的背后。我慢慢转过身来，看到那个人的面孔时，仿佛看到了这样一些画面：

一个富有绘画才华的男生，一看到堆积在一起的大量艺术品就会心跳加速、头晕目眩、呼吸困难，然后便是一种惊慌失措的不安感，甚至每走一步都有要摔倒的无助感。然后，他被一座“刻意”放倒在地上的半身雕塑绊倒了，随即而来的便是另外一个巨大的根雕砸向了他的头部。顿时他面目全非、血流如注，他竟然就那么死了。因为他有很严重的“司汤达综合征”，只要一进入展览馆和艺术馆之类的艺术品聚集地，就会失去对自己的控制力。

一个睿智又具有商业头脑的富二代，经常不是大发雷霆就是歇斯底里，等发泄完了就是沉默不语，拿各种东西往自己的身上自残。狂躁和抑郁总是相伴而来，他甚至动不动就用刀子割破自己的手腕，将流出的血储存起来当酒喝。直到有一次，有人用一大块玻璃插入他胳膊的大动脉，再把玻璃拔出来。不到五分钟，他便死于失血过多。当有人发现他时，他早已死亡，这只能被当作又一次自残事件的恶果。他可能也知道，自己有一天会死在这个病上。

下一个便是富有激情又帅气的摇滚歌手加赛车手。因为发现自己具有“共感觉”的特征，他便不敢再开车了。每当听到音乐，他就会看到眼前的东西变了颜色。不过，后来他以为没有人知道这个秘密，还是忍不住参加了那次的F1方程式赛车比赛。可惜的是，有人了解他的秘密，每当响起那首著名的摇滚歌曲《这就是我的人生》时，他满眼看到的便都是红色。赛场的广播居然在他快要到达终点的时候放错了音乐。当那首歌响起来的时候，满眼的红色让他分辨不清方向，狠狠地撞向了围栏，车子顿时起火爆炸。谁能想到，他是死于一首歌？

最后一个是来寻找自己女朋友的温柔的游戏软件编程师。他已经一年多无法入睡了，他的脑部功能也在逐渐退化，他总是看到他要寻找的人就在似梦非梦的状态中浮现。于是，有一天夜里，他在二十五楼的天台上听到那个他寻找的女孩的声音，那个女孩似乎在叫他。他上了天台，一直向边缘走去，他的病让他的运动神经受损，一个平衡没掌握好，他就一头从二十五楼跌了下去。摔在地上的他全身骨头都摔碎了，死的时候依然没有瞑目，因为他没有找到他要找的那个女孩。

“简晗昱，七年前，你就是站在这儿要跳下去自杀的吧？离家出走，对生活无比绝望，不知道还有什么活下去的意义。”我转过身，对我身后来赴约的简晗昱说道。

“映萱？”简晗昱看到我的样子，他的眼前也浮现出七年前的那一幕：他站在桥头要跳下去，就在这个危急时刻，围观的人群中走出一个女孩，流着眼泪疯狂地飞奔过去，抱住他的身体，然后疯狂地吻着他的双唇。正是这一吻，让从未被女孩吻过的他全身紧张，警方趁势把他救了下来。女孩对他说：“就算全世界都抛弃了你，还有我在你身边。”这句话改变了他的一生。自杀的事见报之后，一个星探发现了要自杀的男孩有一张如此英俊的脸，借着自杀事件被媒体大肆报道的时机，男孩被签约成新星。从此以后，红透半边天。

我紧紧地抱住了简晗昱，在他耳边对他说：“就算全世界都抛弃了你，还有我在你身边。不管你杀死了多少人，我也会原谅你，因为那是你爱我的证明。”说这句话的时候，我分明在简晗昱的倒车镜里，看到他的手中握着一把匕首。

Chapter 11　整合支离破碎的你

以欧映萱的打扮和姿态，我住进了简晗昱的别墅。我和他一起喝红酒，一起听音乐，听他讲他的过去：如何被继父虐待，如何被生母误解，如何无法忍受而离家出走。十六岁的他，怎样的绝望，自杀的意图如何坚定，又是如何被一个素不相识却抱住他深深亲吻他的女孩所感动。

“所以，爱可以让你不惜任何代价。但你如此自卑，自卑于自己被继父侮辱过的身体那么肮脏，觉得自己配不上那个拯救了你的女孩。”我躺在简晗昱的身边对他说。

“但我可以给她写信，我可以用另外一种方式靠近她。”简晗昱说道，这时，我递给他一面镜子。

“你看她，遇到了黎嘉慕是多么开心。”我指了指镜子中的简晗昱。

“映萱，抱歉，我不能陪你去看艺术展，因为我一去那样的地方，就会非常痛苦。”这时，简晗昱在镜子里看到了黎嘉慕。

“映萱，我虽然富有，但我和其他人不一样，我无法控制自己的情绪，这让我很痛苦。我总想割开自己的手腕，血流出来的时候，我才能得到放松。”这时，简晗昱在镜子里看到了梁哲。

“映萱，我想再去参加一次比赛，就当是为我自己、为我们的爱情留下一个纪念。我想，不会有人播那首曲子的，所以，不用担心我，我不会有事。”这时，简晗昱在镜子里看到了郑光希。

“映萱，你知道的，我快要死了，我不仅不记得她，我就要连我自己都不记得了。可我不想在死之前都找不到她。对不起……”这时，简晗昱在镜子里看到了林邈。

……

时间一天天过去，我一天天地陪着简晗昱。我和他的经纪人讲明，他一定要休息一段时间，否则他就会彻底崩溃和疯狂。给我一段时间，我一定可以整合他支离破碎的人格。

心理治疗可以分为三个阶段。第一阶段，我会让简晗昱有足够的勇气来面对创伤性的经验和人格问题；第二阶段，我会帮助他回忆痛苦的经历，让他把创伤的痛苦体验表达出来；第三阶段，我会对他的自我、人际关系和社会功能进行联结、整合和修复，把他支离破碎的人格整合为一个完整的人格。这些过程必须借助于想象和催眠。而且在治疗的过程中，我们是绝对不能被打扰的。

我记得，我曾经对简晗昱的经纪人这样说过。但我深知简晗昱的情况十分严重：简晗昱自己，还有他分离出来的被他一一巧妙杀死的黎嘉慕、梁哲、郑光希和林邈，五种人格不停地交替出现在简晗昱一个人身上。所以，我一定要让他最后只变成一种人格。我对他的治疗已经进入了最后阶段。

“我杀了黎嘉慕之后，就变成了黎嘉慕，可为什么又出现了一个梁哲？没办法，我只好把梁哲也杀了，我又变成了梁哲；但还是会出现郑光希，我干脆把郑光希也杀了；可最后竟然出现了林邈。而且，映萱显然更喜欢那个林邈。她已经为他彻底疯狂了，就像我为她疯狂一样。我不停地变换自己，我一一扮演她过去喜欢过的人，可是没用，她爱的人依然是林邈！”简晗昱在被催眠的状态下，显得无比沮丧。

我看到躺在长椅上的他，对他说："既然这样，你为什么不干脆变成林邈？忘记他们吧！忘记黎嘉慕，忘记梁哲，忘记郑光希，干脆把简晗昱也忘了！你就做林邈吧！这样，欧映萱就会爱上你，而且会永远地爱你！"我抚摸着他的脸，微笑着，就像抚摸林邈的脸一样。

简晗昱慢慢地睁开了眼睛，从长椅上站了起来。我牵着他的手，把他带到一面落地的长镜前，对他说："你看，你的样子和林邈多像。你要反复告诉自己，你就是林邈，你就是林邈，你——就是林邈！"

简晗昱看着镜子中的自己，也渐渐地露出了笑容。我站在他的身边，他同样也能在镜子中看到我的身影。然后，我从桌上拿起了一沓信，对他说："我们过去很喜欢通信的，我们通了八年的信。写了好多甜言蜜语，你看……"

"其实我之前熬夜读完了你发给我的五百多封信。真的好有趣啊，我觉得，"小虫子"是个特别可爱的女孩。原来，小虫子就是叶欣，而叶欣，就是你。"简晗昱看着我，然后深深地吻上我的唇。

Chapter 12　另一个自己

三个月以后，我按响了2501室的门铃。我对给我开门的欧映萱说："警方在林邈的公寓里发现了一支录音笔。那支笔里有他的遗言。看来，他真的有自杀的打算。”

“遗言？”欧映萱皱着眉头问道。我看到她的屋子里面到处都是打包的行李，看来，她要搬走了。

映萱，谢谢你这一年多以来对我的好。对我的照顾。但是，对不起，我还是打算结束这段痛苦的生活。我想，我的日子不多了，即使是到了我死去的那一天，我也还是找不到我要找的女孩，这让我深深绝望。我最爱的人，始终是她。这种执着，可能是因为在她离开我的时候，我始终没有机会当面告诉她，无论她做过什么，我都会爱她。带着这样的遗憾，我才心有不甘。你曾问我，是否爱过你。对不起，在临死之前，我不想说谎。我只把你当成我的朋友，我爱的人只有她……

“够了，我不想再听什么遗言了！既然你们已经找到遗言，就可以证明他是自杀了！那还来烦我干什么？！”欧映萱又点燃了一支烟，狠狠地吸了起来，她的手一直在颤抖。

“我以为，你想知道这些。”我带着得意的微笑，打算向她告辞。这时，又有人按响了门铃。有个帅气温柔的男人站在门口，他对我说：“亲爱的，你说让我来这里接你。可以走了吗？我们不是约好了要一起去喝红酒的吗？”说话的男人正是简晗昱。

“那我告辞了。”我小鸟依人般地投入了简晗昱的怀抱，然后，和他手牵着手离开了欧映萱的房子。

我们离开的当天夜晚，欧映萱也从二十五楼的天台上跳下去自杀了。我是在报纸上看到她自杀的新闻的。最后，我给警方的结论是：林邈和欧映萱两人都是死于自杀。

后来，我去张智铭医生的心理诊所，向他说明了简晗昱的情况。张医生惊讶于我用这么短的时间就整合了简晗昱的人格，让他的病情十分稳定，基本上朝着痊愈的方向迈进了。

“没想到，这个女人还是自杀了。她那天来我的心理诊所，我发现她有很严重的失眠症和抑郁症。她自己也说，她必须靠刺激的感觉才能活下去。她的病情已经十分严重了。可她离开我的问诊室时，遇到了来向我问诊的简晗昱。那次之后，她就再也没来过，不知道是什么原因。”张医生正在看桌子上那张报纸的头条新闻：新锐女作家跳楼自杀。

“是吗？原来，她有很严重的抑郁症。那她可承受不了什么太大的打击。”我表情凝重地说道。但我的心里有一丝窃喜，我看欧映萱永远都不会知道，我去过林邈临死前住的2502室，而且还发现了连警方都没发现的录音笔。那是他过去的生活习惯，他总是喜欢把他认为重要的东西藏在书架最上层的角落里。只不过，我在他的录音之后，请人利用技术手段又加上了一句：“我只把你当成我的朋友，我爱的人只有她。”

可怜的欧映萱，为了获得林邈的爱，不仅把自己的房间布置成林邈喜欢的风格，还把自己打扮成我的样子。所以，我早已洞悉了她对林邈的深爱，还有她对我的敌视。她应该不惜一切代价了吧，找人调查林邈的过去，调查叶欣的过去，还联合深爱她的简晗昱试图做出一些事情来让我崩溃。但她不知道的是，我的攻击比她更有力。

……

今晚，是我在香港度假的最后一晚，也是简晗昱在香港个人演唱会的首场演出。我看到站在台上光芒四射的简晗昱，仿佛看到了多年前我第一次遇到的那个让我怦然心动的林邈。我听到他深情款款地唱着：“我愿为你，变成任何人，因为你是这世界，我唯一所爱……”

我在台下一边拍着手，一边跟着唱。我还记得，简晗昱被催眠时对我说：“映萱被林邈的专情所打动，她很羡慕那个被林邈深爱的女孩。我也挺被他感动的，而且我知道，他将不久于人世。所以，我没有像杀死他们一样去杀死他……”

我很想对着欧映萱那张从二十五楼跳下来后血肉模糊的脸说一句：“你那次在心理诊所偶然遇到了简晗昱，他一定有什么特征让你发现，他就是一直写信给你的人吧。你还打算利用他，试图用你调查到的关于我的资料来让我崩溃，然后借助简晗昱的手杀死我。可惜的是，你的阴谋被我识破了。我还把深爱你的简晗昱变成了深爱我的‘林邈’。你知道为什么我能把简晗昱彻底改变了吗？因为没有人比我更了解他，为了得到爱情，不惜杀死所爱之人身边的人，然后把他们重新组合在自己的身上。简晗昱就是另一个我。”

简晗昱的歌唱完了，我捧着一大束白色的百合花走向星光闪耀的舞台。我抱着光芒四射的简晗昱，深情地在他的脸颊上印下我的吻。我听到自己心里那个得意的声音说：“欧映萱，你杀了我的林邈，我就用‘林邈’杀了你。你永远都得不到我得到的爱。林邈是我的，简晗昱也是我的！我就像在和一个非常像林邈的自己谈一场天长地久的恋爱一样。”

我在简晗昱的耳边呢喃着：“你唱得可真好听。我们，一定要天长地久哦。”

后记

Postscript

喜欢研究疯子的人

好吧，我承认，我是一个喜欢研究疯子的人。尤其是那种疯狂地杀人并创造……与众不同的杀人模式和疯狂地钻研如何掩饰杀人行为的疯子们。我发现自己天生有一种对弱者的同情，我定义里的弱者是指那些不被世俗和大众所接受的人。比如心理变态者、精神病患者和连环杀手。

没有人是天生的犯罪者，某些人扭曲奇异的思维方式是在经历了种种常人难以想象的过往和遭遇之后才逐渐形成的。比如有的人，偶然一次无意中看到流血的小狗，那血液便会让他产生莫名的快感；比如有的人认定杀死一个人用来解闷的方式就如同跳了一个舞蹈，或者是吸了一根香烟……能用什么来解释这些异于常人的现象呢？后来学者们创造了心理学、精神病学和犯罪学，还有很多交叉的小学科，来研究那些有着奇异思维和行为模式的人。

劳伦的《变态心理学》让我明白了把人切割成两千多片的“切割狂魔”就是在切割的过程中获得了扭曲的快乐，迪金的《地理学的犯罪心理画像》让我明白了旅行杀人狂的杀人路线其实是和他的品位爱好十分相关，迈克尔的《剖析恶魔》让我明白了把人的头颅砍下来的木屋杀人魔也许并不是天生邪恶的魔鬼……这些科学原理你可以在这本小说中看到精彩的演绎。而我想说的是：研究疯子的学者其实把疯子们研究得比较彻底，所以，我疯狂地喜欢看他们的各种理论著作，并根据那些被证实了的理论来创作我的小说世界中的各种杀人狂。

喜欢研究疯子的人，在某种程度上是不是其实就是个疯子呢？就如同凡·高在精神错乱时，创作的画作最是经典；就如同汉尼拔不断研究变态杀人者的时候，其实自己也是个食人医生；我常问自己：我喜欢研究疯子的时候，自己是不是也成了某种程度的“疯子”？

答案不得而知。但我想，看过了无数悬疑惊悚电影的我，研究了很多扭曲心理和精神障碍的著作的我，收集了很多真实惊悚案例的我，也许正是以“疯子”的严谨态度在创作着属于我的推理小说。

有一句俗语说：“写小说的人是疯子，看小说的人是傻子。”但我知道，我们都不疯也不傻，我们只是有着与大众不太一样的生活品位和阅读习惯：我们需要小众的优越感，我们需要另类的刺激，我们需要研究和阅读之后的无限快乐。

所以，如果你也是喜欢研究疯子的人，就请跟随我一起探索那样的疯狂吧！

最后，感谢那些和我一样喜欢这些疯狂故事的人：他们把我的小说改编成广播剧，改编成自拍剧，改编成漫画，改编成游戏。也感谢为这本小说付出巨大努力的策划编辑范冰原和发现这本小说的伯乐陈江。感谢所有对这本小说由衷喜爱的亲们！

祝福我们：疯狂到底！

叶聪灵

2014年3月12日

于长春